走近钱谷融文学思想

「现实的人及其历史发展」
与「文学是人学」

陈永志◎著

华东师范大学出版社
·上海·

图书在版编目（CIP）数据

走近钱谷融文学思想：“现实的人及其历史发展”
与“文学是人学”/ 陈永志著. -- 上海：华东师范大
学出版社，2025. -- ISBN 978 - 7 - 5760 - 5826 - 0

Ⅰ. I206.7 - 53

中国国家版本馆 CIP 数据核字第 2025WR2827 号

走近钱谷融文学思想
——“现实的人及其历史发展”与“文学是人学”

著　　者　陈永志
策划编辑　王　焰
责任编辑　孙　莺　朱华华
责任校对　李琳琳
装帧设计　卢晓红

出版发行　华东师范大学出版社
社　　址　上海市中山北路 3663 号　邮编 200062
网　　址　www. ecnupress. com. cn
电　　话　021 - 60821666　行政传真 021 - 62572105
客服电话　021 - 62865537　门市（邮购）电话 021 - 62869887
地　　址　上海市中山北路 3663 号华东师范大学校内先锋路口
网　　店　http://hdsdcbs. tmall. com

印　刷　者　上海颛辉印刷厂有限公司
开　　本　890 毫米×1240 毫米　1/32
印　　张　10. 5
字　　数　252 千字
版　　次　2025 年 6 月第 1 版
印　　次　2025 年 6 月第 1 次
书　　号　ISBN 978 - 7 - 5760 - 5826 - 0
定　　价　89. 80 元

出版人　王　焰

（如发现本版图书有印订质量问题，请寄回本社客服中心调换或电话 021 - 62865537 联系）

目 录

小引： 从哪里开始

　　这本小册子包含九篇读书笔记，它们的写作时断时续，前后迁延有十年出头。除了个人资质鲁钝而外，还因它们所涉内容均非我专业领域，写时怕出"硬伤"，不得不倍加小心，此外，自二十年前因病致残即足不出户，读书、作文的时间既少，见闻更为所限，所以不仅写写停停，还不断改动，乃至重写。在如此条件下，还不肯罢休，非要将它们写出不可，乃受情感的驱动，这，说来话长，在后记中将有所交代。

　　这九篇笔记内容各自独立，可单独成篇，但也互相联系，共同聚焦一个中心——钱谷融文学思想。

　　大家都知道，钱谷融先生及其文学思想，自 1957 年至"文化大革命"结束，受到长达二十年的严酷批判，而自二十世纪七十年代末至今四十多年来，又广受赞誉。这历史性的转变当然是大家都高兴的。但如果细想一下，在赞誉声之中，却存在两个现象：其一，钱谷融文学思想中的基本概念和命题，诸如"文学是人学""具体性""诗意"等都不见于文学理论教科书，未被主流的文艺理论所采纳；其二，赞誉仅停留在人性论、人道主义层面，而这人性论、人道主义，虽为马克思主义所认可，却并非马克思主义，所以，主流的文学理论未能采纳他的观点。但是钱先生却反复表明自己是运用马克思主义来解释文学现象的，他还认为自己提倡的人性论、人道主义本就是马克思主义，与资产阶级无关。

那么，钱谷融先生究竟是人性论者，人道主义者，还是马克思主义者？钱谷融文学思想究竟是人性论文学思想、人道主义文学思想，还是马克思主义文学思想？这是中国当代文坛必须回答的问题。

文学是人写的，是写人的，是为了给人看，帮助人进步的，并由人来评价并决定其好坏、去留的。可见，人与文学的关系是文学的最根本、最核心的问题。要研究文学，首先要研究人，研究这处在文学活动中心的人。

然而，问题恰恰出在这里。

《探索与争鸣》2017 年第 5 期，以《问题与方法：社会科学如何开启人的研究》为题，发表了哲学、社会学、经济学、法学、教育学等不同领域的学者的文章。学者们认为，尽管各个领域对"人"的研究有所不同，但有一个基本状态却是共同的："在目前中国的社会科学中却存在一个习焉不察的现象：'人是什么'，围绕这个基本观念和知识命题，自上世纪七十年代末社会科学在中国被恢复以来，并没有经过规范的讨论，事实上也没有形成不言自明的基本共识"；❶ 对"人"的研究中，"人性"是主要的问题，"人"研究缺乏，人性研究必然不足，于是出现这样的尴尬局面："虽然人性的讨论本身不再受到重视，但在社会科学自身的发展中，人性假设还是或隐或显地成为我们探讨许多社会现象和问题的出发点。"❷ ——这一现象的确存在，即使在以人、人性为研究对象的某些"人学"理论著作中对于人、人性的见解也并不相同。

❶ 李梅：《问题与方法：社会科学如何开启人的研究》，《探索与争鸣》，2017年第 5 期，第 38、37 页。

❷ 同上。

上述现象，虽不是文艺理论批评家指出的，但在文学理论批评中，也同样存在着。改革开放以来，人的问题凸显出来，文学创作对人性、人的觉醒有丰富的表现，在国际上获奖的作家如莫言、曹文轩，都反复谈自己如何重视人性的表现。这种情况当然会在文学理论批评与文学研究中有所反映。比如，有一些批评家以人性的表现作为评价作品的标准；有一些专家企图以马克思人学理论来阐释文学问题，出现马克思主义文论的人学转向；在文学史研究领域，章培恒、骆玉明以人性的发展为主线撰写《中国文学史新著》。可无论批评家的文章，还是理论家、学者的学术著作，关于人的理论阐述仍然有不同程度的欠缺。

于是，这本小册子，就从关于"人"的思想的叙述开始，这不仅是对中国当代文艺理论批评相关欠缺的回应，也是正确认识钱谷融先生、准确解读钱谷融文学思想的第一步。

一、人是什么

——读《1844 年经济学哲学手稿》笔记

人是什么？社会科学的一些门类都从不同侧面进行研究，且有相应的学术成果，据以研究文学中的人，会丰富对文学的认识，但我无力做到这一点。不过，我认为，文学中的人，无论作家或者他笔下的人物，都是现实的人，既是活生生的个人，又是凝结着人类生命特征与具体社会关系的个人，这样的个人正是历史唯物主义所研究的，马克思、恩格斯就是这样说的："全部人类历史的第一个前提无疑是有生命的个人的存在。"❶ 历史唯物主义是"研究现实的人及其历史发展的科学"❷，各门类社会科学所研究的只是人的不同侧面，而历史唯物主义所研究的则是作为历史活动主体的人，这是对人的研究中最根本的，各门类社会科学对人的研究都要与它相谐适，文学由于自己的特殊性更应如此。马、恩对这个现实的、有生命的历史活动主体的人，有诸多论述，我个人由于学识所限也难于全面言说，只能就马克思在《1844年经济学哲学手稿》中的有关论述❸，说点自己的理解。

（一）人是自然存在物与人的自然本性

人直接地是自然存在物。人作为自然存在物，而且作为有生命的自然存在物，一方面具有自然力、生命力，是能动的自

---

❶ 马克思、恩格斯：《德意志意识形态（节选本）》，北京：人民出版社，2008年，第11页。

❷ 恩格斯：《费尔巴哈与古典哲学的终结》，北京：人民出版社，1961年，第31页。

❸ 马克思：《1844年经济学哲学手稿》，北京：人民出版社，2008年，以下引文凡出自此书者，皆在引文后括注页码，不另行做页下注。

然存在物，这些力量作为天赋和才能、作为欲望存在于人身上；另一方面，人作为自然的、肉体的、感性的、对象性的存在物，同动植物一样，是受动的、受制约的和受限制的存在物，就是说，他的欲望的对象是作为不依赖于他的对象而存在于他之外的；但是，这些对象是他的需要的对象；是表现和确证他的本质力量所不可缺少的、重要的对象。（第105、106页）

这里指出人作为自然存在物有以下两个特点。其一，人有自然力、生命力、能动性。自然力、生命力，顾名思义，不用多说，所谓"能动"，这里的含义是人有自行实现自然力、生命力的欲求，这欲求和生命力、自然力一样是人的本能。比如吃、喝、生殖、居住等，都是人的自然力、生命力，而其中也包含完成饮食、繁衍后代、构筑巢穴的欲求和能力，这些都是人的自然本性。其二，人的自然力、生命力、能动性要依赖现实的具体对象来实现，比如吃、喝、生殖、居住的欲求，要通过实践在相应的现实具体对象中实现，吃要在食物中实现，居住要在洞穴中实现，所以说人作为自然存在物，也是"对象性的存在物"，他的本质要在现实对象中得到确证。——以上的特点，人和动物是一致的，是人的动物性，或曰生物性（以前称兽性，含贬义，故不合适）。这是人的一种共同性，一种共同的人性。

当人作为"对象性存在物"，把他的自然力、生命力能动地实现到客观的具体对象时，他就开始脱离人的动物性，开始显示人自己的特点。因此就有了人的属性的另一个规定、共同人性的另一个内容。

（二）人是类存在物与人的类特性

> 人不仅仅是自然存在物，而且是人的自然存在物，就是说是自为地存在着的存在物，因而是类存在物。（第107页）

所谓"人的自然存在物"，这"人的"，是指人是区别于动物的自然存在物，有区别于动物的特性。人是"类存在物"——"类"，即类别，人是不同于动物的另一类独立的存在物，有自己的类特性。

那么，人作为"类存在物"，他的类特性是什么？马克思认为这取决于他的生命活动的性质，他说："一个种的整体特性、种的类特性，就在于生命活动的性质，而自由的有意识的活动恰恰就是人的类特性。"（第57页）这指明"自由的有意识"的生命活动是人区别于动物的本质，对此，马克思还有一段话说得更具体：

> 动物和自己的生命活动是直接同一的。……它就是自己的生命活动。人则使自己的生命活动本身变成自己意志的和自己意识的对象。他具有有意识的生命活动。……有意识的生命活动把人同动物的生命活动直接区别开来。正是由于这一点，人才是类存在物。……他自己的生活对他来说是对象，仅仅由于这一点，他的活动才是自由的活动，异化劳动把这种关系颠倒过来。（第57页）

所谓"生命活动"，是指生产劳动，"动物和自己的生命活动是直接同一的"。就是说，动物的生产劳动，是出于本能的需求，其目标是自身的生存，自身生命的存在与延续，而"人则使自己的生命活动本身变成自己意志的和自己意识的对象"。就是说，人的生产劳动，主要不是满足本能的需求，而是自觉的有意识的也即自由改造客观世界的活动，其目标是创造客观对象以符合自己生命与生活发展的需要。恩格斯也具体指出："动物也进行生产，可是它们的生产对周围自然界的作用在自然界面前只等于零。只有人才能在自然界上面打下自己的印记，因为他们不但变更了动植物的位置，而且也改变了他们居住的地方的面貌和气候，他们甚至还如此地改变了动植物本身……"❶

"他自己的生活对他来说是对象，仅仅由于这一点，他的活动才是自由的活动。"这是说当人的劳动对象化，只是创造自身的生活、自身的发展，这劳动就是自由的。如果劳动的产品成为异己的力量，那就是劳动异化即人的自我异化，人失去自由本质。这突出了自由是人的劳动的本质，也即人的类特性、人自身的本质。马克思还在另一部著作中说："劳动是积极的、创造性的活动。"❷ 这是对自由是人的本质的进一步解释。综上所述，人类的劳动是自由的，自由是人类生命活动最根本的特点，是人的内在要求，是人的本质。这自由本质的展开，是有"意识的"，即有目的性的，并且是"积极的"，即有益于人类向善、向上的，是"创造性"的，即比原先有创新、有超越。

值得重视的是，马克思还指出人类劳动的另一个特点，指出人

---

❶　恩格斯:《自然辩证法》，北京：人民出版社，1961 年，第 15 页。

❷　马克思:《经济学手稿（1857—1858 年）》，《马克思恩格斯全集》（第 46 卷·下），北京：人民出版社，1979 年，第 116 页。

的自由本质的另一个特点：

> 动物只是按照它所属的那个种的尺度和需要来构造，而人懂得按照任何一个种的尺度来进行生产，并且懂得处处都把内在的尺度运用于对象；因此，人也按照美的规律来构造。（第58页）

这段话告诉我们："按照美的规律来构造"是人的自由本质展开的另一个特点，也和有意识的积极的创造性的特点一样，是人区别于动物的一个根本特点。那么，怎么来理解"按照美的规律来构造"呢？当人在劳动中把自己的自由本质对象化时，其历史过程虽不免有曲折，但就其总趋势而言，是向美的目标前进的：首先，"按照任何一个种的尺度"，即根据客观对象的特点；其次，根据自己的"内在尺度"，即根据融合对客观对象认识的主观认识、主观要求；复次，在上述基础上形成对创造物的想象；最后，将这想象"运用于对象"，创造出合乎自己预期的产品。如此创造出的对象，既体现人的发展，也体现自然、社会的发展。这样创造出的对象是美的，这样的创造过程是"按照美的规律"进行的。可见，人的有意识的积极的创造性的劳动都是为了追求美、实现美。美，才是人的劳动、实践的最终目的、最高目标，也是人的自由本质的实现，所以，才有哲学家说：美在自由、美就是自由。马克思把美作为人的本质，指明人类活动的终极指向，这对于理解人类的活动，理解人类历史的发展具有无比重大的意义，人类的美好未来也因此而有无限的想象空间。这给作家、诗人、艺术家的人格构建、审美理想指明了应追求的最高境界。要记住：人的本质是自由，人的自由本质展开、提升的过程，就是人类历史发展的过程，其目标都在实现美，这是马克思的一个重要思想遗产。

这样，人作为类存在物，他的类特性，也即它固有的本质，可概括为：人的生命活动，他的劳动、他的改造客观世界的实践是自由的，也即有意识的、积极的、创造性的、追求美与实现美的活动。就是说人的自由本质是人的内在的本然，它的展开，是有意识的，即按照自己意志自觉进行的；是积极的，即不断向真（真理）、善（德行）靠近的；是创造性的，即不是简单重复，而是有拓展、超越、创新的；是以美为目标的，即自由本质的对象化具有审美的特性，这是统一主客观的美，是统一真与善的美。—— 在半封建、半殖民地的中国，在"五四"新文学中，自由一般被理解为反抗反动统治，反抗旧伦理的束缚，也即从政治上、伦理上理解自由。这和马克思主义哲学所说的自由，虽有联系，但有很大的区别。马克思是把自由作为人的本质，并把它与美统一起来，这就更加明确把这自由与政治上、伦理上的自由区别开来。

《手稿》写道："把类看作自己的本质"（第 57 页），所以，人的类特性或类本性就是人的固有的本质。它和人的自然本性虽有根本不同，却结合在一起，共同构成人的共同性，或曰"共同人性"。自然本性是类特性的基础，并在类特性中发挥着基础性的作用，能想象人的创造性活动中，没有生命力、自然力等天赋的能力在起作用吗？而自然本性也只有在类特性中才能提升，人的自然力、生命力只有在追求美、实现美的活动中才能获得真正的有意义的发展，人类的两性关系就是如此，这在下文将有叙述。

（三）人是社会存在物与人的社会性

人在自己的自由的，即有意识的、积极的、创造性的以美为目标的活动中，必然产生人与人之间的关系，即人的各种社会关系，人就成为社会存在物，成为社会的人，有了社会性。

《手稿》写道：

> 甚至当我从事科学之类的活动，即从事一种我只在很少情况下才能同别人进行直接联系的活动的时候，我也是社会的，因为我是作为人活动的。不仅我的活动所需的材料——甚至思想家用来进行活动的语言——是作为社会的产品给予我的，而且我本身的存在是社会的活动；因此，我从自身所做出的东西，是我从自身为社会做出的，并且意识到我自己是社会存在物。
>
> 我的普遍意识不过是以现实共同体、社会存在物为生动形式的那个东西的理论形式……我的普遍意识的活动——作为一种活动——也是我作为社会存在物的理论存在。（第83、84页）

这是从个人与社会的一般关系来确认"人是社会存在物"：其一，人的劳动实践，既依赖社会而进行，也是为了社会而进行；其二，人的意识，是他对社会认识的理论表现。正如马克思在另外的著作中所说，"人是最严格字意上的社会动物，……并且是只有在社会中才能独立的动物"。❶ 也就是说，人作为"自然存在物"与"类

---

❶ 马克思：《政治经济学批判导言》，《政治经济学批判》，北京：人民出版社，1959年，第134页。

存在物"的特性，只有在作为"社会存在物"时才能真正展开，人才真正成为人。

《手稿》对人从"自然存在物""类存在物"进到"社会存在物"，对人性从自然本性、类特性发展到社会性，还有更深刻的分析。

通过劳动，人从"自然存在物"进步为"类存在物"。这里的劳动，如上文说到的，是指劳动的对象化，即劳动物化在它的产品中。这产品只为满足自己生活和发展的需要。

也是通过劳动，人从"类存在物"发展为"社会存在物"。这里的劳动，不仅指劳动的对象化，更重要的是指劳动的异化。即劳动的产品成为异己的、敌对的力量，反过来统治劳动者自身。

人在劳动实践中，必然会发生分工和交换，产生私有制，产生劳动的异化，即人的自我异化，从这里产生人与人的诸多关系：

> 通过异化劳动，人不仅生产出他对作为异己的、敌对的力量的生产对象与生产行为的关系，而且还生产出他人对他的生产和他的产品的关系，以及他对这些他人的关系。（第60、61页）

这些"关系"，就是人的诸多社会关系。在历史的发展中，从这些关系中形成不同的社会群体，以及这些群体间的种种关系，形成一个庞大的不同社会群体的关系网络。种族/民族、阶级/阶层、宗教、语言、地域、职业、亲缘就是其中一些重要的社会群体。这些群体都各自具有不同的特征，这些群体又交互形成不同的关系。在这种状态下，人作为"社会存在物"，具体表现为"群体存在物"。

人不仅处在某一社会群体的小网络中，而且处在不同群体组成的社会关系的大网络中。

　　正如人作为自然存在物、类存在物都体现在社会存在物之中，人的自然本性，类特性也都体现在社会性中。并且只有体现在社会性中，才真正表现为人的本性。马克思说：

　　　　自然界的人的本质只有对社会的人来说才是存在的。……只有在社会中，人的自然的存在对他来说才是自己的人的存在。（第 83 页）

譬如说，吃、喝、生殖等，是人的自然本性，也包含在人的类特性之中，但只有在人的社会活动中，才真正成为人的本性。"饱食暖衣，逸居而无教，则近于禽兽。"《孟子·滕文公上》这句话说的是人只要求吃得饱，穿得暖，却没有教化，即没有人类所应有的文化教养，就仍然与禽兽相近。所以，只有在社会中，人的自然本性、类本性才能真正成为人的特性，即人的社会性。

　　对人的社会性的形成、发展，《手稿》还有更深入的分析：

　　　　不仅五官感觉，而且连所谓精神感觉，实践感觉（意志、爱等等），一句话，人的感觉，感觉的人性，都是由于它的对象性的存在，由于人化的自然界，才产生出来的。……五官感觉的形成是迄今为止全部世界历史的产物。（第 87 页）

五官感觉，是人的自然本性，只有在不断的社会劳动实践中，在社会发展中，才能发展为社会的人的感觉，才能有审美的眼睛、音乐的耳朵，真正成为主体的人的感觉。不仅如此，在历史的发展中，人还形成人生观、价值观、道德观等人的更重要的社会性。人的自然本性，类特性就这样在人的社会劳动实践中与历史发展中提升、发展成人的社会性。人的自然本性、类特性在人的社会性中提升并不意味着它们的消失，它们仍会对人的社会性起重要作用。有人认为，欲望、激情、恐惧、理性，都是人类行为的重要动因，人类的行为常由这四种动因相互交织混合而成。可见人的自然本性、类特性始终对人的社会性、人的社会生活发挥重要作用。

正如人作为社会存在物体现于群体存在物中，人的社会性也体现于群体性中，体现于种族/民族、阶级/阶层、语言、宗教、地域、职业、亲缘等群体各自特有的群体性中。《手稿》写道："经营矿物的商人只看到矿物的商业价值，而看不到矿物的美和独特性，他没有矿物学的感觉。"（第87页）这说出了一个普遍的道理，不同群体有不同的特性，同一群体有共同的特性。——经营矿物的商人之所以看不到矿物的美，是因为他的自由、美的本性被他所重视的矿物的商业价值所异化，他只有扬弃这个异化，他才能有审美的眼睛。

既然人的社会性具体表现为人的群体性，同一群体有共同特性，那么，能否说不同群体的特性就各不相同呢？显然不能，因为处在同一个大时代中，不同群体也会有某些共同性。恩格斯在《反杜林论》中就明确指出，现代社会的三大阶级即封建贵族、资产阶级、无产阶级虽各有自己特殊的道德论，但这些阶级有共同的历史背景，道德论也必然有共同之处，并概括说：

对同样的或差不多同样的经济发展阶段来说，道德论必然是或多或少地互相一致的。从动产的私有制发展起来的时候起，在一切存在着这种私有制的社会里，道德戒律一定是共同的：切勿盗窃。这个戒律是否因此而成为永恒的道德戒律呢？绝对不会。在偷盗动机已被消除的社会里，就是说在随着时间推移顶多只有精神病患者才会偷盗的社会里，如果一个道德宣扬者想来庄严地宣布一条永恒真理：切勿偷盗，那他将会遭到什么样的嘲笑啊！❶

这就是说，社会道德不是永恒不变的，是随着历史变化而变化的，但在同一个历史时期，全社会不论哪一个群体，其道德观都有或多或少的共同之处，这就是人的社会性中的共同性，或曰"共同社会性"。应该注意，恩格斯所说的"勿盗窃"这一个"共同社会性"仅限于在私有制的社会里，这私有制社会是从原始社会瓦解后到共产主义建立前诸多不同社会形态的总称。恩格斯还曾指出，共产主义实现时，人将有全新的道德，那时"个人关于个人间的相互关系的意识也会完全不同，因此，它既不会是'爱的原则'或自我牺牲精神，也不会是利己主义"。❷ 这里说的共产主义社会已超越的"爱的原则""自我牺牲精神"等道德原则，恰恰是私有制社会不同社会群体所共同颂扬的，是私有制社会里的共同社会性。因此，我们现今所肯定的人的共同社会性，只存在于私有制社会中。在原始社会、共产主义社会里，人们自然也有共同社会性，但前者已是渺茫的过去，后者则在遥远的未来。

---

❶　恩格斯：《反杜林论》，北京：人民出版社，1970 年，第 91 页。

❷　马克思、恩格斯：《德意志意识形态（节选本）》，北京：人民出版社，2008 年，第 100 页。

在私有制社会的不同形态里，不管它们的性质如何不同，人们在精神文化上总有某些共同之处，不仅在道德观方面，而且在价值观、人生观、审美观方面也如此。也可以说，人的自由、美的本性会有历史的具体的展开，而在历史具体性中又会有某种共同的对于自由、美的渴望。屈原、李白、曹雪芹，莎士比亚、歌德、托尔斯泰等无数大师的作品，至今人们常读常新，这里不仅有审美观某些共同性，还有道德观、价值观的某些共同性。此外，人道、博爱、奉献的人道主义精神，平等、公平、正义的社会理想，也都是私有制社会里人们的共同追求。习近平认为崇仁爱、重民本、守诚信、尚和合、求大同，以及自强不息、敬业乐群、扶正扬善、扶危济困、见义勇为、孝老爱亲这些中华民族文化传统中的思想理念和道德规范，"不论过去还是现在，都有其永不褪色的价值"。❶ 这显然是指这些思想理念和道德规范具有共同社会性。

至此，可以肯定，人的社会性，可分为群体性与共同社会性。人的社会性是两者的辩证统一。对此，有些问题需要申述。

其一，正确认识群体性与共同社会性的关系。曾有一种严重的偏颇，即少谈或否定共同社会性，而突出或只谈群体性，甚至只谈群体间的差异、对立乃至优劣。按上文所说，迄今为止，人的社会性是在私有制条件下即在人的自我异化中形成的，因而在同一历史条件下，不同社会群体就有某些"共同社会性"，又因在社会关系中各个社会群体所处位置不同，就会有差别、对立、斗争，形成各自的群体性，但这并不排斥其共同社会性。夸大差异、对立、斗

❶ 《习近平总书记在文艺工作座谈会上重要讲话学习读本》，北京：学习出版社，2015 年，第 28、29 页。

争，其极端就走向群体有优劣之分的谬误，宣扬某一民族优秀、某一民族低劣，这种法西斯主义已为人们所唾弃，但宣扬某一阶级优秀，某一阶级低劣的错误，却还为一些人所奉行。这些宣扬，造成了民族间、阶级间的对立、斗争，乃至残杀，造成社会的分裂、人类的分裂，这在中外历史上都有惨痛的记录。我们现在应该恰当认识、说明不同群体的特性，说明它们各自的长处与不足，肯定它们各自在社会关系中的独立、平等地位，肯定他们在历史发展中的变化与不同作用。我们现在应当强调不同群体的共同性，即共同社会性，以促进它们的包容、融合。只有站在共同社会性的立场上，才能促进全社会的和谐，全社会的进步发展，谋取全社会的幸福。"和也者，天下之达道也"，《中庸》的这句话是很有道理的。"君子和而不同，小人同而不和"（《论语·子路》），孔夫子的这个教导是值得深省的！

其二，正确认识共同社会性与共同人性的关系。

首先，人的自然本性、类特性为人类所共有，是共同人性，只要人类存在，它们与人类同在。这样的无限性，为共同社会性所不具备，现今所说的共同社会性只存在于私有制社会里。

其次，共同人性主要是事实判断。它主要回答的是"有没有"。而共同社会性，则主要是价值判断，它主要回答的是"好不好"。比如说，人都有吃、喝、生殖、五官感觉的自然本性，都有自由与美的类特性，这是事实判断；但人当中，有的有自我牺牲精神，有的却抱有利己主义思想，一般说来前者好，后者不好，这是价值判断。就价值判断而言，人们推崇共同社会性中那些有益于人类社会进步的内容，如上面所说的社会公认的美德、共同追求的美好理想。

再次，共同社会性中那高尚的道德、美好的理想，可以认为是共同人性的发展与提升。人具有自由与美的本性。人类追求美丽、美德、美满生活、美好理想，正是美与自由的类特性发展的结果。

复次，不能无条件地将共同社会性与共同人性合称"普遍人性"，应确立"共同人性"与"普遍人性"两个概念。在中国现当代文坛上，作家与批评家们都习惯运用"人性的普遍性""普遍的人性"。这术语所指，无一例外包含共同人性与共同社会性。如果把这认识限定在一定的范围内也没错。至今为止，人们所读到的文学作品，主要是反映私有制社会里人们的活动，自然会表现出他们个性中的共同社会性。这共同社会性，实际上就成了私有制社会里所有人都具有的人性。这样，作家、批评家乃至读者就把它与人的自然本性、类特性所构成的"共同人性"等同视之，统称为"人性的普遍性"或"普遍人性"。这种通行的认识是有限制的、有条件的，只在以私有制为主的世界里可以成立。所以我认为这种通行的认识在理论上欠严谨，应该在理论上建立两个概念：共同人性与普遍人性。如上文所述，共同人性是人的自然本性与类特性的统一，存在于所有社会形态；普遍人性则是私有制社会里人的共同人性与共同社会性的统一，它们是有严格区别的。

肯定"共同人性""共同社会性"，并不是说它们是永恒不变的，不是的，没有抽象的永远不变的人性，即使是"共同人性""共同社会性"也都是普遍性与历史具体性相统一的。普遍性与具体性相统一的范畴，在社会科学各个门类中并不罕见。马克思在《政治经济学批判导言》中，曾具体阐明"生产"这一范畴的普遍性及历史具体性的统一，他指出"生产"作为一般的抽象，有某些"共同的标志""共同的规定""共同点"，其中有些"属于一切时

代",有的为"几个时代所共有",并从原则上指出:

> 哪怕是最抽象的范畴,虽然正是由于它们的抽象而适用于一切时代,但是就抽象这个规定性本身来说,它们同样地是历史关系的产物,它们仅仅对于这些关系并在这些关系之内才具有充分的意义。❶

对于"共同人性""共同社会性"中的种种内容,也可以这样说,其中既有"适用于一切时代"的,也有适用于"几个时代"的,但都是"历史关系的产物",只有在这些"关系之内才具有充分的意义"。比如"自由""追求美",既适用于一切时代,人类在每一个时代都不断追求自由与美,但在不同的时代不同的历史关系中,所追求的自由与美都具有不同的具体内容。又比如"勿盗窃""自我牺牲",它们是"几个时代"所共有的,但它们仍然要在一定的历史关系内才有充分的意义。大体说来,人的自然本性、类本性,即共同人性都"适用于一切时代",而共同社会性则大多适用于"几个时代",——这里的"时代",当然仅只指社会形态。

应该着重指出,重视与历史具体性相统一的"共同人性""共同社会性"对于当前及今后都有特别重要的意义,当代中国,为实现民族复兴的伟业必须凝聚全民族的力量,为推动构建人类命运共同体,必须与世界人民共同努力,凸显共同社会性、共同人性,正是当前历史发展的要求。

---

❶ 马克思:《政治经济学批判导言》,《政治经济学批判》,北京:人民出版社,1959 年,第 154、155 页。

（四）人是个体存在物与人的个性

人无论作为"自然存在物""类存在物"或"社会存在物"，人们看到的只是一个个的具体的人，所以人还是个体存在物。虽说是个体却并不简单。《手稿》写道：

> 人是一个特殊的个体，并且正是他的特殊性使他成为一个个体，成为一个现实的，单个的社会存在物。同样，他也是总体，观念的总体，被思考和被感知的社会的自为的主体存在，正如他在现实中既作为社会存在的直观和现实享受而存在，又作为人的生命表现的总体而存在一样。（第84页）

这段话有三层意思：

其一，人是"单个的社会存在物"，而且是"特殊的个体"。马克思在说到"人"时，一方面是指全人类，另一方面是指个人，但归根到底是落实到"个人"，所以他说，"人——不是抽象概念，而是作为现实的、活生生的、特殊的个人"（第171页）。这就是说，人是以单独的个体存在的，是个体存在物，每个人都有自己的特殊性，自己的个性。

其二，人虽是个体存在物，但"他也是总体"，是"生命表现的总体"。即他的特殊性、个性体现他的自然本性、类特性、社会性。个人"作为特定的个体不过是特定的类存在物"（第84页）说的是个人以自己的特殊性表现人的类特性；个人作为"单个的社会存在物"，说的是个人以自己的特殊性表现人的社会性，不用多说，个人当然以自己的特殊性表现人的自然本性。

其三，人作为个体存在物，还是"社会的自为的主体存在"。这里，"自为"说的是个人的独立性，"主体"说的是个人在社会发展中的主体地位，这也就是说个人是历史的主体，是历史的主人，也是自己的主人。这是历史唯物主义的要义。

从生物学来说，个体是生物进化过程所达到的极限；从社会发展来说，个人是"社会的自为的主体"，也是人类历史发展至今的最宝贵的成果。个人也是生命的总体，而个人的全部生命（包括非理性、无意识）都是通过历史活动表现出来的。

人作为"个体存在物"如此重要，对与他相应的人的"个性"，就应予以充分的重视。人们在谈论人性时，时常没有把个性包括在内，这是不恰当的。冯契说："人性还有他的个性方面，正像生物有物种进化和个体发育两个方面一样，人的本质也有历史发展和个性发展两个方面。"❶ 这是正确的。人性都是在具体的人的身上表现出来的。为了阐明个性，我们不妨把它作为一个"系统"来考察。系统哲学家贝塔兰菲在《一般系统论》中说：系统是"由相互联系的元素的集会"。❷ 这至少可从以下三个方面来理解：系统由诸多元素构成；系统中的诸元素是相互联系的，并形成一定的结构；系统的诸元素及其联系，既有稳态（在某一个时空中保持稳定）的特征，又有动态（随存在的时空变化而变化）的特征。下面就依此顺序来说个性。

❶　冯契：《冯契文集》（卷二），上海：华东师范大学出版社，1996 年，第177 页。

❷　贝塔兰菲：《一般系统论》，秋同、袁嘉新译，北京：社会科学文献出版社，1987 年，第 31 页。

其一，个性诸内容形成了个性的无限丰富性。

个性包含人的自然本性、类特性、社会性，而自然本性、类特性、社会性各自都有许多内容，这么多不同的内容都经由不同个人的特殊性，他特有的禀赋、生理与心理特征等特殊性表现出来，这就形成了个性的无限丰富性。

其二，个性诸内容以无限多的方式相互联系并连结成一定的结构，这又形成个性的无限复杂性。

贝塔兰菲在他的《一般系统论》中，以一个有 N 个点的方向图中各点联结方式的复杂，来说明系统的复杂性。他说："如果 N 只是 5，就有一万种方法来连接各点，如果 N＝20，方法就会超过宇宙间原子的估计数。"❶ 其中的数学问题非我所能言说，我仅借用它做个类比。如果把个性比作一个有 N 个点的方向图，这 N 个点有无限多的内容，其数目远远超过 20，那么它们之间联系的方式，简直难以计算。个性的复杂真是难以言说，只能说无限地复杂。

以上两点，还仅就个性系统的稳态而言。稳态中的个性，包括现实维度与历史维度。现实维度是指个性的现状，历史维度是指现实维度中已包含着的个人以往经历的某种积淀。如果就其动态而言，则随着稳态打破，就会呈现下面说的个性的无限变动性。

其三，个性的无限变动性。

对个性做动态的考察，就会发现随着个人所处历史条件与具体环境的变化，构成个性诸内容之间会出现新的矛盾、融合、支配，在这之中，诸内容又会发生不同程度的正向发展、逆向发展，随之

---

❶ 贝塔兰菲:《一般系统论》，秋同、袁嘉新译，北京：社会科学文献出版社，1987 年，第 21 页。

而来的诸内容的联系及其结构也会产生变化，个性的面貌也就有新的改变与发展，甚至会出现属于未来时代的新特点（这一点很值得重视）。这就形成个性的无限变动性。

其四，个性的无限差异性。

正因为个性有无限丰富性、复杂性，尤其是变动性，人的个性就有无限的差异性，这正与世界上有多少人就有多少个性这一事实相吻合。

其五，个性的稳定性与相似性。

在个性的丰富性、复杂性、变动性与差异性中，于特定的个体总有一个或几个比较稳定的特点。这特点，就是个性的独特性。这特点，一旦形成，有可能是始终不变，或变化极少，显出个性在变动性中的稳定性。正因为有个性的稳定性，不管人们的个性有多少差异，总会有某些人在个性的差异性中呈现某种相似性，于是就会出现某种"同类型"的人。

其六，《手稿》还指出，个性是在个人的实践活动中、在劳动中实现的：

> 在劳动中，个人活动的全部自然的、精神的和社会的差别会表现出来。（第9页）

个人在劳动实践中，既改造了客观世界，个人本身所具有的各方面的特性，也充分显现出来，并得到改变、发展。由于客观世界，既是以往历史发展的结果，又展现走向未来的征兆，人在其中发展，所形成的性格，就必然在现实的特征中，蕴含历史的积淀与未来的素质。这未来的素质，显示了个性具有超越性，超越了他所处的现实关系所赋予的特征。个性的超越性，是个性中值得重视的特点。

人作为个体存在物，包含着自然存在物、类存在物、社会存在物，个性也就以自己的丰富性与复杂性、变动性与稳定性、差异性与相似性以及超越性，表现人的自然本性、类特性、社会性。因此，个性又是个体与生命总体相统一的最具体、最独特的表现。认识这一点，对文学创作与文学理论批评有特别重要的意义；认识这一点，才能纠正世俗把人看作政治动物或经济动物的片面性。

个性有如此特征，或者能以人的两性关系做一简略说明。《手稿》指出，"男人对妇女的关系是人对人最自然的关系"，它能说明"人的本质在何种程度上对人来说成为自然的本质"，即人作为自然存在物的本质，同时还能说明人的这种"最自然的关系""在何种程度上成为人的行为"，即"在何种程度上同时也是社会存在物"。简言之，两性关系既可以表明人的自然本性，也可以表明人的类特性、社会性，因此，从两性关系，"就可以判别人的整个文化教养程度"（第80页），马克思如此确定两性关系能表现人性的全部丰富性，我们不妨认为有"夫子自道"的意味。马克思对燕妮的爱情，正以马克思的独特个性反映出人的本性的丰富性。

马克思曾对妻子燕妮做过真挚而动人的倾诉：

> 我又给你写信了，因为我孤独，因为我感到难过，我经常在心里和你交谈，但你根本不知道，既听不到也不能回答我。你的照片纵然照得不高明，但对我却极有用，现在我才懂得，为什么"阴郁的圣母"，最丑陋的圣母像，能有狂热的崇拜者。甚至比一些优美的像有更多的崇拜者。无论如何，这些阴郁的圣母像中没有一张像你这张照片那样被吻过这么多次，被这样

深情地看过并受到这样的崇拜，你这张照片即使不是阴郁的，至少也是郁闷的，它决不能反映你那可爱的、迷人的、"甜蜜的"，好像专供亲吻的面庞。但是我把阳光晒坏的小地方还原了，并且发现，我的眼睛虽然为灯光和烟草烟所损坏，但仍然不仅在梦中，甚至不在梦中也在描绘形象。你好像真的在我的面前，我衷心珍爱你，自顶至踵地吻你，跪倒在你的跟前，叹息着说："我爱您，夫人！"事实上，我对你的爱胜过威尼斯的摩尔人的爱情。……❶

    ……我对你的爱情，只要你远离我身边，就会显出它的本来面目，像巨人一样的面目。在这爱情上集中了我的所有精力和全部感情。我又一次感到自己是一个真正的人，因为我感到了一种强烈的热情。现代的教养和教育带给我们的复杂性以及使我们对一切主客观印象都不相信的怀疑主义，只能使我们变得渺小、孱弱、啰嗦和优柔寡断。然而爱情，不是对费尔巴哈的"人"的爱，不是对摩莱肖特的"物质交换"的爱，不是对无产阶级的爱，而是对亲爱的即对你的爱，使一个人成为真正意义上的人。❷

马克思尽情倾诉他对燕妮的炽热的爱，并说这爱是脱去现代社会所施予其上的所有的附加物，包括无产阶级的阶级爱，而仅仅是对于"亲爱的你的爱"。这里，马克思是在表明自己的爱情，只是纯粹的人的爱情吗？既是，也不是。说是，是因为马克思对燕妮的爱确是

一、人是什么

027

---

❶　马克思：《致燕妮·马克思》，《马克思恩格斯全集》（第29卷），北京：人民出版社，1972年，第512、515页。

❷　同上书，第515页。

共同人性之爱的表现，说不是，因它具有马克思所属的社会群体与个人特性。马克思是不可能完全脱出现代社会所给予他的教育、教养。他表达自己的爱时，借用"阴郁的圣母"像，借用"我爱你，夫人"这海涅的诗句，借用摩尔人奥赛罗的爱，还引用费尔巴哈、摩莱肖特，这些，都表明他的爱结合着他从社会获得的高贵的教养；作为革命家的马克思，如果燕妮不是自己事业的真正伴侣，他能有如此神魂颠倒的爱吗？值得注意的是，马克思在信中反复说自己对燕妮的爱，是"真正的人""真正意义上的人"的爱。要知道，这"真正的人""真正意义上的人"，在马克思、恩格斯的笔下，是特指那扬弃自我异化之后的人，即共产主义社会中的人。马克思认为自己对燕妮的爱，已是人性完全复归之后的一个真正的人的爱。这是耐人寻味的，生活在资本主义社会的马克思，他的爱却是一个共产主义者才有的爱，岂不表明人的本性能向未来时代伸展！

可以说，马克思在给燕妮的这封信中，表达了作为共产主义者的崇高纯洁的爱，并在这特殊性中表现出具有高度文化教养的知识群体的爱的特征，当然也包含着共同人性的爱的强烈感情，——这只是马克思的情书。世界上一切有真情的情书都不相同，但每一个人的爱情都会在特殊中显示共同人性、群体性、共同社会性。这是所有情书能打动人心的关键所在，也是所有描写爱情的文学作品能打动人心的关键所在。最能体现丰富生命的个体是最有魅力的个体，最能体现丰富生命的个性鲜明的文学形象，是不朽的形象。

（五）人的本质，人是历史的主体

上面说了人的自然本性、类特性、社会性、个性，那么在人的这些属性中，什么是人的本质呢？是人之作为人的最根本的特点呢？

人的自然属性是人所共同的，它构成共同人性的重要组成部分，及人的本质的某些内容，但它也为动物所具有。所以，它不是人的根本特点。

人的个性，只表示每一个人都以自己的特殊性表现人的属性，它是人的本质最独特又最丰富的表现，却不能作为人的本质。

马克思反复强调人是社会的动物，那么，社会性是否就是人的本质呢？如上文所说，社会性由群体性和共同社会性构成，群体性只是社会某一群体的特性，共同社会性是不同社会群体的共同性，它们虽具有人的本质的某些内容，却也不可能是人的本质。

看来，人的根本特点，人的本质，就只有人的类特性。如上文所说，人的类特性是人的劳动，而人的劳动的本质是自由的，即有意识的、积极的、创造性的、按美的规律创造并以美为目标的，其中自由是根本，有意识的、积极的、创造性的、按美的规律创造并以美为目标的，则是对自由的规定，表明自由不是任意而行、天马行空的。因此人的本质就是自由。

然而，人的自由本质是一个抽象的普遍性的规定，是人在任何历史时代都具有的，在任何社会中都具有的，是在不同时代、不同社会的不同劳动、不同社会实践中都体现着的，因此就必须对"自由"这一普遍的、抽象的范畴做历史的具体的规定。马克思正是这样做的。

《手稿》写道：

因为人的本质是人的真正的社会联系，所以人在积极实现自己本质的过程中创造、生产人的社会联系、社会本质，而社会本质不是一种同单个人相对立的抽象的一般的力量，而是每一个单个人的本质，是他自己的活动，他自己的生活，他自己的享受，他自己的财富。（第170、171页）

这段话有三个相互联系的内容：其一，"人的本质是人的真正的社会联系"；其二，当人的本质积极展开时，又会"创造、生产人的社会联系，社会本质"；其三，人的社会本质，乃是"每一个单个人的本质"。

关于第一点，马克思后来在《关于费尔巴哈的提纲》中说得更好：

> 人的本质并不是单个人所固有的抽象物。在其现实性上，它是一切社会关系的总和。❶

说人的本质"是一切社会关系的总和"，比说"是真正的社会联系"更具体、更准确、更充分、更完整。"一切"，把所有的社会关系包括无遗，"总和"表明不仅是一切社会关系的简单相加，而且还指这些关系互相联系所构成的结构。这个结构，恰是对特定的社会关系的性质起决定作用的。先打个比方，人们都知道下棋，未开始时，双方摆的棋局是一样的，当一开始，不管下的是哪一着，棋局就会不同，双方彼此的胜败，就会逐步呈现出来，所谓"一着不

---

❶ 马克思：《关于费尔巴哈的提纲》，《马克思恩格斯选集》（一），北京：人民出版社，1972年第一版，浙江人民出版社1974年重印，第18页。本书凡引自《马克思恩格斯选集》的引文，皆据"重印本"，证明出处时不再特意写明。

慎，满盘皆输"，所谓"棋高一着"，说的是失败、胜利都被那关键性的一着所决定。这关键的一着，决定棋局的态势。可见，在一切社会关系的总和中，有一个关系支配其他关系，使一切关系在互相联系中形成某种结构，并对这一切关系的总和起决定作用。

有一种常见的意见认为在阶级社会中，在人的诸多社会关系中，阶级的关系最为重要。人的本质即表现为阶级性，这个观点未免有些绝对化。固然在阶级社会中，阶级性对决定人的本质有重要作用，但在一定的条件下，某种具体情况下，民族性压倒阶级性和宗教信仰、文化观念压倒阶级性的事实并不罕见。即使是人类亲缘关系中的母子之爱、情侣之爱，在一定的条件下，在某种具体情况下，起决定作用的例子也是有的。在人的诸多社会关系中哪一种起支配作用，决定人的本质，是需要具体分析的。马克思说人的本质是"一切社会关系的总和"，这"一切"和"总和"是丝毫不能忽略的。一切社会关系都必须考虑到，在特定的情况下，它们之间各种具体的联系与关系都必须考虑到，任何简单化都不行。

上文说人的本质是自由，这里又说人的本质是一切社会关系的总和，两者的关系怎样呢？

这两种看似不同的说法，其实是一致的。自由体现在生产劳动中，而生产劳动不仅生产物质还生产人的社会关系，所以，自由也体现在社会关系中。人是社会的人，人的自由本质的展开总是在人的社会实践中，在人的社会关系中。说人的本质是自由，是说人之所以为人的根本特点，一以贯之的特点，但这个特点并不是抽象存在的，而是在现实社会中存在的、展开的，所以才说"在其现实性上"，是一切社会关系的总和。这就是说，在不同的生产劳动中，不同的社会实践中，在所处的不同的社会关系网络中，人的自由本

一、人是什么

质的展开都会呈现不同内容、形式，都会呈现不同的水平。所以，关于人的本质的两种说法实质上是完全一致的。有些人谈论人的本质，之所以忽略自由而片面强调一切社会关系的总和，其原因或者有多方面，但就文本而言，是忽略了"在其现实性上"这个前提条件。《关于费尔巴哈的提纲》这句话，完整的意思应该是：人的固有本质是自由，但它不是抽象的，在其现实性上，是一切社会关系的总和，也可以简单地说成人的本质是自由，在其现实性上是一切社会关系的总和，这才是马克思关于人的本质的完整表述。如果我们只说人的本质是自由，也完全正确，因为，自由总是在社会历史中体现、发展的。

关于第二点，这牵涉到人如何发展，也即人在历史中发展又推进历史发展的主体作用。《手稿》有一段话，对此说得更明白：

> 无论是劳动的材料还是作为主体的人，都既是运动的结果，又是运动的出发点（并且二者必须是这个出发点，私有财产的历史必然性就在于此）。因此，社会性质是整个运动的普遍性质；正像社会本身生产作为人的人一样，社会也是由人生产的。（第82、83页）

"无论是劳动的材料还是作为主体的人，都既是运动的结果，又是运动的出发点"，这说的是，生产力与人相统一的发展既是社会发展的推动力量，又是社会发展水平的标志。"正像社会本身生产作为人的人一样，社会也是由人生产的"，这说的是，人是社会历史的产物，人的自由本质是在历史中展开，同时，人也推动历史的发展，人的自由本质的展开又是推动历史前进的力量。这后一点，是对"作为主体的人"的说明，突出人对历史发展的主体作用，这是很重要的。以董存瑞、邱少云做例子。他们的英雄行为是在一定的战斗环境中形成的，放大说，就是在历史中形成，是历史的产物。同时，必须推崇他们的主观选择，这个主观选择对于战斗胜利起了重大作用。正因为董存瑞舍身炸毁敌人的碉堡，以自己的牺牲，开辟了部队前进的道路；正因为邱少云忍受烈火焚烧，避免隐蔽的部队被敌人发现而最终取得战斗的胜利。显然，他们的主观选择——这选择是他们的自由与美本质的实现——推动了战斗的胜利。放大说，就是他们的行动推动了历史的发展。正是在这个意义上，马克思、恩格斯强调人是主体，是历史发展的主体。人是历史的主体，这是从人的本质的论述中发挥出的重要观点，是历史唯物主义的要义。

关于人是历史的主体这一点，马克思还说了一句极为简明扼要的话：

> 整个所谓世界历史不外是人通过人的劳动而诞生的过程。
（第 92 页）

这里提到"人"和"人的劳动"这两个方面，如果分开来说，历史是人类的劳动不断异化与扬弃异化而不断走向自由劳动的过程；历史又是人的自由本质不断自我异化与扬弃异化而不断走向自由个性的过程。然而，劳动的异化与扬弃异化即人的自我异化与扬弃异化，自由劳动与自由个性是统一实现的，这两个过程是一个不可分的统一的过程，而且，在这个统一的过程中，"人"占据主导地位，历史是在人类的劳动中发展的，但劳动终究是人的实践活动，是人的有意识的、积极的、创造性的以美为目标的本性推进着劳动的发展。所以，"历史是人通过人的劳动而诞生的过程"。马克思这样说，不仅体现了历史是人与劳动统一的发展过程，更凸显历史就是人的自由本质不断展开的历史，是人不断走向自由的历史。

固然，人的主观选择有时会有错误，会违背历史发展的方向，但从总体看，从历史发展的全过程看，人是历史发展的主体，总是发挥着推动历史不断进步的作用，人的自由与美的本性，总是在不断克服异化的过程中，不断向新的自由与美的境界前行，最终实现人的自由与美，同时实现社会的自由与美。因此，人是历史的主体，就是人是历史的主人，是推进历史发展的根本力量，也可以理解为人的自由本质不断展开、不断走向新的自由，从而推动历史的发展。

最后说第三点，马克思特别指出人的本质，即"每一个单个人的本质"，这看似多余，实际上意义重大。马克思主义把现实的有生命的个人作为历史的第一个前提，认为历史也是个人本身力量发展的历史。重视个人、个性，肯定个人的历史主体地位，肯定个人的自由发展，创造性地向着美的方向发展。当然，这发展是与他者、群体、社会相统一的。个人的发展当然要在社会发展中实现，但要强调的是：一切人的自由发展是以每个人的自由发展为条件的。既然，共产主义的目标就是实现人的"自由个性"，实现人的自由而全面的发展，共产主义就是以每个人的自由发展为条件的所有人自由发展的联合体，人类社会必将迈向共产主义，那么，社会的每一个进步，就必须进一步体现社会发展与人的自由发展相一致，进一步体现人的自由发展的新水平。实际上，人类文明的伟大成果，无论是哲学的、科学的、艺术的，还是各项体育运动的世界纪录，都是个人创造性劳动的产品，是个人自由本质的展开，按美的规律创造性展开的产品。世界历史、世界文明史，就是个人创造性劳动、个人自由本质展开的历史。在建设中国特色社会主义的新理念中，把"创新"放在首位，也就是突出个人的历史主体性。可以说，重视个人，重视个人自由本质的历史展开，是马克思主义历史观、也是世界观的基本特征。

综上所述，《手稿》关于"人"的观点，我以为最精要的有四点：第一，自由是人的类特性，即自由是人的固有本质、特有本质；第二，人的自由不是抽象的、永恒不变的，而是人所处的特定的历史的、具体的社会关系的总和；第三，人是历史的主体，在社会现实中，他的自由本质会被异化又会扬弃异化，而向更高的自由前进，并推动历史向同一方向前进；第四，对个体的人的重视，马克思所说的"人"，既指人类，也指个人，但离开"个人"，"人类"只是一个抽象的符号，人类的自由以一切个人的自由为条件。

当然，关于"人"，关于人的历史主体性的丰富内容，只有在全面准确理解历史唯物主义之后，才能对它们有充分的理解，也才能借以有力地说明文学理论批评中关于"文学与人"的关系及围绕它的诸多重要问题。下面的一篇笔记说的就是如何全面准确理解历史唯物主义。

二、历史 "也是个人本身力量发展的历史"

——关于历史唯物主义的笔记

历史唯物主义学说创立者是马克思、恩格斯，他们身后，有许多马克思主义者在理论上也卓有贡献，从而构成了马克思主义发展史上的不同派别，并区别于马、恩的学说。本文，仅仅是学习马克思、恩格斯有关历史唯物主义的论述之后的体会。

（一）基本原理与从属性原则

怎样理解马、恩的历史唯物主义思想呢？恩格斯先后为《共产党宣言》的 1883 年德文版、1888 年英文版写的《序言》中，以几乎相同的话语，概述了它的内容：

> 虽然《宣言》是我们两人共同的作品，但我终究认为我必须指出，构成"宣言"核心的基本原理是属于马克思一个人的。这个原理就是：每一个历史时代的主要的经济生产与交换方式及其所必然决定的社会结构，是该时代政治历史和该时代智慧发展史所由以确立的基础；只有根据这一基础出发，才可说明这个历史时代；因此（从公共占有土地的原始氏族社会解体时起）全部历史都是阶级斗争的历史，即剥削阶级与被剥削阶级，统治阶级与被压迫阶级间斗争的历史；在这个阶级斗争史现今发展到了的阶段上，被剥削被压迫阶级（无产阶级）为要摆脱剥削它压迫它的那个阶级（资产阶级）的桎梏，已非同时使整个社会一劳永逸地摆脱任何剥削、任何压迫以及任何阶级划分和阶级斗争不可了。❶

---

❶ 恩格斯：《共产党宣言·1888 年英文版序言》，《共产党宣言》，北京：人民出版社，1961 年，第 10 页。

这段话，以"因此"为界，分出两个有联系但又有差别的表述：第一个，从社会经济基础的变革来说明上层建筑与意识形态的变革，说明历史的发展；第二个，从阶级与阶级斗争来说明阶级社会的历史，突出无产阶级推翻资产阶级统治实现共产主义的必然性。第一个表述指的是"每一个历史时代"，是对人类全部历史发展的科学说明，我认为这是历史唯物主义的总原理、基本原理。第二个表述，则仅指"从公共占有土地的原始氏族社会解体时起"的历史，即阶级社会的历史，这个表述是在人类全部历史发展规律的基础上，对阶级社会发展特点的说明，特别是对社会主义代替资本主义的必然性及其特点的说明。它以"因此"开头，从逻辑上已确切表明：这第二个表述，是从第一个表述引申出来，从属于第一个表述的。如果说，第一个表述是历史唯物主义的总原理、基本原理，那么，第二个表述则只是其中局部性的、从属性的原则。这个关系是确定的，不能颠倒的，更不能以后者取代前者。这个从属性原则，为叙述的方便，称之为"阶级论原则"。

关于历史唯物主义总原理、基本原理与局部性、从属性原则的区分，马克思在《政治经济学批判序言》中也已提示了：

我得到的，并且随后即成为我的研究工作之导线的一般结论，可以扼要地表述如下：人们在自己生活的社会生产中参与一定的、必然的、不依他们本身意志为转移的关系，即与他们当时的物质生产力发展程度相适合的生产关系。这些生产关系的总和就组成为社会的经济结构，即法律的和政治的上层建筑所借以树立起来而且有一定的社会意识形态与其相适应的那个现实基础。物质生活底生产方式决定着社会生活、政治生活以及一般精神生活的过程。并不是人们的意识决定人们的存在，恰好相反，正是人们的社会存在决定人们的意识。社会的物质生产力发展到一定阶段时，便和它们向来在其中发展的那些现存生产关系、或不过是现存生产关系在法律上的表现的财产关系发生矛盾，于是这些关系便由生产力发展的形式变成了束缚生产力的桎梏。那时社会革命时代就到来了。随着经济基础的变更，于是全部庞大的上层建筑中也就会或迟或速地发生变革。❶

这段话一向被认为是历史唯物主义定义的"经典表述"，它指明生产力与生产关系的矛盾运动推动社会的发展，经济基础决定上层建筑，社会存在决定社会意识。这个历史唯物主义的总原理或基本原理已广为传播、广为人知，无须多说。我要说的是，在这个"经典表述"中，不仅概述了历史唯物主义的总原理或基本原理，而且也蕴含着对于阶级论原则这一局部性或从属性原则的说明，只是以前人们对此未能加以申述。这段话在阐述生产力与生产关系的矛盾运动是历史发展的决定性力量这一历史唯物主义基本原理时，已提示人们：在阶级社会（奴隶社会、封建社会、资本主义社会）中，新生产力与旧生产关系的矛盾，表现为代表新生产力的新兴阶级与代表旧生产关系的没落阶级的矛盾与斗争，当旧生产关系成为新生产力的桎梏时，"社会革命时代就到来了"，新兴阶级的革命、胜利，实质是新生产力冲破旧生产关系的桎梏建立新生产方式，因此，在阶级社会中，社会变革、发展的根本动力依然是生产力与生产关系

❶ 马克思：《政治经济学批判序言》，《政治经济学批判》，北京：人民出版社，1959年，第2、3页。

的矛盾运动，阶级斗争、革命，是从其中派生出来的，并且是为新生产力的发展、新生产方式的诞生服务的。也就是说：在阶级社会中，对于社会的发展，阶级论原则只是作为从属性原则而起作用。通常所说的"阶级社会的历史就是阶级斗争的历史"，仅是指阶级斗争是阶级社会发展的特点，而不是以阶级斗争取代生产力与生产关系的矛盾运动这一阶级社会发展的根本动力。阶级论原则，不能取代历史唯物主义的基本原理，它对基本原理的从属性是丝毫也不能改变的。

马克思曾如此明确地叙述"阶级论原则"的内容：

> 无论是发现现代社会中有阶级存在或发现各阶级的斗争，都不是我的功劳，在我以前很久，资产阶级的历史学家就已经叙述过阶级斗争的历史发展，资产阶级的经济学家也已对各个阶级作过经济上的分析。我的新贡献就是证明了下列几点：（1）阶级的存在仅仅同生产发展的一定历史阶段相联系；（2）阶级斗争必然要导致无产阶级专政；（3）这个专政不过是达到消灭一切阶级和进入无阶级社会的过渡。❶

这里指出：其一，"阶级论原则"是包括无产阶级专政的，也即历史唯物主义是将后来称为"阶级斗争和无产阶级专政理论"作为自己的内容之一。其二，无产阶级专政，只是进入无阶级社会的过渡，仍然是为新社会的诞生服务的。这再度肯定了"阶级论原则"

---

❶ 《马克思致约·魏德迈（1852 年 3 月 5 日）》，《马克思恩格斯选集》（四），杭州：浙江人民出版社，1974 年，第 332、333 页。

的从属性质。

后来，恩格斯对无产阶级专政的内涵进一步阐述：

> 可以设想，在人民代议机关把一切权力集中在自己手里，只要取得大多数人民的支持就能够按照宪法随意办事的国家里，旧社会可能和平长入新社会，比如在法国和美国那样的民主共和国，在英国那样的君主国，英国报纸上每天都在议论即将赎买王朝的问题，这个王朝在人民的意志面前是软弱无力的。但是在德国，政府几乎有无上的权力，帝国国会及其他一切代议机关毫无实权，因此，在德国宣布某种类似的做法，而且在没有必要的情况下宣布这种做法，就是揭去专制制度的遮羞布，自己去遮盖那赤裸裸的东西。❶

这段话，近年来常被引用，引用者意在强调无产阶级革命的实践，除了暴力方式还有和平方式的可能性。不过，在我看来，恩格斯这段话的重要意义，还不在于此，而在于它阐明了"人民代议机关"这一民主的形式在怎样的条件下，才能使"旧社会可能和平长入新社会"，也即阐明了无产阶级专政的内涵：其一，"人民代议机关把一切权力集中在自己手里"，这确定了无产阶级专政的最高权力机关；其二，"取得人民大多数的支持"，这指明了无产阶级专政的基础，它的合法性的根据；其三，"按宪法随意办事"，这规范了无产阶级专政行使权力的最高依据，其中"随意"两字特别耐人寻味，

---

❶ 恩格斯：《1891年社会民主党纲领草案批判》，《马克思恩格斯全集》（二十二），北京：人民出版社，1965年，第273页。

"随意"在这里并不是"任意而行",而是"从心所欲不逾矩",是全社会不论尊卑贫富都知道自觉遵守宪法,任何个人,无论处于社会分工中的何种位置,都知道必须按宪法办事。所以,无产阶级专政的实践还包含着全社会"公民"意识的养成。这三方面的总和,表明了无产阶级专政的本质是人民民主。关于政治制度的民主,我们不能忘记恩格斯这一教导:"当然民主制是个中转点,但不是转向新的改良的贵族制,而是转向真正的、人的自由。"❶ 这是对于无产阶级的民主制的明确规定。无产阶级专政的目标是共产主义,是"真正的、人的自由",即使一时借用资产阶级的代议制,也必将向真正的民主转变。马克思对此说得很明确:

> 这是不是说,旧社会崩溃以后就会出现一个表现为新政权的新阶级的统治呢? 不是。
>
> ....
>
> 工人阶级在发展进程中将创造一个消除阶级和阶级对立的联合体来代替旧的资产阶级社会。从此再不会有任何原来意义的政权了。因为政权正是资产阶级社会内部阶级对立的正式表现。❷

可见,无产阶级专政的任务,是"创造一个消除阶级和阶级对立的联合体","从此再不会有任何原来意义的政权",即不再有"表现

---

❶ 恩格斯:《英国状况——评托马斯·卡莱尔的〈过去与现在〉》,《马克思恩格斯全集》(三),北京:人民出版社,2002年,第523页。
❷ 马克思:《哲学的贫困》,《马克思恩格斯选集》(一),杭州:浙江人民出版社,1974年,第160页。

为新政权的新阶级的统治了"！这里，不仅再度证明了历史唯物主义的阶级论原则是从属于基本原理与核心思想（详下文）的，而且让我们理解了无产阶级专政的根本性质与目标。

在简单说了总原理或基本原理，以及局部性或从属原则之后，下面着重说贯穿于两者之间的核心思想，即历史唯物主义的核心思想。

（二）核心思想

马克思、恩格斯在《德意志意识形态》（下文称《意识形态》）中写道：

> 在整个历史发展过程中构成一个有联系的交往形式的序列，交往形式的联系就在于：已成为桎梏的旧交往形式被适应于比较发达的生产力，因而也适应于进步的个人自主活动方式的新交往形式所代替；新的交往形式又会成为桎梏，然后又为别的交往形式所代替。由于这些条件在历史发展的每一个阶段都是与同一时期的生产力的发展相适应的，所以它们的历史同时也是发展着的、由每一个新的一代承受下来的生产力的历史，从而也是个人本身力量发展的历史。❶

这指出：生产力的不断发展，引起个人自主活动方式的不断进步及

---

❶ 马克思、恩格斯：《德意志意识形态（节选本）》，北京：人民出版社，2008年，第68页。

与之相适应的交往形式的不断更新，构成了"整个历史发展过程"，由于这个过程都是由生产力发展所推动，所以社会历史"同时也是发展着的由每一个新的一代承受下来的生产力的历史"。显然，这与上文所说的历史唯物主义基本原理相一致，都同样从生产力的发展及与之相应的生产关系的变革，即从社会经济基础的变革来说明人类历史的发展。只是这个表述，特别明确地突出了"比较发达的生产力"与"进步的个人自主活动方式"的一致，即特别明确突出了历史既是不断发展的"生产力的历史"，"从而也是个人本身力量发展的历史"。这样的表述有重要的意义：一方面，它将生产力的发展与个人本身力量的发展统一起来，统一作为历史发展的决定性力量，统一作为历史发展水平的决定性标志。这与《1844年经济学哲学手稿》（下称《手稿》）所说的"无论是劳动的材料还是作为主体的人，都既是运动的结果，又是运动的出发点"相同（见第一篇笔记）。这就避免孤立地肯定"历史是生产力发展的历史"的片面性，避免陷入将历史唯物主义理解为生产力决定论（经济决定论）的危险；另一方面，也是更重要的方面，特别提出历史"也是个人本身力量发展的历史"，凸显了马克思主义历史观重视人，重视从个人本身力量的发展来说明历史的发展。这一点，马克思在《手稿》中就已指出：个人是"社会联系的主体，…… 这些个人是怎样的，这种社会联系本身就是怎样的"。❶ 同样的思想，马克思在给安年柯夫的一封信中说得更具体，更充分：

　　　　所以生产力是人们的实践能力的结果，但是这种能力本身

---

❶ 《1844年经济学哲学手稿》，北京：人民出版社，2008年，第171页。

决定于人们所处的条件，决定于先前已经获得的生产力，决定于在他们以前已经存在、不是由他们创立而是由前一代人创立的社会形式。单是由于后来的每一代人所得到的生产力都是前一代人已经取得而被他们当作原料来为新生产服务这一事实，就形成人们的历史中的联系，就形成人类的历史，这个历史随着人们的生产力以及人们的社会关系的愈益发展而愈益成为人类的历史。由此就必然得出一个结论：人们的社会历史始终只是他们的个体发展的历史，而不管他们是否意识到这一点。他们的物质关系形成他们的一切关系的基础。这些物质关系不过是他们的物质和个体的活动所借以实现的必然形式罢了。❶

虽然，人类的历史"随着人们的生产力以及人们的社会关系的愈益发展而愈益成为人类的历史"，但是"生产力是人们实践能力的结果"，人本身的力量主导着生产力的发展；虽然，人的发展受到社会物质关系的制约，但是，这些关系又只是人们的"活动所借以实现的必然形式"，人总是推动历史进程的主体。就因为在生产力与生产关系的矛盾运动中，在整个历史发展过程中，个人本身力量的发展，始终居于主体地位，起着主导作用，马克思才断言，"人们的社会历史始终只是他们个体发展的历史"。人是历史的主体这一思想是马、恩的一贯思想，是他们反复阐述的：

全部历史是为了使"人"成为感性意识的对象和使"人作

---

❶ 《马克思致巴·瓦·安年柯夫（1846 年 12 月 28 日）》，《马克思恩格斯选集》（四），杭州：浙江人民出版社，1974 年，第 321 页。

为人"的需要成为需要而作准备的历史（发展的历史）❶

> "历史"并不是把人当作达到自己目的的工具来利用的某种特殊的人格。历史不过是追求着自己目的的人的活动而已。❷

《手稿》并且从人自身的内在要求来说明个人作为历史主体的必然性：

> 人作为对象性的、感性的存在物，是一个受动的存在物；因为它感到自己是受动的，所以是一个有激情的存在物。激情、热情是人强烈追求自己的对象化的本质力量。❸

> 人这个存在物必须被归结为这种绝对的贫困，这样他才能够从自身产生出他的内在丰富性。因此，对私有财产的扬弃，是人的一切感觉和特性的彻底解放。❹

第一段引文，从人的本性说明个人作为历史主体的必然性。人是受动的存在物，他的存在要在客观的现实对象中确认，但人同时又是能动的存在物，作为他本质力量的激情、热情，就会催生他追求自己本质的对象化，从而在发展自己的同时发展社会历史。第二段引

❶ 《1844年经济学哲学手稿》，北京：人民出版社，2008年，第90页。
❷ 马克思、恩格斯：《神圣家族》，北京：人民出版社，1958年，第118页。
❸ 《1844年经济学哲学手稿》，北京：人民出版社，2008年，第107页。
❹ 同上书，第85、86页。

文则从社会运动的过程来说明人作为历史主体的必然性。人在异化过程中沦为"绝对的贫困",这样他就会"从自身产生出他的内在丰富性",即实现对私有财产即自我异化的扬弃、实现自己"一切感觉和特性"的"彻底解放",在发展自己的同时发展了历史。无论从人的本性,从人的社会实践活动过程来看,个人作为历史进程的主体都是必然的,这有力证明了历史是个人本身力量发展的历史。

前文已经提到,马、恩在说个人时,既指每一个人,同时也指所有个人的集合,因此,他们说个人是历史的主体,不仅仅是指特定的一个人,而且也指所有个人的集合,而且是以"集合"的形式表现出来的。恩格斯就曾明确地说:

> 历史是这样创造的:最终的结果总是从许多单个的意志的相互冲突中产生出来的,而其中每一个意志,又是由于许多特殊的生活条件,才成为它所成为的那样。这样就有无数互相交错的力量,有无数个力的平行四边形,而由此就产生出一个总的结果,即历史事变。这个结果又可以看作一个作为整体的、不自觉地和不自主地起着作用的力量的产物。……所以,以往的历史总是象一种自然过程一样地进行,而且实质上也是服从于同一运动规律的。但是,各个人的意志……虽然都达不到自己的愿望,而是融合为一个总的平均数,一个总的合力。然而,从这一事实中决不应作出结论说,这些意志等于零。相反地,每个意志都对合力有所贡献,因而是包括在这个合力里面的。❶

---

❶ 《恩格斯致约・布洛赫(1890 年 9 月 21—22 日)》,《马克思恩格斯选集》(四),杭州:浙江人民出版社,1974 年,第 478、479 页。

这里肯定历史事变的发生，历史的进程，无数的单个人的意志都"有所贡献"，虽然这贡献是表现在所有人的意志所形成的"平行四边形"和"总的合力"中。

反复肯定个人对历史发展的作用，肯定历史是个人的发展史，表明马克思、恩格斯认为人的历史发展的思想在历史唯物主义理论中有极重要的地位，我把这重要地位表述为"核心思想"。我认为，人的历史发展的思想，即人既在历史中发展，又推动历史的发展，是历史发展的主体，这是历史唯物主义的核心、精髓。

上述结论，马克思、恩格斯在他们的社会发展理论中有进一步的阐明。首先必须了解马克思提出的历史发展的"三大社会形态"理论（或称"三形态说"）。杨耕在《马克思主义历史观研究》一书中介绍这一理论时，是依据马克思的《经济学手稿（1857—1858年）》的阐述，"人的依赖关系（起初完全是自然发生的），是最初的社会形态，在这种形态下，人的生产力只是在狭窄的范围内和孤立的地点上发展着。以物的依赖性为基础的人的独立性，是第二大形态，在这种形态下，才形成普遍的社会物质交换，全面的关系，多方面的需求以及全面的能力的体系。建立在个人全面发展和他们共同的社会生产能力将成为他们的社会财富这一基础上的自由个性，是第三阶段。第二阶段为第三阶段创造条件"。杨耕把这段话简述为：以人对人的直接依赖关系为特征的社会形态；以人对物的依赖性为基础的人的独立性为特征的社会形态；以"人的自由个性"为特征的个人全面而自由发展的社会形态。这三大社会形态，有学者表述为：前现代（自然经济）社会，现代（市场经济）社会，共产主义（产品经济）社会。我以为不妨直接表述为：不独立或不自由的人的社会、不完全独立或不完全自由的人的社会、真正独立或真正自由的人的社会。杨耕在介绍这"三大社会形态"理论同时，还介绍了国内学术界对它与"五大社会形态"理论（即将社会发展划分为：原始共产主义社会、奴隶社会、封建社会、资本主义社会、共产主义社会）孰为优长的种种争论，并说：马克思的"三大社会形态"的理论及其意义已得到国内哲学界的认同。❶——将社会发展划分为五大形态，是以生产方式的不同为依据的。而马克思提出的社会发展的"三形态说"，显然是以人的自由本质历史发展的不同水平为标准，简单地说就是以人的自由的不同水平为标准的。这样，马克思就把人在历史发展过程中的主体作用，把历史也是个人本身力量发展的历史，更具体、更深入、更本质地加以指明：历史就是人的自由本质的历史展开的过程，即历史是人不断走向自由的过程，人的自由的不同水平决定社会发展的不同水平。因此，"三形态说"就是以历史唯物主义的核心思想为依据，是对这一思想的具体发挥与再度阐释，人们对"三形态说"的认同，正是对历史唯物主义核心思想的认同。

不仅整个历史发展过程，可按人的历史发展、人的自由本质发展的不同水平为标准划分出三个不同的社会形态，而且在同一社会形态中，社会的发展水平主要也是以人的自由本质发展的水平来衡量的。马克思之所以在称赞古代希腊艺术的不朽性时肯定希腊社会，就是因为他认为和当时其他社会相比，古代希腊社会、希腊人的发展比较合理，古代希腊是"正常的儿童"，优于同时代那些"早熟的儿童""粗野的儿童"的社会。马克思以儿童的发展状况来

---

❶ 杨耕：《马克思主义历史观研究》，北京：北京师范大学出版社，2012年，第251—255页。

比喻古代社会的发展，这绝不是偶然的，而是出自以人的自由本质发展水平作为社会发展水平的标志这一思想，——类似古代社会的这种情况，也见诸现代历史。比如第二次世界大战时期的英美与德日，同属发达资本主义时期，生产力的发展水平也同属世界前列，但德日在法西斯主义统治下，摧残了人的发展，比之英美，社会及人的自由不仅没有进步，反而倒退了。所以，生产力和人的发展相统一是历史发展的动力，也是历史发展水平的标志，而个人本身力量的发展，个人自由本质的发展，才是历史发展的根本动力，也才是历史发展水平的根本标志，这就是贯穿于历史唯物主义基本原理中的核心思想的简要表述。

历史已证明，"阶级论原则"（包括无产阶级专政思想）实践之正确与否，取决于是否促进生产力的发展与人的自由的发展，特别要依据是否促进人的自由的发展来做最终的判断。众所周知，《共产党宣言》号召全世界无产者联合起来，以推翻资产阶级的统治，在这部凸显阶级论原则的伟大著作里，马克思、恩格斯还是明确指出："代替那存在着各种阶级以及阶级对立的资产阶级旧社会的，将是一个以各个人自由发展为一切人自由发展的条件的联合体。"❶这毫无疑义地表明了，从属于基本原理的阶级论原则，也从属于核心思想，为核心思想服务。

马克思、恩格斯在阐明历史发展时，着重阐明人从不自由向完全自由发展的思想，肯定个人本身力量的发展，个人自由本质的发展，既是历史发展的根本动力，也是历史发展水平的根本标志。如此凸显人的发展对于历史发展的主导作用，并不等于说人本身力量

---

❶　马克思、恩格斯：《共产党宣言》，北京：人民出版社，1961 年，第 52 页。

的发展、人的自由本质的展开、人的自由的发展是不受任何限制的。《资本论》写道：

> 劳动首先是人和自然之间的过程，是人以自身的活动来引起、调整和控制人和自然之间的物质交换的过程。人自身作为一种自然力与自然物质相对立，为了在对自身生活有用的形式上占有自然物质，人就使他身上的自然力——臂和腿、头和手运动起来，当他通过这种运动作用于他身外的自然并改变自然时，也就同时改变他自身的自然，他使自身的自然中沉睡着的潜力发挥出来，并且使这种力的活动受他自己的控制。❶

这段话指出以下两点。其一，劳动生产的过程，是人为满足自己的需求而"占有自然物质"，"并改变自然"的过程，也就是人在推进自身发展的同时推进历史的发展过程。这重申了历史唯物主义关于人的发展思想，关于人是历史主体的思想。其二，对历史唯物主义的社会发展理论做了一个重要的补充：在改变自然的过程中，人的潜力得到发挥，人的本身力量得到发展，但是，"这种力的活动"，是有约束的、有限制的，是必须"受他自己的控制"的。人必须"调整和控制"自身对自然的占有，不能盲目地发挥所谓"主观能动性"。恩格斯也阐述过类似的观点，他在《自然辩证法》里，叙述美索不达米亚、希腊的居民和阿尔卑斯山的意大利人，都因不适当地征服自然，而造成灾难性的后果，并严肃指出："因此我们必

---

❶ 马克思：《资本论》（第一卷上册），北京：人民出版社，1974 年，第 201、202 页。

须时时记住：我们统治自然界，决不像征服者统治异民族一样，决不像站在自然界以外的人一样，——相反地，我们同我们的肉、血和头脑一起，都是属于自然界，存在于自然界中；我们对自然界的整个支配，仅仅是因为我们胜于其他一切动物，能够认识和正确运用自然规律而已。"❶ 这同样告诫我们：人是自然的一部分，因而人类在改造自然、发展自身时决不能"像征服者统治异民族一样"肆意妄为，必须"认识和正确运用自然规律"，在与自然关系的平衡中，协调自身的发展，否则会造成既影响自然又影响人类的灾难性后果。马克思、恩格斯的这些话都表明：历史唯物主义从人的发展阐明历史的发展，是从人与自然的和谐共生中阐明历史的发展。它表明历史唯物主义的社会发展理论，不仅与人类中心主义有本质区别，而且包含有与人类中心主义相对立的现代生态学理论的要义。

关于这个社会发展理论，马克思在《资本论》里还进行了简要的综述：

> 事实上，自由王国只是在由必需和外在目的规定要做的劳动终止的地方才开始；因而按照事物的本性来说，它存在于真正物质生产领域的彼岸。象野蛮人为了满足自己的需要，为了维持和再生产自己的生命，必须与自然进行斗争一样，文明人也必须这样做；而且在一切社会形态中，在一切可能的生产方式中，他都必须这样做。这个自然必然性的王国会随着人的发展而扩大，因为需要会扩大；但是，满足这种需要的生产力同时也会扩大。这个领域内的自由只能是：社会化的人，联合起

---

❶ 恩格斯：《自然辩证法》，北京：人民出版社，1961年，第146页。

来的生产者，将合理地调节他们和自然之间的物质交换，把它置于他们的共同控制之下，而不让它作为盲目的力量来统治自己；靠消耗最小的力量，在最无愧于和最适合于他们人类本性的条件下来进行这种物质交换，但是不管怎样，这个领域始终是一个必然王国。在这个必然王国的彼岸，作为目的本身的人类能力的发展，真正的自由王国，就开始了。但是，这个自由王国只有建立在必然王国的基础上，才能繁荣起来。❶

从这段话，可以体会到以下三点。

其一，把社会历史发展的全过程概括为从必然王国走向自由王国的过程，这自由王国就是共产主义社会，此前的历史都属于必然王国。

其二，对自由王国的人的劳动做了规定：它不是"由必需和外在规定要做的劳动"，而是进行"真正物质生产"的劳动，简言之，即不是异化的劳动，而是自由的劳动。把自由劳动作为共产主义的物质基础，那么共产主义社会的劳动者是怎样的呢？"作为目的本身的人类能力的发展"得到实现，也即人的自由而全面的发展得到实现，这也就是"三形态说"所指的"自由个性"的人。如果参照《共产党宣言》，那还可以说：共产主义的社会组织形式是自由人的联合体。——这样，我们就可以完全明白马克思之所以把共产主义称为"自由王国"，是因为它具有自由劳动、自由个性、自由人的联合体三大特征，或合起来说，共产主义是由进行自由劳动的自由

❶　马克思：《资本论》（第三卷上册），《马克思恩格斯全集》（二十五），北京：人民出版社，1974年，第926、927页。

个性的人组成的联合体。

其三，扼要指明了必然王国向自由王国过渡时必具的特征：（1）"联合"起来的生产者，将社会生产力"置于他们共同控制之下，而不让它作为盲目的力量来统治自己"，也就是劳动者不断扬弃"异化劳动"、接近"自由劳动"；（2）"联合"起来的生产者，"靠消耗最小的力量，在最无愧于最适合于他们的人类本性的条件下"进行生产，也就是劳动者不断扬弃"自我异化"，接近"自由个性"。具有如此特征的社会，仍然是属于必然王国，然而，它的繁荣正是向自由王国发展的"基础"。——马克思指出的这两个特征，表明自由劳动、自由个性、自由人的联合体，既是共产主义的特征，也贯穿于人类历史的全过程中，它们是人类共同的要求，因此，它们可以用来衡量当今世界不同国家的发展水平，说明其优长与不足。如果世界各国都能认识到这一点，就能向着人类共同的目标前进。

马克思的社会发展的"三形态说"，目标是共产主义，但他并不认为共产主义是社会发展的最后阶段，是人的自由发展的终点。他在《手稿》中，就特别阐明共产主义之后社会的发展与人的发展的问题，可看作对"三形态"说补充。他这样说：

> 共产主义是作为否定的否定的肯定，因此，它是人的解放和复原的一个现实的、对下一段历史发展来说是必然的环节。共产主义是最近将来的必然的形式和有效的原则。但是，共产主义本身并不是人的发展的目标，并不是人的社会的形式。❶

❶　马克思：《1844 年经济学哲学手稿》，北京：人民出版社，2008 年，第 93 页。

十分清楚，在共产主义之后，社会还将继续发展，人还将继续发展。至于如何发展，马、恩虽没有专门论述，但从他们的言论中，还是可以窥见其一二。

他们认为，共产主义社会是"个人的独创的和自由的发展不再是一句空话的惟一的社会"❶。如第一篇笔记所述，应该重视"独创的"发展这一思想，全面而自由的发展，不仅是指消灭私有制及分工的桎梏之后，人们可以按自己的兴趣从事并转换不同的工作，而且是指发展的独创性、创造性，以及与创造性相伴随的批判性。这种批判性，是共产主义社会中的人，自觉地对于共产主义社会自身的否定，所以恩格斯认为从事批判是共产主义社会人们的日常工作之一。富有自觉的自我批判与创造精神是共产主义社会继续发展、人继续发展的重要动力之一。这一点具有重大意义。以共产主义为目标的中国共产党，在新民主主义革命时期重视批评与自我批评，在社会主义建设时期，重视自我完善，提倡"创新"的发展理念，这正是马克思主义的自我批判精神与创造精神的体现。

马、恩对人的发展与社会发展的阐述，还基于对人的本性的理解。马克思在谈到人与动物的区别、人的类本质时说："动物只是按照它所属的那个种的尺度和需要来构造，而人懂得按照任何一个种的尺度来进行生产，并且懂得处处都把内在的尺度运用于对象；因此，人也按照美的规律来构造。"❷ 人的这个本质，必然在整个历史进程中体现出来，尤其在扬弃异化之后的共产主义社会，将更

---

❶ 马克思、恩格斯：《德意志意识形态（节选本）》，北京：人民出版社，2008 年，第 100 页。
❷ 马克思：《1844 年经济学哲学手稿》，北京：人民出版社，2008 年，第 58 页。

充分地、更完全地体现出来。在共产主义社会中，人类更加能够"按照美的规律来构造"，也即按美的规律，发挥自省精神和创造精神，不断创新社会，并在这过程中实现自身的发展。这是马克思关于历史未来发展的预言：人类必将不断自由地、富有创造性地向美的境界攀登。这是历史唯物主义的最高境界。

（三）基本原理、从属性原则、核心思想三者的辩证统一

尽管本篇笔记相对于基本原理和从属性原则，对于核心思想有较详细的叙述，但必须指出：马、恩是从基本原理、从属性原则、核心思想三者的辩证统一中来阐述历史唯物主义这一不朽学说的，只是他们较为突出核心思想，并且侧重从人的历史发展来定义历史唯物主义。《意识形态》就这样写道：

> 这种考察方法不是没有前提的。它从现实的前提出发，它一刻也不离开这种前提。它的前提是人，但不是处在某种虚幻的离群索居和固定不变状态中的人，而是处在现实的、可以通过经验观察到的、在一定条件下进行的发展过程中的人。……在现实生活面前，正是描述人们实践活动和实际发展过程的真正的实证科学开始的地方。❶

再次指明历史唯物主义考察方法的"前提是人"，是"是处在现实

---

❶ 马克思、恩格斯：《德意志意识形态（节选本）》，北京：人民出版社，2008年，第17页。

的""在一定条件下进行的发展过程中的人"。这里说的"现实的""在一定条件下"指的就是在一定历史阶段人所处的社会关系的大网络与小网络，尤其是其中的生产力与生产关系、阶级与阶级斗争的总情势及具体态势。正如第一篇笔记说到的，人的本质是自由，在其现实性上，是一切社会关系的总和。人正是在这一切社会关系的总和中活动发展，所以历史唯物主义"正是描述人们实践活动和实际发展过程的真正实证科学"。这个定义，体现了以人的历史发展为核心和基本原理、从属性原则的辩证统一。这个定义，后来恩格斯在《费尔巴哈与德国古典哲学的终结》中有更简要的表述：

> 对抽象的人的崇拜，即费尔巴哈新宗教的这个核心，必须由研究现实的人及其历史发展的科学来代替。❶

以"研究现实的人及其历史发展的科学"这样突出人的历史发展来定义历史唯物主义，让我们明白，历史唯物主义不仅是"唯物的"，也是"唯人的"，是"唯物"与"唯人"相统一的，而且尤为重视"唯人"。

综上所述，在认识了历史唯物主义总原理或基本原理、局部性原则或从属性原则之后，还应进一步认识其核心思想。进一步认识到生产力发展与人本身力量发展相统一，既是历史发展的动力，也是历史发展水平的标志，尤其应认识到个人本身力量的发展，是人的自由本质的发展，即有意识的、积极的、创造性的、与自然和谐

---

❶ 恩格斯：《费尔巴哈与德国古典哲学的终结》，北京：人民出版社，1961年，第31页。

共生的、有自我调整与控制的、以美为目标的发展，既是历史发展的根本动力，也是历史发展水平的根本标志，这是历史唯物主义的精髓、核心。

历史唯物主义是马克思、恩格斯对人类思想史的伟大贡献，它过去是，现在仍然是观察社会的根本指针。鉴于中国的马克思主义者在长时期中对它的接受与传播，都相对忽略其核心思想，而这一思想对于理解钱先生及其文学思想又特别重要，所以，笔者不揣谫陋对它着重叙述。

然而，正如副标题所写，本文只是笔者学习历史唯物主义的"笔记"，只记述某些学习体会，并不是这一伟大学说的介绍。上面说历史唯物主义是基本原理、从属性原则、核心思想三者的辩证统一，也只是简单勾勒，其中内容之丰富，我无力尽述，例如基本原理，本文只说了生产力决定生产关系，经济基础决定上层建筑与意识形态，但未涉及生产关系对于生产力的反作用，上层建筑、意识形态对于经济基础的反作用。即使对经济基础的叙述也多有欠缺，这里引用恩格斯的一段话略施弥补：

> 我们视为社会历史的决定性基础的经济关系，是指一定社会的人们用以生产生活资料和彼此交换产品（在分工的条件下）的方式说的。因此，这里也包括生产和运输的全部技术装备。这种技术装备，照我们的观点看来，同时决定着产品的交换方式，以及分配方式，从而在氏族社会解体后也决定着阶级的划分，决定着统治和从属的关系，决定着国家、政治、法律等等。此外，包括在经济关系中的还有这些关系赖以发展的地理基础和事实上由过去沿袭下来的先前各经济发展阶段的残余

（这些残余往往只是由于传统或惰力才能继续保存下来），当然还有围绕这一社会形式的外部环境。❶

这段话把经济基础的构成因素说得全面辩证。其中所说的科学技术以及"地理基础""外部环境"等经济关系的构成因素，尤其是科学技术的重要性（这一点，当今尤为突出），本文均未涉及。诸如此类的缺失，仅此举例，无法尽说，只能如此反复表白，敬请读者明鉴。

（四）正确认识历史唯物主义与人道主义的关系

全面的、辩证的、准确的理解历史唯物主义绝不是容易的事，对理论本身的阐述不容易，要纠正对它的误解或曲解也不容易。由于后一方面的内容对本文所要谈的钱谷融先生的文学思想也有密切的关系，也只能硬着头皮来说。常见的有三种误解。

第一种是把生产力决定生产关系、经济基础决定上层建筑、意识形态绝对化，误解乃至曲解为生产力决定论或经济决定论。恩格斯早就指出这是对唯物史观的"歪曲"，是"荒诞无稽的空话"❷。第二种是对阶级论原则误解乃至曲解。认为阶级论是马克思主义学说的基础，甚至将马克思主义等同于阶级论，这就把阶级论原则在历史唯物主义中的从属地位改变为核心地位。这是一个根本性的错

---

❶ 《恩格斯致符·吉尔博乌斯（1894 年 1 月 25 日）》，《马克思恩格斯选集》（四），杭州：浙江人民出版社，1974 年，第 505 页。
❷ 《恩格斯致约·布洛赫（1890 年 9 月 21—22 日）》，《马克思恩格斯选集》（四），杭州：浙江人民出版社，1974 年，第 477 页。

误。由于这个错误认识，包括中国在内的世界共产主义运动就犯了许多"左倾"错误，产生严重后果。对历史唯物主义的这两个误解乃至曲解已众所周知，就不多说了。

还有一个误解乃至曲解，表现在历史唯物主义与人道主义的关系方面。西方的一些理论家提出马克思主义就是人道主义，此外，在中国现当代文坛，对马克思主义与人道主义关系的认识也几经反复。它们的具体情况都颇为繁复。我不准备对其中问题逐一加以辨析，而直接阐明历史唯物主义对人道主义的继承与发展的关系，以便更准确认识历史唯物主义。何况阐明历史唯物主义与人道主义的辩证关系，还对于下文论述钱谷融先生的人道主义思想十分必要，因此多花一些笔墨。

马克思关于人道主义及其与共产主义关系的精辟而简要的见解写在《手稿》之中。关于《手稿》，虽曾有理论家认为它是马克思主义尚未成熟时期的著作，但多数理论家则肯定它已基本正确表述了历史唯物主义。其实，恩格斯早就指出：马克思在1845年就将历史唯物主义"完全周密地规定出来"，并且"早在1845年前几年就已经逐渐地接近到了"。❶ 据此，我们可以推定：在"1845前几年"的最后一年，即1844年写成的《手稿》，无疑已基本正确表述了历史唯物主义。《手稿》既基本正确表述了历史唯物主义，又采用人道主义这一术语来表述，这对于我们理解马克思关于人道主义及其与共产主义关系的思想极为重要。《手稿》写道：

---

❶ 恩格斯：《共产党宣言·1888年英文版序言》，《共产党宣言》，北京：人民出版社，1961年，第11页。

无神论是以扬弃宗教作为自己的中介的人道主义，共产主义则是以扬弃私有财产作为自己的中介的人道主义，只有通过扬弃这种中介——但这种中介是一个必要的前提，——积极地从自身开始的即积极的人道主义才能产生。

然而，无神论，共产主义决不是人所创造的对象世界的消逝、舍弃和丧失，即决不是人的采取对象形式的本质力量的消逝、舍弃和丧失，决不是返回到非自然的、不发达的简单状态去的贫困。恰恰相反，它们倒是人的本质或作为某种现实东西的人的本质的现实的生成，对人来说的真正的实现。❶

共产主义是私有财产即人的自我异化的积极的扬弃，因而是通过人并且为了人而对人的本质的真正占有；因此，它是人向自身、向社会的即合乎人性的人的复归，这种复归是完全的，自觉的和在以往发展的全部财富的范围内生成的。这种共产主义，作为完成了的自然主义＝人道主义，而作为完成了的人道主义＝自然主义。❷

肯定无神论的人道主义，是因为它扬弃神权对人的束缚，实现人的解放；肯定共产主义的人道主义，是因为它扬弃私有财产即人的自我异化，实现人的自由个性。马克思还在这两种有本质差异的人道主义中，发掘出共同的内容，并予以肯定，称之为"积极的人道主义"，具体表述为：人的本质的"现实生成"，即人的本质力量的不断丰富。换句话说，"积极的人道主义"，就是人处于不断异化与扬

❶ 马克思：《1844年经济学哲学手稿》，北京：人民出版社，2008年，第112、113页。

❷ 同上书，第81页。

弃异化的过程中，处于不断争取自由的过程中，这就是人的积极发展的思想。马克思认为它是贯穿于这两种人道主义之中的积极内容或合理内核，这是马克思主义关于人道主义的第一个重要的观点。一个最基本、最重要却常为人们所忽略的观点。

马克思还在人的本质的"现实生成"这个意义上使用"人道主义"这一术语，并用它来表述自己的世界观、历史观，他认为共产主义是人的本质力量在"以往发展的全部财富的范围内生成的"，是"对人的本质的真正占有"，是人的完全复归，是"完成了的人道主义"，（后来马克思把这表述为"自由个性"或人的自由而全面的发展），也就是说，共产主义是从"积极的人道主义"发展到"完成了的人道主义"，从人的不断争取自由到实现真正的自由。从"积极的"到"完成了的"，是在继承的基础上实现了质的飞跃。可见，共产主义是吸收且发展了人道主义的人的积极发展这一合理内核，而达到与之有根本不同的人的自由而全面的发展。这是马克思主义关于人道主义的另一个重要观点。自从紧随《手稿》之后的《德意志意识形态》开始，马克思、恩格斯就不再借用"人道主义"这一术语来表述共产主义了，他们的新表述已为人们所熟知，无须摘引，但可以肯定，所有的新表述只是把共产主义与人道主义的关系说得更完善，并没有改变《手稿》之中的这个见解。

马克思这个观点，时常引起误解。现在，只看到马克思主义与人道主义的根本不同而把它们对立起来的人恐怕已经很少了，但只看到马克思主义对人道主义的继承而把两者等同起来的人却比较多。据我所知，这误解有两个来源：一个是马克思曾在《手稿》中借用人道主义这一术语来表述他的世界观、历史观，一些人即误认为共产主义即人道主义，在上文对于《手稿》有关论述的分析中已对此加以辨正；另一个来源于《神圣家族》中的这样一句话，"这种形而上学将永远屈服于现在为思辨本身的活动所完善化并和人道主义相吻合的唯物主义"，有人根据这句话，就误以为马克思恩格斯将历史唯物主义与人道主义等同起来，对此，还需加以辨正。在这句话之后，马克思接着说："费尔巴哈在理论方面体现了和人道主义相吻合的唯物主义，而法国和英国的社会主义和共产主义则在实践方面体现了这种唯物主义。"❶ 可见，这段话所说的"唯物主义"，是指费尔巴哈的唯物主义，是指英国、法国不成熟的早期的社会主义者和共产主义者的唯物主义，而不是马克思、恩格斯所创立的历史唯物主义，据这段话得出人道主义和历史唯物主义"相吻合"的结论，是违背马、恩原意的。当然，马、恩也并不认为历史唯物主义与人道主义全然无关，这段话出现在《神圣家族》第六章第3节《对法国唯物主义的批判的战斗》这一部分中，统观这部分文字，马、恩所说的这种唯物主义和人道主义"相吻合"的地方，指的是在人性及人的发展的某些观点上相一致。这些一致的观点，后来为历史唯物主义所继承并发展。因此，"和人道主义相吻合的唯物主义"，也仅仅指历史唯物主义关于个人本身力量发展的思想与人道主义关于人的发展思想有继承关系。

当马克思、恩格斯借用"人道主义"来表述他们的世界观时，不仅包含着对"人道主义"合理内核的继承，而且也包含着与人道主义合理内核的本质区别。这本质区别，据《手稿》与马、恩的有关论述，可概括为以下三个方面。其一，历史唯物主义的个人本身

---

❶ 马克思、恩格斯：《神圣家族》，北京：人民出版社，1958年，第159、160页。

力量发展的思想，强调个人在历史发展中的主体作用，强调个人自由本质的历史发展，强调个人的发展既是历史发展的动力，也是历史发展水平的标志，而人道主义的人的积极发展思想只是要求人的独立、尊严、价值和合理发展，而没有人是历史发展主体的意识。其二，历史唯物主义的个人本身力量发展的思想有明确的方向：消灭私有制，即消灭人的自我异化，实现共产主义，实现人向自由的、美的方向发展，而人道主义的人的积极发展思想，只空泛地追求人类的普遍幸福。其三，历史唯物主义的个人本身力量发展的思想，明确指出实现目标的历史道路，它要求与生产力发展相统一，在阶级社会里，还与阶级斗争相联系，而人道主义的人的积极发展思想，并没有关于如何发展的正确道路的认识。不了解这些本质差异，会因历史唯物主义的人的发展思想对人道主义的人的发展思想的继承关系而将两者等同起来；当然，只看到两者的本质差异，否认历史唯物主义对人道主义合理内核的继承又会将两者对立起来。不管是将历史唯物主义与人道主义对立起来，还是等同起来，都是片面的、不正确的，要正确掌握马克思关于共产主义对人道主义既有本质不同又有继承发展的辩证思想。但要特别指出的是，当代中国学术界乃至中国社会，对于人道主义曾反复做过不正确的批判，就此而言，提请人们更多注意历史唯物主义对人道主义积极内容的继承和发展，是十分必要和有益的！

除上述的两个观点之外，《手稿》的这几段文字，还给人们一个重要的启发。既然有无神论的人道主义、共产主义的人道主义，它们的内容既有本质区别，又有人的积极发展思想这一共同点，那么，是否能据此推论：不同历史发展阶段有不同的人道主义，它们既有不同的内容，又有人的积极发展这一共同内容。如果这样的推

走近钱谷融文学思想——「现实的人及其历史发展」与「文学是人学」

论能够成立，那么就存在着一种贯通古今的、以人的积极发展为核心的人道主义思想。事实正是如此。人道主义作为一种思潮，虽兴起于文艺复兴时期，但人道主义观念、人道主义思想，无论在古代的希腊和古代的中国都已存在，——孔夫子的"仁"的思想，郭沫若就认为是"顺应着奴隶解放的潮流"，是"人的发现""把人当成人"，是"相当高度的人道主义"❶——只是自文艺复兴开始，才随着资本主义的发展而盛行起来。在历史长河中，有些思想家以人道主义为旗帜，有些思想家虽不标举人道主义，却也被后人看作人道主义者。这么多不同的思想家，或自己，或被人归于人道主义行列之中，可见这人道主义有某些共同的内容。爱、怜悯、自我牺牲是广被崇尚的人道主义感情。包括这些内容在内，在通常的运用中，人道主义有三层含义：其一，肯定人的生存、温饱、繁衍的权利；其二，要求人的独立和合乎理性的发展（包括对压迫的反抗、价值的实现、道德的提升等）；其三，追求人类的普遍幸福。这是人类思想谱系中一种普适性的思想，是流传久远、影响广泛、认同普遍的社会思想，人们把它称作"广义人道主义"。中国现当代文坛所说的"人道主义"一般都是指这"广义人道主义"。这"广义人道主义"的三层含义中，贯穿着人类求解放、发展与幸福的要求，这恰是马克思所肯定的人道主义的合理内核，即人的积极发展的思想。由此可见，马克思是承认广义人道主义的。这是马克思主义关于人道主义的第三个重要观点。

当然，和广义人道主义并存的有各种特殊的人道主义，比如

---

❶ 郭沫若：《孔墨的批判》，《沫若文集》（15），北京：人民出版社，1961 年，第 92、94 页。

说，不同的人道主义思想家的人道主义主张都会有不同，这些不同的人道主义主张的社会作用也有积极与消极之别。马克思主义者根据它们的不同情况采取不同的态度，或支持，或批评，或否定，但这并不妨碍对于广义人道主义的承认。可以肯定，广义人道主义，是对种种特殊的人道主义的共同内容的抽象，即对其中追求人类生存、发展、幸福这一共同内容的抽象。马克思承认它，并发掘、肯定其中人的积极发展思想这一合理内核。在马克思主义形成之后，广义的人道主义与之平行发展，并在其积极意义上，是马克思主义的同盟军。

以上说了对历史唯物主义理解中的三个常见的误解，着重分析对历史唯物主义与人道主义关系的误解，这对于全面、准确理解历史唯物主义，尤其是它的核心思想十分重要。这不仅能正确理解钱先生从人道主义向马克思主义的转变，充分认识钱谷融文学思想的时代影响与理论意义，而且也能彻底纠正中国社会对历史唯物主义在认识上与实践上的种种错误。

（五）再申述

我们如果把上文引用的马克思、恩格斯的这几句话排列在一起，就能更清晰理解历史唯物主义的核心思想，把握马克思主义的精髓。

（1）整个所谓世界历史不外是人通过人的劳动而诞生的过程。——《1844 年经济学哲学手稿》

（2）（历史）也是个人本身力量发展的历史。——《德意

志意识形态》

（3）人们的社会历史始终只是他们的个体发展的历史。——《马克思致巴·瓦·安年科夫（1846年12月28日）》

（4）人的依赖关系（起初完全是自然发生的），是最初的社会形态，在这种形态下，人的生产能力只是在狭窄的范围内和孤立的地点上发展着。以物的依赖性为基础的人的独立性，是第二大形态，在这种形态下，才形成普遍的社会物质交换，全面的关系，多方面的需求以及全面的能力的体系。建立在个人全面发展和他们共同的社会生产能力成为他们的社会财富这一基础的自由个性，是第三阶段。第二阶段为第三阶段创造条件。——《经济学手稿（1857—1858年）》

（5）代替那存在着各种阶级以及阶级对立的资产阶级旧社会将是一个以个人的自由发展为一切人自由发展的条件的联合体。——《共产党宣言》

（6）对抽象的人的崇拜，即费尔巴哈新宗教的这个核心，必须由研究现实的人及其历史发展的科学来代替。——《费尔巴哈与德国古典哲学的终结》

第一句话说的是：人是历史的主体，其主体性在劳动中实现。人在劳动中发展，并推进劳动的发展，如此反复推进形成人类的历史。

如果说第一句话在全面概括历史的发展中已显示人是历史的主体，那么，第二、第三句话，则明确突出人在历史发展中的主体作用。马、恩认为：劳动是人的实践能力，物质生产的发展是人的自由本质发展的对象化，社会关系虽产生了人，但人自由本质的积极展开又创造了新的社会关系。所以，历史始终是人的发展史，是个人本身力量的发展史。

第四句话，则把人在历史发展中的主体作用，把历史也是个人本身力量发展的历史，从本质上阐明了，指出：历史就是人的自由本质展开的历史，就是人不断走向自由的历史。具体地说，在社会发展中，劳动固有的自由本质，经过不断自我异化与扬弃异化，不断向更高的自由劳动发展，同时，人固有的自由本质，也经过不断自我异化与扬弃异化，走向更充分的自由个性。这构成整个历史发展过程，最终全面实现真正自由劳动与自由个性的统一。

第五句话说的是，在历史发展过程中，在完全实现自由劳动与自由个性的统一时，社会组成了一个自由发展的人的联合体，这是共产主义的社会组织形式。

第六句话，则是对上面五句话所表述的历史发展过程做出的理论概括。这个概括体现了基本原理、从属性原则、核心思想的辩证统一，但侧重于从核心思想，即侧重于从人的发展来说明历史的发展，凸显了历史唯物主义的要义。恩格斯说过，马克思对思想史有两大贡献：一是创立历史唯物主义学说；二是创立剩余价值学说。众所周知，剩余价值学说是以阐明资本主义社会如何走向共产主义社会为旨归的，这就表明历史唯物主义是马克思全部学说的最主要内容，所以，历史唯物主义的要义，也就是马克思主义的要义。

可见，历史唯物主义，也即马克思主义的旗帜上，写的是自由劳动、自由个性、自由人的联合体。这三个自由，既是人类固有的本性，也是人类自觉追求的理想。正因为如此，人无论怎样被异化，终究要扬弃这异化，走向更高的自由，人类历史无论怎样曲折反复，总是要向自由的目标前进，所以历史唯物主义是全人类共同的旗帜，是全人类共同走向自由劳动、自由个性、自由人的联合体的旗帜，是全人类走向真正自由的旗帜。在它的引领下，人类已经自觉或不自觉地循着它走到现在，也必将自觉或不自觉地循着它走向未来！

要知道，历史唯物主义所揭示的社会发展规律，虽然是马克思发现的，但它的被发现归根到底是历史发展的必然。恩格斯曾说：

> 如果说马克思发现了唯物史观，那么梯叶里、米涅、基佐以及 1850 年以前英国所有的历史学家就证明，已经有人力求做到这一点，而摩尔根对于同一观点的发现表明，做到这点的时机已经成熟了。这一观点必将被发现。❶

说得再明白不过了，如果马克思不对历史唯物主义做完整的概括，也会有其他学者来完成这一历史使命。因为，历史唯物主义所揭示的历史发展的科学规律，是客观存在的，而且在历史发展的过程中已清晰地显示出来了，凡智者均能"发现"它，所以历史唯物主义这一不朽的学说，不仅仅属于马克思个人，不仅仅属于真正的马克思主义者，不仅仅属于革命的无产阶级，它是属于包括马克思主义者、无产阶级在内的全人类。革命无产阶级及其政党将历史唯物主义作为自己的意识形态，是因为它在消灭一切剥削阶级同时消灭自己，实现全人类的真正的自由；社会主义国家将历史唯物主义作为自己的意识形态，是因为它是走向自由劳动、自由个性、自由人的

---

❶《恩格斯致符·吉尔博乌斯（1894 年 1 月 25 日）》，《马克思恩格斯选集》（四），杭州：浙江人民出版社，1974 年，第 507 页。

联合体的前阶。一切把历史唯物主义只作为无产阶级及其政党的意识形态，只作为社会主义国家的意识形态的想法都是片面的。国际共产主义运动（包括中国）曾出现只讲阶级斗争，不讲或少讲人的自由发展，直至将阶级论原则绝对化，并将它等同于历史唯物主义。这种"左倾"理论及其实践，已受到历史的否定，可有些人却还坚持把这"左倾"错误加诸历史唯物主义的头上，从而否定历史唯物主义，否定马克思主义，这是误解或曲解，必须加以澄清。至于站在某种意识形态的偏执立场上否定历史唯物主义，否定共产主义，则是一种偏见，历史必将证明其荒谬。历史唯物主义的真理之光，必将穿透重重遮蔽照亮人类历史前进的道路。历史唯物主义过去是，现在仍然是全人类走向真正自由的伟大旗帜！

将马克思、恩格斯所始创的历史唯物主义理解为总原理或基本原理、局部性或从属性原则、核心思想三者的辩证统一，且强调其核心思想，从而凸显其全人类性，即理论的普适性。这样理解的意义极为重大，极为广泛，仅就文学理论批评而言，与历史唯物主义的理论普适性相应，马克思主义文艺理论批评也应具有理论的普适性，具有适用于古今中外文学的全人类性。这是研究马克思主义文学理论批评的立足点、出发点，是文学创作的指针，是打开文学理论批评之门的钥匙。下面，我就尝试以历史唯物主义为指导，尤其尝试以历史唯物主义关于人的自由本质及其历史发展的思想为指导，对于钱谷融先生的文学思想，以及文学理论批评的若干基本问题，谈谈自己的认识。

三、"人道主义精神"观的确立与完善

——钱谷融先生从接受广义人道主义到接受历史唯物主义

阐述钱谷融先生文学思想为什么要首先谈其中的人道主义思想呢？

众所周知，《论"文学是人学"》发表至今的六十多年间，无论对其否定或肯定，绝大多数都指向它的人道主义思想，都以人道主义作为它的理论基础。钱先生本人也认为自己的文学观是人道主义文学观，并说自己一直在呼吁发扬人道主义精神。虽然钱谷融文学思想的中心命题是"文学是人学"，人道主义可以从这一文学本体论中引申出来，但是钱先生坚持认为人道主义是"文学的基本精神"，因而从这个意义上说，认定人道主义精神是钱谷融文学思想的理论基础也没有错。

以前人们论述钱先生的人道主义思想，或把它与普通人道主义等同，没有注意其独特的"人道主义精神"；或只把它作为文学批评标准来理解，而忽视把它作为一种理论思想来评价；或虽把它作为一种理论思想，却未能对它的前后发展做出分析，未能对前后的不同内容加以定性，因而也无法对它作为文学批评标准有正确的理解、评价。看来，应首先将钱先生的人道主义思想作为一种理论思想来分析、评价。

简单来讲，钱先生的人道主义理论思想的发展可分为三个阶段：第一阶段是青年时代，那时的人道主义思想表现为追求人的自由，同情人类的苦难，向往人类幸福的未来；第二阶段是从 20 世纪 50 年代至 60 年代初，这时的人道主义理论思想是第一阶段的扩展与深化，提倡贯穿于不同人道主义之间的共同内容，即人道主义精神或人道主义理想，确立了他的"人道主义精神"观，并用"把人当做人"来概括；第三阶段则自二十世纪八十年代开始，在第二阶段的思想的基础上进一步发展并实现了质的飞跃，实现了"人道主义精神"观的提升与完善，改用"对人的信心"来概括。在这三个阶段中，第一阶段不在本文论述的范围内，下文就只谈第二、第三阶段，及这两个阶段的发展过程。把这些内容搞清楚，就能真正理解钱先生从接受广义人道主义跃进到接受"现实的人及其历史发展"的历史唯物主义，并把对他的文学思想的解读放在可靠的哲学基础上。

（一）"把人当做人"："人道主义精神"观的确立及其特点

钱谷融先生"人道主义精神"观的确立，是以《文艺月报》1957 年 5 月号发表的《论"文学是人学"》为标志。但其核心观点，在他青年时代早已滋生，在二十世纪五十年代初翻译苏联文艺理论文章时已经形成，这后一点值得注意。他在 1953 年出版的译作《高尔基作品中的劳动》的《译后记》中就已有明确表述。他说："究竟是什么力量驱使高尔基对陀思妥耶夫斯基进行这种顽强的不倦的斗争呢？本文的作者告诉我们说，这是'高尔基对于人，对于人民，对于将来不可征服的信念，以及他的历史乐观主义'或者，假如我们要换一种说法，那就是他的对人生的积极态度，他的对人类的无比热爱，他的伟大的人道主义精神。"❶ 这里已提出"人道主义精神"，且确定它是"对人生的积极态度"和"对人类的无比热爱"。初步表达了"人道主义精神"观的核心观念。尽管如此，我们还是认为《论"文学是人学"》才是钱先生人道主义精神观确立的标志。因为这篇长文，第一次用人道主义精神来表述他的

---

❶ 钱谷融：《译后记》，《钱谷融文集》（卷二），上海：上海人民出版社，2013年，第 457 页。

人道主义理论思想，同时阐明其具体内容，不仅如此，还以人道主义精神解释了文艺理论批评中的诸多问题，如文学批评的标准，作家的世界观，自然主义、现实主义、社会主义现实主义的区别等。这些都显示了人道主义精神观一定的完整性。

在《论"文学是人学"》中，人道主义、人道主义原则、人道主义精神、人道主义理想这些术语是交互使用的，但仔细辨析，它们包含着不同层面的涵义，钱先生这样说：

> 人道主义，作为一种思潮来说，虽是十六、十七世纪时在欧洲为了反对中世纪的专制主义而兴起的。但人道主义精神，人道主义理想，却是从古以来一直活在人们的心里，一直流行、传播在人们的口头、笔下的。我们无论从东方的孔子、墨子，还是从西方的苏格拉底、柏拉图等人的言论著作中，都可以发现这种精神，这种理想。虽然随着时代、社会等等条件的不同，人道主义的内容也时时有所变动，有所损益，但我们还是可以从其中找到一点共同的东西来的。那就是：把人当做人。把人当做人，对自己来说，就意味着要维护自己独立自主的权利；对别人来说，又意味着人与人之间要互相承认，互相尊重。所以，人道主义精神，在积极方面来说（引者按：后改为"从浅层次来说"），就是要争取自由，争取平等，争取民主；在消极方面说（引者按：后改为"从深层次来说"），就是要反对一切人压迫人、人剥削人的不合理现象，就是要反对不把劳动人民（引者按："劳动人民"后改为"人"）❶ 当做

---

❶ 引文中所注明的几次改动，均见于钱谷融、殷国明：《中国当代大学者对话录·钱谷融卷》，北京：中国文联出版社，2000年，第11—12页。

人的专制与奴役制度。几千年来，人民一直在为着这种理想，为着争取实现真正的人道主义——马克思说过，真正的人道主义也就是共产主义——而斗争的。而古今中外的一切伟大的文学作品，就是人民的这种理想和斗争的最鲜明，最充分的反映。❶

这段话区分了关于人道主义的三个层次：（1）人道主义在不同时代，不同社会有不同的内容，即历史上有不同的人道主义；（2）各种不同的人道主义贯穿着"共同的东西"，即"人道主义精神"，也即人道主义理想；（3）人道主义精神或人道主义理想完全实现即共产主义，即真正的人道主义（钱先生也称"最高的人道主义"）。在这三个层次中，各种特殊的人道主义，无论哪一种都不是钱先生所提倡的，至于真正的、最高的人道主义即共产主义，那是属于未来的，钱先生在现时所提倡的，乃是贯穿于各种特殊人道主义之间的人道主义精神或人道主义理想，他用"把人当做人"来概括。因此，我们就把钱先生的人道主义思想准确地称为"人道主义精神"观。

尽管钱先生反复说"人道主义精神"自古以来不仅存在于许多哲人的著作中，而且流传在老百姓的口头、笔下，但毫无疑问，钱先生重新提出时，有他个人的感悟，并做了自己的解释，主要有两个涵义：一是人的独立自主，既坚持自己的独立自主，也尊重他人的独立自主；二是社会的自由、平等、民主，反对一切专制与奴役

---

❶ 钱谷融：《论"文学是人学"》，《艺术·人·真诚》，上海：华东师范大学出版社，1995 年，第 80—81 页。以下引文凡出自此书者，均于引文后注明页数。

制度，把自由、平等、民主作为社会理想。这两个涵义中，前者指"人"，后者指"社会"，但人是社会的人，人要独立自主，也就要推进社会的自由、平等、民主，人的解放与社会的解放是一致的。这是自古以来人民所期盼的，所以"人道主义精神"也称"人道主义理想"，钱先生用"把人当做人"来概括。这样的内容，当然属于广义的人道主义。尽管钱先生在阐述中，未能明确指出它的合理内核——人的积极发展的思想，但在实际上还是包含这样的思想，在《论"文学是人学"》中，反复指明人道主义精神的要义，是对人、对人生的"积极态度"，重视"人的精神成长"，这符合人的积极发展的思想。而对人类美好理想的渴望更是这种思想的鲜明表现。

可贵的是钱先生的人道主义精神观不停留于此，他认为共产主义是真正的、最高的人道主义。这就告诉人们：共产主义是和它之前所有人道主义不同的全新的人道主义，而自己所提倡的人道主义精神观是和共产主义相通的，并向共产主义方向发展的。

首先，钱先生之所以认为广义人道主义是他的人道主义精神观中"基底"的层次，是因为明白它有局限性。他在 1959 年写出、1960 年改定的谈周朴园与繁漪的两篇文章里，反复指明这两个人物以及《雷雨》表现上的不足，根源在于作者的世界观，他说，"在作者当时的世界观中，占主导地位的是民主主义与人道主义的思想，这种思想有它的进步性，也有它的局限性"（第 481 页）。他又说："作为一个民主主义者与人道主义者，曹禺还只能够把他的注意力首先集中在上面这样一种性质❶的问题上，而还不能够站得

---

❶　指《雷雨》所表现的浓厚封建色彩的资产阶级家庭，及其所赖以生存的社会的罪恶。——引者按

更高，还不能够着眼于一些更重大更根本的问题。"（第 487 页）对广义人道主义局限性的认识，还表现在他对批评标准的规定上："我也并不认为人道主义原则就是评价文学作品的唯一可靠的、充分有效的标准，而只是把它当作为一个最基本的、最必要的标准"（第 80 页）或"最低的标准"（第 77 页）。

其次，钱先生认为在广义人道主义之上，还有社会主义人道主义，并将它纳入自己的人道主义精神观。这认识来源于苏联的社会主义现实主义文学及相关的理论。他在给韦汶的信中是这样说当时自己对人道主义的认识的，"至于把文学与人道主义联系起来，而且把人道主义的地位提得那么高，则主要是受了当时新文艺出版社出版的《文艺理论小译丛》中的文章的影响"。❶ 《文艺理论小译丛》，我在大学读书时见过，读过一点，记得有薄薄的单行本，也有许多单行本的合辑，那就是很厚的一册。现在要去考索钱先生受其中哪些文章的影响，在我已不可能。但我找到另一条可行的路径，就是从钱先生在二十世纪五十年代初翻译的苏联文学理论家的文章入手，既然他阅读，并且翻译出来发表，可见他同意并接受其中的观点，而这些文章已收在《闲斋外集》（其中有三篇见于后出的《钱谷融文集》卷二）。这些译文最突出的主题，是帝国主义必败，共产主义必胜，这从一个侧面反映出钱先生的共产主义信念与马克思主义立场。这里要说的是，其中有文章对于社会主义现实主义，对于高尔基的评价，都突出社会主义人道主义，译自《苏联文学》1952 年 8 月号的《〈母亲〉和社会主义的现实主义》一文就说：

❶ 钱谷融：《致韦汶》，《闲斋外集》，上海：华东师范大学出版社，2015 年，第 83 页。

"社会主义的现实主义浸润着人道主义思想，……高尔基的典范作品《母亲》的伟大和高贵之处就在于此。"❶ 这观点与钱先生在《论"文学是人学"》第四部分所说完全一致。最为令人惊奇的是：《〈母亲〉和社会主义现实主义》一文，把高尔基解释社会主义现实主义的一段话作为结尾，意在强调其社会主义人道主义，钱先生在《论"文学是人学"》中，同样引用这段话，同样做了社会主义人道主义的解读，并说得更明白，更确定。❷

如果说，苏联的文学理论家只是把社会主义人道主义作为社会主义现实主义的一个特征，那么，钱先生更进一步认为：社会主义人道主义不只是社会主义现实主义的一般特征，而是其根本特征，是它与旧现实主义相区别的主要之点，而高尔基创作的主要成就也在于此。他说：

> 在过去的现实主义者的作品中，人、人民，都是作为一个被剥削、被压迫着，作为一个在物质上和精神上受到各种各样的束缚和折磨的人而被同情着的。而在高尔基以及我们今天所有的社会主义现实主义作品中，人、人民，都是作为一个剥削与奴役制度的掘墓人，作为一个美好生活的创造者而被赞美着的。这就是新旧现实主义之间的最显明同时也是最根本的区别。（第 92 页）

---

❶　B. 蒲尔索夫：《〈母亲〉和社会主义的现实主义》，钱谷融译，《闲斋外集》，上海：华东师范大学出版社，2015 年，第 214 页。

❷　为节省篇幅，两者的引文均略去，请参阅蒲尔索夫的《〈母亲〉和社会主义的现实主义》（《闲斋外集》第 219 页）及钱谷融先生的《论"文学是人学"》（《艺术·人·真诚》第 92—93 页）。

这指出社会主义现实主义也是社会主义人道主义的基本特征，就是人、人民是旧制度的掘墓人，新生活的创造者。钱先生反复赞扬社会主义人道主义，足见他是把社会主义人道主义纳入自己的人道主义精神观中的。尽管对"社会主义人道主义"的内涵，二十世纪八十年代后，国内的学术界有不同的理解，但我们只据钱先生在二十世纪五十年代的独特理解去做判断。就此我们既明白了钱先生的人道主义精神观，已突破了广义人道主义的局限而具有社会主义人道主义的新内容，从而也明白了他把共产主义作为最高人道主义的原因：社会主义是共产主义的前阶，社会主义人道主义当然是最高人道主义的前阶。

总之，钱先生人道主义理论思想发展第二阶段的特点是：正式提出"人道主义精神"观，并用"把人当做人"来表述。它以广义的人道主义为主，包含社会主义人道主义，并以共产主义即最高的人道主义为发展的目标。这样的特点，显示了钱先生是站在马克思主义立场上来提倡人道主义的。他是以马克思主义的观点去肯定广义的人道主义，正因为如此，他才会把它与社会主义人道主义合一，而统称为"人道主义精神"，并以共产主义为目标。认识这一点，对于认识与评价钱先生的人道主义精神观以及钱谷融文学思想是极为重要的。

（二）"对人的信心"："人道主义精神"观的完善及其性质

尽管"人道主义精神"观是钱先生立足于马克思主义的立场提出的，但从它的内容的多重性，尤其是以广义人道主义为主要内容来看，这阶段钱先生的马克思主义思想还未完全成熟，对历史唯物主义还未能深入掌握，这是一方面。另一方面，赞扬社会主义人道主义的人的历史创造性，已相当接近历史唯物主义的核心思想，以共产主义为目标，也决定了向马克思主义世界观前进的必然性。

实现这一进展，看似仅一步之遥，却也不容易。1989 年 3 月，钱先生在《对人的信心，对诗意的追求——答友人关于我的文学观问》一文中提出"对人的信心"来替代"把人当做人"。他说：

> 诗意和美决不是天生的纯客观的东西，正是生活在这个时代和这个社会里的人创造了这个时代和这个社会的诗意和美。……今天由于科学技术的进步，物质文明异常发达，在强大的物质力量前，人处处显得无能为力。作家们生活在这样的时代这样的社会里，目睹人们所处的窘困境地，虽深感不安而又无可奈何。其所以觉得无可奈何，仍是因为他们对自己，对整个人类已经失去了信心，找不到抵制和驾驭强大的物质力量的办法，只感到前途茫茫，看不到希望，看不到理想。在这样的情况下，哪里还会有什么诗意和美呢？其实，我想事实不会是这样的。今天的物质文明是人类所创造的，人类始终是我们这个世界的主人，物质与精神，精神与物质，必将同步前进，人类决不会找不到对付物质力量的办法。问题是在于我们必须建立起对人的信心。这一点，对我们的作家们来说尤其重要。有了这样的信心，我们的前景就会显得光明起来，什么样的困难，什么样的挫折，也阻挡不了我们为人类的进步和幸福而奋斗的勇气和决心。这样，在我们的文学艺术作品中，就决不会缺少诗意和美了。这种对人的信心，就是我多少年来所一直呼吁的人道主义精神。（第 20 页）

《对人的信心，对诗意的追求》这篇文章，如题目所标示说了两个要点，关于"对诗意的追求"，留在第六篇笔记阐述。这段引文的主要内容说的是"对人的信心"。"这种对人的信心就是我多少年来所一直呼吁的人道主义精神"，这是这段引文最后的一句话，一直被人们轻轻看过，然而却是极重要的一句话。它明确表示：人道主义精神，以前用"把人当做人"来表述，现在改用"对人的信心"来概括，并将"把人当做人"包括在内。从此以后，钱先生就不再提"把人当做人"。他的论文自选集《艺术·人·真诚》把提出"对人的信心"的文章《对人的信心，对诗意的追求》置于前，而将提出"把人当做人"的《论"文学是人学"》置其后，这明确宣示："把人当做人"附属于"对人的信心"。还有，《关于陀思妥耶夫斯基》和《读〈高尔基与茨威格文艺书简〉》这两篇文章，紧跟在《对人的信心，对诗意的追求》之后，而置于《论〈文学是人学〉》之前，恰恰都强调"对人的信心"，这再次证明：钱先生以"对人的信心"取代"把人当做人"，并以之来表示他的人道主义精神观。

对人的信心，就是对人类会自觉为自己的解放与社会的解放而奋斗的信心。钱先生相信人会不断进步，社会终将走向幸福，他强调的是人具有推动社会进步的自觉，也即人作为历史主体的自觉。如第二篇笔记所说，马克思在《手稿》一书中也有同样的观点。马克思认为人具有自由、自觉的本性，虽在私有制下"自我异化"，但人在自我异化的同时又会从"异化"中迸发出自我解放的要求，当异己的力量压迫、摧残人的自由自觉的本性时，将激起人复原自己本性的激情，人的自由本质就在不断扬弃异化走向更高自由的过程中展开，对象化，实现自身的发展同时实现社会的发展。可以这么看，钱先生关于"对人的信心"的观点，是来源于《手稿》关于人的自由本质的积极展开推动历史前进的思想。也就是人是历史的主体的思想。

钱先生实现这样的思想转换，提出"对人的信心"的原因，是什么呢？简要地说有四个：第一，坚持对"人"的思考，追求个人的自由，是他思想性格的根本特点，这是他思想形成与转变的内在动力；第二，坚持文学的全人类性，以文学对人类真实丰富的感情的表现来理解、评价文学，是他终生不渝的信念，这信念也具有接受人是历史主体思想的可能性；第三，"对人的信心"与"把人当做人"具有内在的逻辑联系；第四，时代的影响，中华人民共和国成立后社会的变化与发展，尤其是其中一些历史事件，对他的思想产生了深刻的影响，推动了他世界观、文学观的形成和发展。这些，都将在第四篇与第九篇笔记中叙述。

但为了使行文不过于突兀，还是有必要简要交代促使钱先生从"把人当做人"向"对人的信心"转变的一个重要的现实原因，即他对"文化大革命"的感受与反思。在 2001 年 6 月 15 日回答朱竟的"关于人生和个人体验"这个重大问题时，钱先生这样写道：

> 最痛苦和耻辱的体验当然是来自"文化大革命"中。那些年代，什么样的愚昧、野蛮和荒谬的事情都做得出来。譬如有所谓"早请示、晚汇报"的制度，是每个人（也许只是像我这样的"罪人"）每天都必须做的。把一个人奉若神明，其余的人便奴隶都不如，这真不知是一种什么心理？堂堂中国，有这样悠久、灿烂的文明传统的中国，竟会堕落到这样一种状态，这究竟是怎么发生的？❶

---

❶　钱谷融：《闲斋书简》，上海：华东师范大学出版社，2004 年，第 593 页。

"文革"期间的遭遇、见闻，这"最痛苦和耻辱的体验"，使他决定弃绝那种号召人与人之间残酷斗争的"野蛮和荒谬"的所谓"阶级斗争"的观点，尤其是群众的个人迷信，乃至甘愿做奴隶的盲目性，刺痛了他的心。"这究竟是怎么发生的?"钱先生对于"文革"的反思，并不着眼于个人的遭遇，而正如他后来说的，"只有抓住和反思大的问题，才能对当今的社会有所裨益"。❶ 这"大问题"，就是对于社会进步具有关键作用的"重要的根本问题"。这个问题是什么? 在钱先生看来，仍然是"人"的问题。在反思"文革"的思想解放的大潮中，在对马克思主义重新学习的热潮中，在否定个人迷信、高扬个人主体性的思潮中，在这样的社会潮流中，钱先生从人道主义走向历史唯物主义，走到对人是历史主体的认识。"对人的信心"，正是这认识的表述。

这样说，是有根据的。钱先生对人是历史的主体，在提出"对人的信心"前后，有多方面的论述。

首先，钱先生从五四新文化、新文学运动的先驱那里，吸取人的历史自觉性的思想。他写道："李大钊说：国家窳败，非在一端，存亡之计，应当求之于国民的自觉之心。这种认识，可以说是当时一些先进知识分子（包括鲁迅、陈独秀等在内）的共同认识。"（第585页）在谈《风波》时，如此肯定鲁迅先生的精神："他清醒地认识到，要改变中国人民的命运，必须依靠人民自己的力量。所以，他所写的许多小说、杂文，乃至他所进行的一切其他活动，归结起来，都是为了唤起人民的觉醒。"（第401页）这里说的"国民

---

❶ 邱雪松、李阳：《如何反思才能对社会有所裨益——访钱谷融教授》，《文汇报》，2007 年 12 月 1 日。

的自觉之心"，"人民的觉醒"，他在 1981 年写的《纪念鲁迅话研究》一文中，在评价鲁迅的改造国民性主张及"立人"思想时，做了精彩的发挥，具体而清晰地肯定了"人民的自觉程度"对于历史发展的作用：

> 固然不推翻帝国主义和封建主义的反动统治，不经过革命，一切改革都只是空谈。但是，革命是要靠人来进行的，人民如果还缺乏起码的革命要求，革命就无从发生；即使革命发生并且成功了，如果不铲除人们头脑中的旧思想、旧习性，革命成果也难以巩固，旧势力还可能会复辟。所以并不是只要把帝国主义和封建主义打倒了，中国的问题就一了百了，全部解决了。社会能否进步，人民能否幸福，其最可靠的标志和保障，始终是人民的自觉程度。（第 369、370 页）

这里的观点，已经超越五四时期启蒙思想的水平，不仅和马、恩在《德意志意识形态》所说的没有群众的革命觉悟就没有革命运动的观点完全一致，而且肯定"人民的自觉程度"是社会进步"最可靠的标志和保障"，已明显达到人是历史的主体这一思想高度。——如果联系钱先生论述鲁迅的其他文章，就可以更清楚地看出，鲁迅对国民性的思考与钱先生从中获得的教益，极大推动了"对人的信心"的内涵的确立。

肯定"对人的信心"的内涵是人是历史主体的思想，并无拔高之嫌，钱先生在另外一篇文章中，谈到自 1928 年的革命文学运动以后中国文坛就不断对个性解放要求和个人主义思想采取严厉批判的态度时说："这种态度，不能认为是马克思主义的态度，它缺乏对社会和人的思想的历史发展的应有的了解和尊重。"（第 587 页）这里提到的"社会和人的思想的历史发展"，比"人的自觉程度"更准确解释了人是历史的主体的思想，即人的自由本质的历史展开是推动社会进步的根本力量。如第二篇笔记所叙述，马克思以人的自由的发展水平为标准划分社会发展的三大形态，个性解放、个人主义，正是人摆脱前现代社会中人身依附而进入现代社会时的特征，是人的自由本质历史性进步的标志。马克思还说第二大形态为第三形态准备条件，这不仅指物质生产力的发展方面，而且指人的发展方面。人必须在实践中扬弃个性解放、个人主义的消极方面，即个人至上、个人利益至上的唯我主义、利己主义，而发挥其积极内容，努力发扬人的自由本质，发挥那有意识的、积极的、创造性的以美为目标的本质来推动历史的进步，不断推动社会向第三形态前进。半封建半殖民地的旧中国，兼具前现代及现代两大社会形态的特征，在这样的社会形态下，个性解放、个人主义正是历史发展所必然，有它的积极意义，怎么能将它们全面否定呢？即使在中国的社会主义初级阶段，一方面，前现代及现代社会中的人身依附及金钱依赖的现象仍严重存在；另一方面，共产主义思想正在社会生活的各个领域滋生、成长、发展，对于个性解放、个人主义应该既肯定其积极作用，又批评其消极内容，并将其积极内容汇入社会主义建设中，汇入社会主义新人的品质中。钱先生在为李劼的著作写的序言中就肯定"尊重自我、发扬个性、努力创造"的作用，他说：

　　建设社会主义需要全社会的每一个成员都贡献出自己所有的聪明才智，群策群力地为着同一个目标而努力奋斗，只有这样，四个现代化的宏伟理想才能加速实现，高度发达的社会主义社会才能早日建成。社会主义的崇高目标，是不需要靠否定自我、牺牲个性的办法来实现的。而且实践证明，靠这样的办法，是实现不了真正的社会主义的。十年动乱时期，"四人帮"在社会主义的幌子下，想用抹杀自我、消灭个性的办法来实现的，只能是封建专制主义而已。（第607页）

这里，钱先生肯定尊重自我、张扬个性、努力创造对建成高度发达的社会主义的重要性。表明他了解人的自由本质的历史发展及其与社会历史发展的一致性，了解人是历史主体，了解人的自由本质的发展是历史发展的动力，也是历史发展水平的标志，他才会严肃指出全面否定个性解放、个人主义是"缺乏对社会和人的思想的历史发展的应有的了解和尊重"，是不符合马克思主义的！

再举个例子来说明钱先生对人的自由本质及其历史发展的深刻理解。他有一篇短文，先是单独发表在《文汇报·笔会》上，后来和另外三篇短文合在一起改题《我希望……（外三篇）》先后收入《散淡人生》《闲斋忆旧》。在这篇文章中，记叙了一个梦境：钱先生和一位老者关于理想社会的对话：

> 我希望人与人之间都能够互相理解，互相尊重；都能友好相处。我希望每一个人都能够为了使我们这个世界变得更美好，使我们的下一代能够生活得幸福而自由地奉献他所有的智慧与才能。
>
> 呵，要能自由地奉献！看来，即使是无私的奉献，也并不是可以单凭自己的良好愿望，随随便便地作出的。是吗？

正是，好心见疑，忠而获咎的事，难道我们还见得少吗？二千多年前的屈原先生不是早就发出过'荃不察余之中情兮，反信馋而斋怒'的慨叹了吗……❶

这里提出两个相对的概念：无私奉献、自由奉献。可以看出，钱先生对"无私奉献"有所否定，而完全肯定"自由奉献"。对此，钱先生在这篇短文里当然无法做更多的分析，我下面的分析，为了行文的清晰，文字难免与前文有些重复。

第二篇笔记中，叙述过历史"也是个人本身力量发展的历史"，叙述过社会发展的"三形态说"。马克思是以个人的本质力量的展开，即以自由这一本质力量的发展水平来划分历史的发展的不同阶段的。他指出，前现代社会的基本特点是人身依附，是个人对家族、统治集团的依附，人是不独立、不自由的；现代社会的基本特点是人在对物的依赖的基础上的独立，这是人不完全独立、不完全自由的状态；只有到共产主义社会，人才能实现完全自由，成为具有"自由个性"的人，"真正的自由的人"。

按照马克思这个观点，在前现代社会，人身依附必然表现在家族与权力集团为了自身的长盛不衰，要求个人对之做自我牺牲与无私奉献。在现代社会，虽然人脱离人身依附而独立，却又陷入对物的依赖，对资本、金钱的依赖，这种依赖也必然表现为个人对财富集团及其代表权力集团的依赖，表现为财富集团为了集团的财富与权力的无限增长而要求个人对集团做自我牺牲与无私奉献。可见，

❶ 钱谷融：《我希望……》（外三篇），《散淡人生》，上海：上海教育出版社，2001年，第336页。

"无私奉献"在前现代社会及现代社会具有历史的必然性，因而也就具有历史的正当性与局限性、积极方面与消极方面的双重性质。关于这一点，马克思曾说过：

> 人类的才能这种发展，虽然在开始时要靠牺牲多数的个人，甚至牺牲整个阶级，但最终会克服这种对抗，而同每个个人的发展相一致；因此，个性比较高度的发展，只有以牺牲个人的历史过程为代价。……因为在人类，也象在动植物界一样，种族的利益总是要靠牺牲个体的利益来为自己开辟道路的，其所以会如此，是因为种族的利益同特殊个体的利益相一致，这些特殊个体的力量，他们的优越性，也就在这里。❶

马克思深刻地指出，人类的进步需要个人的自我牺牲、无私奉献，这一方面表现为个人发展与人类发展的"对抗"，个人牺牲是无可奈何的，这种消极面只能在历史发展中克服；另一方面，个体的自我牺牲、无私奉献是人类发展的必然，具有历史的进步性，自觉无私奉献的"特殊个体"，是一些优秀的人。

"无私奉献"双重性的个案，在历史与现实中屡见不鲜。一方面，当所依附的集团与历史前进的方向一致时，个人的无私奉献即有正当性以及有积极意义，正是无数这样的自我牺牲、无私奉献的大众及其优秀代表，推动了社会的进步。当所依附的集团与历史前进的方向相反时，个人的无私奉献总是消极的。另一方面，无论集

---

❶ 马克思：《剩余价值理论》，《马克思、恩格斯全集》（二十六卷第二册），北京：人民出版社，1973 年，第 124—125 页。

团与历史前进的方向是否一致，个人对它的忠诚、奉献，既有可能被赞赏，也有可能被责罚，这也显示出"无私奉献"在前现代及现代社会中，在其历史必然性中的局限性。钱先生文章中说到的"好心见疑，忠而获咎"指的就是这种局限性。钱先生正是从这一方面对"无私奉献"做了一定的批判，这是正确的。人们常常无条件地赞赏无私奉献，自觉或不自觉地遮蔽它的局限性。如果从历史发展过程来看待无私奉献，它只是人类在社会发展第一、二形态中的一种道德规范，它的两重性是极其明显的。

钱先生所企盼的"自由奉献"，当然只有在社会发展的第三形态即共产主义社会才能完全实现，因为那时，自由劳动、自由个性、自由人的联合体才能完全实现。但是，人对真正自由的追求，是出于自身的本性，是贯穿于历史的全过程中的，所以不能说，在前现代社会及现代社会里，就一点也没有"自由奉献"的可能。人的劳动的固有本质是自由的，即有意识的，积极的，创造性的，以美为目标的，因此，当人沉醉在自觉的劳动中，展开自由的本质时，他的创造就是"自由奉献"。比如说，作家的写作，只为了名利，那是"异化"，如果是出于内心的自觉愿望与激情，那就是"自由奉献"。如解牛的庖丁那样陶醉于其技艺，由"技"而达于"道"的劳动也是"自由奉献"，思想家为真理而献身、科学家为寻求自然规律而献身、革命者为理想而献身，也都是自由奉献。这些自由奉献也是无私奉献，是无私奉献的最高的层次，是无私奉献与自由奉献的统一，是两者在历史发展过程中的"对抗"的"克服"。况且，前现代社会——现代社会——共产主义社会，其漫长的历史过程，都是人扬弃自我异化而发展自由本质、获得更高自由的过程，没有不体现人的自由水平提高的社会进步。钱先生呼吁"自由奉献"，不纯粹是理想性的，同时具有现实意义。

当代中国处在社会主义的初级阶段，旧时代的权力崇拜、金钱崇拜还严重存在，人对权力、金钱的依附、依赖还严重存在，这是一方面；另一方面，带有共产主义特点的事物正在滋生，人们为祖国、为人类自觉劳动、自由奉献的精神正在滋长。钱先生在这样的时代条件下，持有对"无私奉献"一定的批判态度，而赞美、向往"自由奉献"，不仅表明他对历史唯物主义关于人的历史主体性、人的自由本质及其历史发展有正确的认识，而且对于中国当代社会中人的发展的状况有正确的认识。正基于这样的认识，他充满着对于自由奉献的渴望，对于人类跨越"无私奉献"而进于"自由奉献"的渴望，他坚信人类的奋斗必将"使我们的下一代能够生活得幸福而自由地奉献他所有的智慧和才能"。这是对共产主义理想必将实现的坚信，也是对现代社会必将不断发展人的自由的信心。

上面从对人民的自觉于历史发展的作用，从对"社会和人的思想的历史发展"、从人的自由本质及其历史展开中的局限与突破局限，说明钱先生对人的发展与历史发展关系的认识已达到历史唯物主义的高度。这里不妨再补充一点，马克思主义十分重视人的潜力的发挥，马、恩认为人的潜力发挥的程度是社会发展水平高低的标志。钱先生也有与此接近的观点：

> 我常有这样的想法，在我们每个人身上，都蕴藏着各种各样潜在的能力。这些潜在的能力，虽不能说是无穷无尽的，但总也是很难穷尽的，如果能让这些潜能充分发挥出来，人类真不知道能创造出多少不可思议的奇迹来。但由于环境、机遇和种种条件的局限和制约，实际所能发挥的恐怕往往只是其中的

十分之一而已。而且，每一个所能较好发挥的，也仅仅在身上所有潜能的某一个或某几个方面。❶

　　这样的话，当然也是常识，但它终究充分肯定人的潜力、肯定这潜力的发挥受具体历史条件的制约，这从另一个角度说明人的潜力的发挥与社会发展水平相一致。

　　有人称赞钱先生的文章是"不用引用马克思主义经典的马克思主义"。上面的举证即是最好的例子。那里没有引用一句马克思主义的经典，却都准确以马克思主义的基本观点来分析与解决问题。如果以引用经典为标志来识别是否是马克思主义，那是很难认识钱先生的。就我自己而言，如果我不是近年来学习《1844年经济学哲学手稿》和《德意志意识形态》，不是从专家们那里知道马克思关于社会发展的"三大形态说"以后再去看《经济学手稿（1857—1858）》的有关内容，我也无法认识到上述例子中，尤其是《我希望……（外三篇）》所体现的马克思主义观点。钱先生虽少引用马克思主义经典，但他对马克思主义观点、方法的运用却是出神入化的。

　　通过以上的举证，我相信人们能够同意钱先生自二十世纪八十年代，已经完全理解人是历史的主体，人的自由本质的历史展开，是推动历史发展的动力，也是历史发展水平的标志。依据这个思想，他提出"对人的信心"来表述八十年代开始的自己人道主义精神观的新发展，从而包含并发展了二十世纪五十年代的"把人当做人"的多重内容，而臻于完善。对于钱谷融先生的人道主义精神观

---

❶　钱谷融：《李鹏翥：〈濠江文潭〉序》，《散淡人生》，上海：上海教育出版社，2001年，第192页。

这一重大发展，人们向来未加注意，这是误解，至少不能准确理解钱先生及其文学思想的重要原因。

钱先生用"对人的信心"来概括他的人道主义精神观，也有理论家对人道主义做类似的概括，其间有什么关系吗？这里略加辨析。

首先说美国人道主义哲学家科利斯·拉蒙特。拉蒙特在他的《人道主义哲学》中有过类似的见解："人道主义对人抱有最终的信心，相信人类有能力或潜力解决自己的问题，这种解决主要依赖于凭着勇气和远见而加以应用的理性和科学的方法。"❶ 这个见解，和钱先生所说虽有类似，但其实不同：其一，拉蒙特的对人的信心，是建立在对人的理性与科学方法的应用上，而钱先生则基于人本身自由自觉本性的发展；其二，拉蒙特对人的信心的观点，只是他关于人道主义思想 10 个内容中的一个，而钱先生对人的信心的观点本身就是他的人道主义精神观。何况，目前没有材料证明钱先生读过原版的《人道主义哲学》，而其中文译本的第一版则出在1990 年 7 月，比钱先生写作《对人的信心，对诗意的追求——答友人关于我的文学观问》晚了十个月。所以，我不认为钱先生的"对人的信心"这一观点受到拉蒙特的影响。

其次，说西方马克思主义的代表人物弗洛姆。他在《马克思关于人的概念》一文中说：

马克思的哲学是一种抗议：这种抗议中充满着对人的信

---

❶　科利斯·拉蒙特：《人道主义哲学》，贾高建等译，北京：华夏出版社，1990 年，第 12 页。

心，相信人能够使自己得到解放，使自己的潜在才能得到实现。这种信念是马克思思想的一个特征；从中世纪后的西方思想也具有这个特征，可是现在却很少看到了。……

最近四十年来（按：弗洛姆此文写在1961年），悲观主义和绝望情绪却是与日俱增。普通老百姓都纷纷寻找藏身之所；他们不要自由，而到大国和大公司的庇护之下寻求安乐。如果我们不能够摆脱这种绝望情绪，那么即使我们依靠自己的物质力量还能够支撑一段时期，可是，从长远的历史发展观点看来，西方将来注定要在肉体上或精神上遭到毁灭。

马克思的哲学，作为一种哲学见解的源泉，作为目前流行的——隐蔽的或公开的——自暴自弃的解毒剂，是具有重大意义的。❶

把这段话与上文引用的钱先生关于"对人的信心"的论述对读一下，会发现有颇为相似之处：指出人们现时陷于物质主义的迷茫和悲观绝望，而摆脱这种迷茫和绝望的灵药是"对人的信心"。这种相同，很可能让人以为钱先生提出的"对人的信心"是受到弗洛姆的影响。

是这样吗？我以为很可能是这样。且不说弗洛姆这个人中国当代文坛对他并不陌生，他的《马克思关于人的概念》的译文，收在《西方学者论〈1844年经济学哲学手稿〉》一书中，这书于1983年由复旦大学出版社出版。二十世纪八十年代初，"异化"问题成为

---

❶　弗洛姆：《马克思关于人的概念》，复旦大学哲学系现代西方哲学研究室编译：《西方学者论〈1844年经济学—哲学手稿〉》，上海：复旦大学出版社，1983年，第16—17页。

国内学术界的热点，马克思的《1844 年经济学哲学手稿》成为人们争相阅读的经典，西方马克思主义者的有关文章也引起注意。复旦大学出版社正应这学术情势推出了这本书。出版之后，引起读者的关注。尽管我没有直接材料证明钱先生读过这本书，读过其中的弗洛姆的文章，可在当时的学术情势下，要说钱先生没有读过这本书，没有读过弗洛姆的文章，则很难令人相信。

我敢于推测钱先生提出"对人的信心"是受到弗洛姆的启发，还有一个旁证。钱先生认为共产主义是真正的、最高的人道主义——这只是对共产主义与人道主义关系的一个方面的认识，如第二篇笔记所说，这是只看到共产主义对于人道主义的继承关系，而没有认识到它与人道主义的本质区别，——而弗洛姆也认为马克思主义就是人道主义。他说：

> 他（按：马克思）的哲学来源于西方人道主义哲学传统，这个传统从斯宾诺莎开始，通过十八世纪法国和德国的启蒙运动哲学家，一直延续至歌德和黑格尔，这个传统的本质就是对人的关怀，对人的潜在才能得到实现的关怀。❶

这样的理解，和钱先生是有某些类似的。这种类似，很可能是钱先生接受弗洛姆的"对人的信心"解说的内在因素。

那么，是否说钱先生的人道主义精神观就和弗洛姆的相同呢？

对于西方马克思主义，国内学术界有不同的态度。这样一种态

---

❶ 弗洛姆：《马克思关于人的概念》，复旦大学哲学系现代西方哲学研究室编译：《西方学者论〈1844 年经济学—哲学手稿〉》，上海：复旦大学出版社，1983 年，第 15 页。

度我是赞同的，它认为：西方马克思主义是包含着许多不同观点的思想家的派别，要区别对待。对其中坚持马克思著作的原典、坚持批判资本主义，是应该肯定的；对其中否定中国特色社会主义制度的应加以批判；总的来看，西方马克思主义是马克思身后一个马克思主义的派别，不能以敌对者视之，而应据其是非区别对待。这样的态度，也适用于对待弗洛姆及其《马克思关于人的概念》这篇文章。这样，肯定钱先生人道主义精神观与弗洛姆有某种联系，不仅不影响对人道主义精神观的评价，而且能显示钱先生的学术胸怀与学术眼光，能去伪存真而广为接纳。

弗洛姆正确地肯定马克思主义对人道主义关于人的思想的继承，但正如通常说的：真理只要向同一方向跨出一小步，也会变成谬误。弗洛姆恰恰跨出了这一步，他将马克思主义与人道主义完全等同起来：

> 马克思等人的社会主义继承了先知的救世主义、基督教的千年王国派的理论、十三世纪的托马斯主义、文艺复兴时期的乌托邦主义和十八世纪的启蒙运动的传统。它是作为精神上的实现阶段的先知的基督教的社会思想和个人自由的思想的综合。❶

这观点离马克思主义真不知有多远。而这些，与钱先生全不相干。钱先生学识渊博，学术资源难以胜数，但有一点可以肯定：他从不

❶ 弗洛姆：《马克思关于人的概念》，复旦大学哲学系现代西方哲学研究室编译：《西方学者论〈1844 年经济学—哲学手稿〉》，上海：复旦大学出版社，1983 年，第 77 页。

囿于一门一派，而只从前辈与时贤那里，吸取自己需要的、于自己有益的东西，所以，他看中弗洛姆把"对人的信心"作为马克思主义的一个特征，也同情他认为马克思主义是人道主义的继承，却无意于弗洛姆将马克思主义完全等同于那庞杂浑然的人道主义。钱先生"对人的信心"，是起步于广义人道主义的人的积极发展思想，而臻于历史唯物主义的人是历史主体的思想，也可以说是从人的积极发展臻于人的自由发展。

如果要追溯钱先生人道主义精神观的根源，从根本上说，是从伟大的文学作品来的，提出"把人当做人"如此，这在《论"文学是人学"》一文的论述中有清晰而具体的表现，提出"对人的信心"也是如此，他在《关于陀思妥耶夫斯基——〈舅舅的梦〉的中译本序》与《读〈高尔基与茨威格文艺书简〉》中，都指出托尔斯泰和陀思妥耶夫斯基有"对人的信心"这一"神圣的东西"（第51、58页）；他在论述鲁迅的多篇文章中，都反复谈到鲁迅对人的历史自觉性的思考与肯定。其实，这样的信念，许多伟大作家都有，否则他们凭什么对未来进行美好的预言，并鼓舞人们为之奋斗呢？由于始终立足于杰出文学作品之上，深切感受到其中那具有全人类价值的思想，即对人性人情、人的独立自由、人的历史自觉的赞美与呼吁，钱先生就把它们统称为"人道主义精神"。于是，在二十世纪五十年代，他勇敢超越主导文坛的阶级论话语而加以提倡，继而在八十年代，他超越文艺价值观多元的状态，坚持并加以完善。可见，无论意识形态领域的状况如何，无论文坛的理论思想的状态如何，他人道主义精神观的确立与完善，也就是从对广义人道主义的选择与接受，到对历史唯物主义的选择与接受，除了一些其他原因之外，对于杰出文学作品中的人道主义精神的感动，对于文学全人类性的执着，对于文学能激励人类走向美好未来、人类也必将走向美好未来的坚信，也是重要的原因。

（三）普遍人性、人与自然平等："人道主义精神"观的重要内容

上文已经从人道主义精神观的发展过程，叙述了它内容的多重性，包含广义的人道主义、社会主义的人道主义，最后达到人是历史的主体的思想高度。这并不包括贯穿于整个发展过程中的两个重要内容：普遍人性、人与自然平等。

关于人性，中国当代文坛曾有过讨论，但并没有基本一致的见解。曾有很长一段时间，在阶级社会中人性即阶级性的见解占主导地位。因此在文学批评中就否定表现普遍人性，提倡发扬无产阶级的阶级性及其集中表现的党性，批判资产阶级及一切剥削阶级的反动本性，以发挥文学作为阶级斗争工具的作用。钱先生严肃指出将这种观点绝对化不符合文学的性质，不能充分发挥文学的功能，鲜明提出文学表现普遍人性的观点。

> 我一直持这种观点，文学中固然有可能被某些人看中并喜爱的阶级性因素，但文学的存在并不是由于人类自身存在的冲突和对立，更不是为了应付和加剧这种冲突、对立乃至于上升到你死我活的所谓阶级斗争的武器。相反，文学是人类感情的寄托与表现，是人类互相之间联系、沟通的一种形式。它具有超国界、超民族、超阶级的普遍人性因素，并且，正是由于这种普遍的人性因素，一个作家、一部作品才有可能具有世界的影响和

意义，文学也才有可能具有维系全人类的思想感情的作用。我们不是和欧洲民族一样，在莎士比亚的悲剧面前激动万分吗？❶

钱先生不否认文学有阶级性，不否认文学也可以作为阶级斗争的工具，但他更强调文学的普遍的人性，强调文学的全人类性。这才是文学最基本的特点。

这样的见解，在《论"文学是人学"》中就已提出，当这篇文章受批判之后，他以罕见的真诚与勇气在同年 10 月写下了《我怎样写〈论"文学是人学"〉——当时的想法》（下文称《当时的想法》）。这篇文章堪称《论"文学是人学"》的姊妹篇，它继续发挥并丰富了《论"文学是人学"》的观点。特别精彩的是，钱先生坦言自己的人性论思想，及其与人道主义精神的联系，这对于我们进一步了解人道主义精神观的内涵不可或缺。

> 我也知道我这种想法是颇有人性论的倾向的。但我以为马克思主义者本来并不否定人性的存在，毛泽东在《在延安文艺座谈会上的讲话》中，说到有没有人性这东西时，也说当然是有的。文学既然是以人为对象（即使写的是动物，是自然界，也必是人化了的动物，人化了的自然界），当然非以人性为基础不可。离开了人性，不但很难引起人的兴趣，而且也是人所无法理解的。不同时代，不同民族，不同阶级所产生的伟大作品之所以能为全人类所爱好，其原因就是由于有普遍人性作为

---

❶ 钱谷融、殷国明：《中国当代大学者对话录·钱谷融卷》，北京：中国文联出版社，2000 年，第 19 页。

共同的基础。马克思在《政治经济学批判·导言》中关于希腊艺术的不朽魅力所说的一段话，我以为也显然指出了人性在文艺中的作用。而且我也并不像资产阶级人性论者那样，主张文学应当描写永恒不变的超阶级的人性（那样一种人性是没有的。资产阶级的文艺学家之所以要提倡这样的人性论，目的无非在掩蔽阶级矛盾，麻醉被压迫阶级的阶级觉悟罢了），我认为人性是随着时代、社会等等条件的发展而发展，因阶级性、个性的不同而有其不同的表现的。但尽管如此，仍不排除纵的方面的继承性，横的方面的普遍性。没有这种继承性与普遍性，人类的一切交往便都不可能存在，也就不可能组成社会，不可能有历史。而这继承性与普遍性的基础就是共同的人性。所谓人道主义，我以为就是这种人性的肯定与发扬。文学既以人为对象，既以影响人，教育人为目的，就应该发扬人性、提高人性，就应该以合乎人道主义精神为原则。我认为人道主义原则与阶级性原则是并不矛盾的，只有历史上的先进阶级才能发展人性，才能讲人道主义。而那些落后的、反动的阶级，就只能阻碍人性的发展，甚至戕害人性。譬如今天的资产阶级虽然也在空喊着人道主义，但事实上他们的所作所为是完全违反人道主义精神的。今天最讲人道的阶级就是无产阶级；无产阶级的最终目的是实现共产主义，而共产主义也就是真正的人道主义，也就是最高的人道主义。（第111、112页）

与人道主义的时代性相应，这段话也肯定了人性的时代性、阶级性，与贯穿于不同时代的不同人道主义之间的"人道主义精神"相应，这段话也肯定了贯穿于人性的时代性、阶级性之间的普遍人性。对于人性的阶级性、时代性、普遍性的统一，钱先生在另一地方说得更完善："具体的人性，现实的人的现实本质，就是'一切社会关系的总和'。具体的人性内容离开了现实的社会关系是无法实现的。我们从作品所体现的人学内容上，看到的正是特定时代的具体的社会历史内容。"（第 175 页）—— 应该说明一下，钱先生是把"普遍人性"与"共同人性"两个概念等同视之的，据第一篇笔记：我将共同人性与普遍人性的内涵加以区别，共同人性是指人的自然本性、类特性，普遍人性则包含共同人性和共同社会性。按照这样区别，钱先生所说的乃指"普遍人性"。—— 在这段话里，还提到人性的表现有"个性的不同"（即个人表现的不同形式、特点），这不妨看成是对《论"文学是人学"》关于人道主义观点的一个补充：人道主义的表现也同样会有"个性的不同"。更重要的补充，对于《论"文学是人学"》人道主义思想的丰富，是提出"人道主义精神"是普遍人性的肯定和发扬。这就把普遍人性作为人道主义的基础，人道主义是普遍人性——当然是指其中积极的、优美的内容，进一步提升、发展，明确地把人性包含在他的人道主义精神观之中。

　　人性，在中国当代是一个未经"规范讨论"、未达成"基本共识"的问题，因此，我们必须具体了解钱先生所说的普遍人性的特定内涵，并在此基础上说明为什么人道主义精神是它的提升。

　　鲁枢元在他的一篇文章里谈到自己对于钱先生的人性观的理解，钱先生完全认同。他在 2000 年 3 月 9 日给鲁枢元的信中说：

　　　　人，人性究竟是什么？我很少思考。你说我所一再强调的"人性"是一个颇带"自然主义"的说法。说得很对。我所重视、赞美的人性，确实就是所谓的"赤子之心""童心"。也就

是王阳明所说的"良知"。❶

"赤子之心""童心""良知"说法虽不同，钱先生所指都是人的天然状态，人之初的本性。钱先生曾把它概括为"自我的本真"。他在给友人的信中说："要保持一颗闲心，有闲心，才能思考，才能保住自我的本真，学术上才能有所成就。"❷"闲心"就是闲适自在，不为物欲所拘牵；"自我的本真"也就是人的本性，人的天然状态，也就是"赤子之心""童心""良知"，也就是颇带自然主义的人性论。所以，真心、率真、天真、任情适性、适性而行、宁静清明、闲适潇洒等用来表现人性本真的词语在钱先生的文章、书信里随处可见。这是钱先生自己的独特的人性观。

那么，怎样理解"人道主义精神"是这人性的肯定和发扬呢？同在上述给鲁枢元的信中，在引用的那段话之后，钱先生紧接着写道：

> 进一步你谈到我一生评人论文的标准就是这个"赤子之心"，不但是深得我心，而且把我到达的境界，更加以提高，扩展了。你真是我的"知音"。同时我也不禁要跟着刘勰说一声"知音其难哉"了。❸

把"赤子之心"作为"评人论文的标准"，标志着人性向道德的自然提升。不过，钱先生在谈到自己的道德观时，多用由"本真"生

---

❶ 钱谷融：《闲斋书简》，上海：华东师范大学出版社，2004年，第124页。

❷ 同上书，第583页。

❸ 同上书，第124页。

发出来的"真诚""老实""诚实""正直""诚恳"这类词语。他说："我不过是比较老实，比较真诚，不会屈己从人，违心媚俗而已，……如果我真有什么值得称道的话，那就是我的老实与真诚。"❶ 又说："我最看重的品格是正直与诚恳，我以为无论做人还是为文，都应如此。这既是最基本、最起码的，同时也可以说是最高的要求。我一生无他德能，唯独在这方面，差可无愧于心。我无论交友还是衡文，内心都以这一点为最主要的标准。"❷ 可见，自我本真的人性的提升，是诚恳、正直等高尚品德。这样，钱先生的人道主义精神观不仅以普遍人性为基础，也包含高尚的道德品格。

正因为钱先生对于人的道德品格极为看重，他才把对美好社会的理想寄托于人们高尚道德品格的养成与扩展：

> 做人最要紧的是一要正直，二要诚恳。人人能正直与诚恳，这个社会就将是一个没有尔虞我诈，争斗残杀的社会，就将是一个光明，幸福的社会。但，我知道，这不过是一个白日梦而已。❸

钱先生深知，人人正直、诚恳难以做到，人人正直、诚恳的幸福社会更难以实现，但他还是不断呼唤正直与诚恳的品格，并一直坚持做他的光明幸福社会的"白日梦"，不信吗？请读一读他的散文

---

❶　钱谷融：《闲斋书简》，上海：华东师范大学出版社，2004 年，第 618 页。

❷　同上书，第 349 页。

❸　钱谷融：《答客问》，《钱谷融研究资料选》，上海：华东师范大学出版社，2008 年，第 283 页。

《我希望》❶，这篇散文不无惆怅却充满渴望地追求那人人能自由奉献的社会。

由此可见，"人道主义精神"包括正直、诚恳的道德及由之扩展而至的社会理想，而正直诚恳的道德观及由之扩展而至的社会理想，是人的本真这一共同人性的自然提升，因此，普遍人性是"人道主义精神"的基础，"人道主义精神"是普遍人性的肯定和发扬。

钱先生关于普遍人性的观点，不仅是对以前只肯定人的阶级性而否定普遍人性的极左观点的批评，而且对于今天的文学工作仍有意义。

在塑造人物形象时，在表现他鲜明独特的个性时，在展示他丰富的心灵世界时，要着重对普遍人性，尤其是共同人性的表现。（关于共同人性，普遍人性的概念，见第一篇笔记）要知道，共同人性对人物性格起着重要作用。比如，人的生命力在人物个性的不同表现中都有着基础性的作用，张飞与关羽，生命力都极其充沛、强劲。前者粗豪，后者沉潜，然都不失其英雄气概，生命力则是其英雄气概的生理基础。更重要的是，共同人性中还有对自由、美的追求，这是人类不断前进的巨大动力，很多文学作品因表现人类的这一共同性而具有不朽的价值。只有在深入而充分地表现中国人的特性时，表现出与全人类相通的普遍人性，才能更容易把"中国精神"传播出去，更有效地为世界各国人民所接受，中国当代文学才能发挥"世界语言"（习近平语）的作用，真正为构建人类命运共同体发挥特有的作用。中国当代的文学批评家应为此做出相应的努

❶ 钱谷融：《我希望……》（外三篇），《散淡人生》，上海：上海教育出版社，2001 年，第 336 页。

力，努力发扬中国当代优秀作品中"中国精神"的世界意义，努力发扬中国人与全人类共同的对于美好生活的追求，对于个人自由与美的追求，以及在追求历程中的困难与奋斗、忧伤与欢乐，以此把中国当代文学推向世界，并在此过程中建构自己的理论批评话语。

贯穿于人道主义精神观发展的全过程，除了普遍人性而外，还有人与自然平等的观点。在《论"文学是人学"》与《当时的想法》中，就已经谈到文学作品中人与自然的关系，说作家总是从人的观点来看待自然，作品中的自然是人化的自然，以后，在《关于文艺特征的断想》中，进一步说，艺术家总是把山水、花草看成同人一样有生命、有灵性、有感情，"同自己平等的"（第 164 页）。这样的观点，在 1985 年 8 月写的《关于艺术性问题——兼评有意味的形式》一文中说得更详尽：

> 艺术家首先是一个人，他只能以人的眼光来看待一切，不管他面对的是现实社会，还是自然山水，或者飞禽走兽、花鸟虫鱼。纷纷攘攘出现在他眼前的，在他看来都是一些跃动着的生命。或是欢快的生命，或是忧郁、苦恼的生命。这些生命都处在一种或相呴相濡、或相争相残的关系之中，它们都有着和人一样的知觉和情趣。……尤其是我们中国人，一向就有意无意地接受了"天地与我并生，万物与我为一"，"民吾同胞，物我与也"的源远流长的观点（这种观点，有人称之为泛神论观点，其实是一种人本主义观点），就更容易在一切物象中，都看到丰厚的人性内容。（第 174 页）

人和自然的关系，不仅是现代生态学理论家所关注，众多人道主义者、马克思主义者也都关注，钱先生自然不例外，特别是他接受庄子、张载等传统思想的影响，认为自然万物都有"丰厚的人性内容"，这样，人与自然万物平等同一就进入他的人道主义思想中，这是钱先生的"人道主义精神"观的不可忽略的内容。莫怪钱先生一生中，喜欢游山玩水，寄情自然，对文学作品的出色的自然描写，十分陶醉。

（四）怎样看待"人道主义精神"观

上文分别说了"人道主义精神"观的主要内容：（1）以普遍人性为基础；（2）"把人当做人"；（3）"对人的信心"；（4）人与自然平等。其中（2）、（3）分别是人道主义精神观确立阶段与完善阶段的内容，它们有区别，也有联系，最后统一在一起，以"对人的信心"来概括。（1）、（4）则是贯穿于人道主义精神观发展的全过程，因为普遍人性和人与自然平等，不论是人道主义者还是马克思主义者，都可以对它们做出自己的理解，并把它们吸收到自己的理论思想中，因此，这两个内容就谐适地融合到人道主义精神观的前后发展中，并最后融合到"对人的信心"中。

钱先生在青年时代已初步形成人道主义思想，其性质是广义人道主义。直到二十世纪五十年代才正式提出"把人当做人"的"人道主义精神"，确立人道主义精神观，而其内容，既立足于广义的人道主义（这是青年时代的广义人道主义的进一步发展），又增加了社会主义人道主义，并以共产主义为最高人道主义，呈现出对广义人道主义的超越。到二十世纪八十年代，终于完成了这种超越，从广义人道主义进到历史唯物主义，并以"对人的信心"来概括。

这样的发展是必然的。钱先生的人道主义思想，始终以"人"为中心，以对人的现状的思考与对未来的渴望为中心。从青年时代开始，他就关心人的生存现状、追求人类的美好未来，二十世纪五十年代，虽着重肯定人的尊严、价值，追求人的自由、平等、民主的广义人道主义，但也同时肯定赞扬人的历史创造性的社会主义人道主义，并且以人的完全自由的共产主义为最高的人道主义，赞扬社会主义的人道主义，则具备了进向历史唯物主义关于人是历史主体的思想基础；以最高人道主义的共产主义为目标，则决定了向历史唯物主义发展的必然性。因此，在对"文革"的深入反思与批判中，在对马克思主义关于人与社会历史发展思想的领悟中，钱先生从广义人道主义进到历史唯物主义就毫不奇怪了。钱先生的"人道主义精神"观，也就应以"对人的信心"来做统一的表述。历史唯物主义肯定人，也肯定人性，马克思说过："整个历史也无非是人类本性的不断改变而已。"❶ 第二篇笔记说过，历史唯物主义关于人的历史发展思想，是包含人与自然和谐共生，要求人对自然的占有必须符合自然的客观规律，且须控制人本身力量的发挥。这样，普遍人性、人与自然平等的观念，就融合于"对人的信心"之中。因此，用它来统一表述人道主义精神观是完全合理的。——从"把人当做人"进到"对人的信心"，这在钱先生自己看来，就是从广义的人道主义进到最高的人道主义。这最高的人道主义，并没有舍弃广义的人道主义，而是继承、发展了它的积极内容，并承认它的独立意义，这也就是钱先生始终用"人道主义精神"来表述自己思

---

❶ 马克思：《哲学的贫困》，《马克思恩格斯选集》（一），杭州：浙江人民出版社，1974 年，第 138 页。

想的原因。

这样，"人道主义精神"观就呈现独特的状态：一方面，既以"对人的信心"作为统一的表述，就应以它为基础来解释钱谷融文学思想的各个方面；另一方面，钱先生提出"对人的信心"之后，虽不再提"把人当做人"，但并没有否定它，因此，在解释钱谷融文学思想时，我们也必须给予它应有的位置。我的认识和态度是：肯定"人道主义精神"观的双重内容，而凸显"对人的信心"，因为它终究是"人道主义精神"观完善的标志，是钱先生思想发展的最高水平的标志，只有它才能彰显钱谷融文学思想的内在价值。

"把人当做人"，其主要性质是广义人道主义，而广义人道主义的合理内核，马克思称之为"积极的人道主义"，我引申为"人的积极发展"，并以"人的积极发展"来表述"把人当做人"的核心思想；"对人的信心"其内涵是人是历史的主体的思想，也即人的自由本质的发展，既是推动历史前进的根本动力，又是历史发展水平的根本标志，它展现于历史的全过程中，为叙述简便，我把它称为"人的自由发展"。简单来说，钱先生用人道主义精神来概括他的文学思想，以示其思想前后虽有变化，却是一以贯之的，我则用不同术语将其前后的变化明确区分开来，但并无改变其前后发展的连续性、一贯性。这样，既无损于钱先生的本意，又能对其理论思想做准确的解读。

在具体解读钱谷融文学思想时，既要着重"人的自由发展"，又必须重视"人的积极发展"，才能符合钱先生的本意，展现钱谷融文学思想的理论魅力。但是，关于人道主义精神在作家世界观中的地位问题，却与上述情况有点不同。在作家世界观的多种内容中什么是对创作起决定作用的？钱先生曾认为是美学理想与人道主义、美学理想与道德观，但实质上只认为是人道主义。只认定人道主义是作家世界观中对创作起决定作用的内容，这不免绝对化了。即使我们把这人道主义仅理解为"对人的信心"，那么作家要正确反映社会及其发展、人及其发展，的确非以它为指导不可，但"对人的信心"并不是所有作家都具备的，况且，钱先生所说的人道主义还包括"把人当做人"，因此就更不能笼统地把它作为对创作起决定作用的思想了。即使同一个作家，在其创作历程中，对具体创作起决定作用的思想观点也未必是同一的，更何况众多的作家。那些生活在不同时代、不同国度有不同文化传统、不同生活经历、不同信仰的作家们，对他们的诸多作品起决定作用的不可能只是人道主义。古典作家如此，现代作家也如此，即使是无产阶级革命作家，由于对历史唯物主义的理解、接受不同，对创作起决定作用的也未必就是人是历史主体的思想。

但瑕不掩瑜，"人道主义精神"观的确立与完善，其意义不仅在于钱谷融文学思想本身，而且超越了中国当代文学理论批评中对人道主义思想的认识。

二十世纪五十年代巴人、王淑明提倡人性、人情、人道主义，八十年代初胡乔木与周扬关于人道主义的争论，他们都站在马克思主义的立场谈人道主义。前者着眼于文学，后者着眼于哲学。从文学方面说，《论"文学是人学"》就人道主义思想论述了文学理论批评的诸多问题，比巴人、王淑明丰富、深刻得多。从哲学方面来说，胡乔木批评周扬关于人道主义的观点，虽然周扬强调马克思主义对于人道主义的继承，而对于它们的区别说明不够充分，但是胡乔木将人道主义分为历史唯心主义的人道主义与作为伦理观的人道主义，否定前者而肯定后者，却是不合实际的。历史上的各种人道主义中，历史唯心主义的人道主义只是其中的一种，人道主义虽也具有伦理观的性质，但它又不仅仅是伦理观。马克思在《手稿》中已指明共产主义对于人道主义的继承与发展（详见第二篇笔记），恩格斯后来也有相同的见解（详见第九篇笔记），这就从世界观、历史观方面对人道主义做了一定的积极评价。如上文所述，钱先生在1989年提出"对人的信心"，与马克思主义相一致，不仅比巴人等人更深入、更准确地理解、阐释了人道主义，而且超越了胡乔木与周扬关于人道主义的争论。所以，钱先生的"人道主义精神"观，无论从文学上还是从哲学上，都对中国当代文坛都发挥了积极作用。

人们会问，人道主义精神观及其发展，对于钱谷融文学思想、对于中国当代文学理论批评如此重要，可是长期以来，有人加以批判或加以贬抑，即使赞扬者也未能真正认识，这是为什么呢？

我以为原因至少有五个：

其一，改革开放前，在相当长的时期中，中国的马克思主义者，对于马克思主义的接受主要在阶级斗争与无产阶级专政理论方面，甚至将其等同于马克思主义，并且在理论上与实践上犯了某些"左倾"的错误（这在第二篇笔记已有叙述），因而否定人性、人道主义，批判钱谷融文学思想。

其二，改革开放后，随着党的工作重心转移到经济建设方面，人们对于马克思主义的接受，侧重于发展生产力、发展经济，它取代阶级斗争成了意识形态的主流。这时，虽然批判了"极左"思潮，否定了以往对于人性、人道主义的批判，为人性论、人道主义恢复了名誉，但它们只作为马克思主义的"同路人""同盟军"的角色而存在、被肯定。钱谷融文学思想也在这样的语境中被肯定，作为马克思主义文论的"同盟军"被肯定。说实在的，这种肯定，否认了它的马克思主义属性，贬低了它的意义。

其三，西方的一些学者，将人道主义等同于马克思主义，这些学者中的一些人否定中国的社会主义制度。中国的理论家在与这些学者划清界限时，自然保持了与人道主义思想的距离，也保持了与钱先生的人道主义精神观的距离，未能去分析人道主义精神观的前后发展及其不同内涵，从而得出辩证的正确的结论。

其四，尽管在改革开放以来，已经有中国哲学家对历史唯物主义做了新的阐述，尤其阐述了人是历史主体的思想，人的自由本质的历史发展。但由于各种原因，这新的阐述未能广泛传播、获得广泛认同。在二十世纪八十年代关于异化与人道主义的争论中，由于对《手稿》是否基本正确表述了马克思主义基本原理存在着不同看法，于是人们未能吸收其中关于人道主义及其与共产主义关系的理论观点，未能认识共产主义对于人道主义的继承与发展。——这里，当然不排除在改革开放以后，中国当代文坛不少人崇拜西方现代哲学及现代文艺理论，而疏远马克思主义，疏远马、恩的原著，疏远中国哲学家对历史唯物主义的新阐述。

其五，未能充分尊重钱先生本人的见解，特别是他对自己中华人民共和国成立前后、"文革"前后思想变化的自述，以及对人道主义精神的自述。钱先生是真诚的、卓越的文学理论家、批评家，他既有知人之智，又有自知之明，他所说、所写，绝无虚言。如果人们对钱先生本人的见解视而不见，只凭自己主观的认知来评述钱先生及其文学思想，那这样的评述必然走样。

今天，中国的马克思主义者已能准确认识马克思主义的最高主旨，认识历史唯物主义的核心思想，认识人道主义及其与历史唯物主义的关系，把这些认识与钱先生本人的见解恰当结合起来，就能理解钱先生从接受人道主义向接受历史唯物主义的转变，就能比较准确理解"人道主义精神"观的前后发展及不同内涵，从而比较准确解读钱谷融文学思想！

四、"文学是人学"

——钱谷融先生关于文学本质的观点

在中国当代文坛，关于文学的性质，近些年来虽有反本质主义的主张，但大多数人还是认为文学有它的本质，并给予不同的界定。这些界定虽各有道理，但我认为钱谷融先生的"文学是人学"的界定较为周全、妥善。

（一）"文学是人学"的内涵

"文学是人学"这个命题，在钱先生的文章中有广狭两种意义：其广义，是他的文学观的概括，所以有学者就直接以"文学是人学"来指称钱先生的文学思想；其狭义，则专指文学的根本特点、文学的本质。本文就是在这个意义上使用的。

反对"文学工具论"，是钱先生提出"文学是人学"思想的重要原因。在二十世纪五十年代，国内的文学创作出现了严重的公式化、概念化，尽管人们对之加以批评，可是对支撑它的错误理论却习焉不察，甚至把这理论奉为圭臬。在这样的情势下，钱先生发表了《论"文学是人学"》，尖锐指出：

> 文学当然是能够，而且也是必须反映现实的。但我反对把反映现实当作文学的直接的、首要的任务；尤其反对把描写人仅仅当作反映现实的一种工具、一种手段。我认为这样来理解文学的任务，是把文学和一般社会科学等同起来了，是违反文学的性质、特点的，这样来对待人的描写，是决写不出真正的人来的，是会使作品流于概念化的。❶

❶ 钱谷融：《论"文学是人学"》，《艺术·人·真诚》，上海：华东师范大学出版社，1995 年，第 63、64 页。以下引文，凡引自此书的，均于引文后的括号内写明页数。

把反映现实当成文学的首要的任务，并把它绝对化，以及把描写人当作文学反映现实的一种工具、手段，这就是造成文学作品公式化概念化的错误理论的两个特点，可它在当时的中国文坛上却是"支配性理论"（第63页），我把这错误理论称为"文学工具论"。在这段话里，明确反对"文学工具论"，并明确强调"文学的性质、特点"。对此，钱先生借高尔基之名说：

> 高尔基把文学叫做"人学"，就不但说明了文学的对象是什么，而且还把文学的对象和它的性质、特点，和它的任务、作用等等相统一起来了。（第68页）

在对象、性质、特点、任务、作用诸因素中，无疑性质、特点是最根本的，那么，什么是文学的性质、特点呢？这是《论"文学是人学"》首先谈到的，后来，钱先生又对此做了全面概括：

> 我觉得文艺的观念尽管随着时代、社会等等条件的变化，而不断有新的变化和发展，但文学之所以为文学，总有它比较稳定的质地在。简要言之，文学除了是人学这一根本特点以外，还有一个差不多同样重要的特点，那就是它又是语言的艺术。❶

文学是人学的具体内涵，在《论"文学是人学"》之中已经确定

---

❶ 钱谷融：《文艺问题随想》，《散淡人生》，上海：上海教育出版社，2001年，第142页。

了：文学"必须以人为注意的中心"（第 66 页）、"把人当做文学描写的中心"（第 60 页），这个"人"，"并不是整个人类之'人'，或者某一整个阶级之'人'，而是具体的、个别的人"。（第 105 页）文学要描写这样的人，表现他们丰富的内心世界，突出他们的鲜明个性，当然要借语言来实现，文学是"语言的艺术"，表述了文学性质的另一个重要内容。所以，描写具体的人和借以描写的文学语言两者的有机统一就构成了对文学性质的完整表述。人是文学描写的中心，说的是文学艺术与一般社会科学的区别，人的描写借语言而实现，说的是文学与其他艺术形式诸如音乐、雕塑、绘画的区别。尽管不借文学语言，无法描绘活生生的人物，但运用文学语言的目的，终究是表现人物，所以"文学是人学"这一命题才是文学本体论的核心，才是文学的"根本特点"，文学的本质。文学语言只是和它"差不多重要的特点"，也就是说虽重要，却还不是根本特点。

可以这么说，以具体的、个别的、活生生的人为注意的中心，为描写的中心，就是文学的本质，就是"文学是人学"的内涵，这是钱先生文学理论思想中最基本、最重要、最有意义的内容。鲁枢元在评论钱先生的论文自选集《艺术·人·真诚》时说："文学艺术天地中，有些方面的东西可能是随着社会的发展而发展的，但有些东西始终都是一个初始的混沌的'原点'，这个'原点'差不多就是文学艺术的魂魄，必须固守。你可以不断地去解析它、丰富它，却不能改变它，更不能弃置它。"❶ 这话说得很好。钱先生的文学

119

---

❶　鲁枢元：《"吾其为水矣"》，《钱谷融研究资料选》，上海：华东师范大学出版社，2008 年，第 180 页。

理论中存在着一个"文学艺术的魂魄",是我们"必须固守"并不断"解析它、丰富它"的,这就是"文学是人学"。钱先生的文艺理论批评与作家作品研究都围绕它而展开,钱先生关于作家论、创作论、作品论、批评论等方面的许多重要思想都借它而发挥。

提倡"文学是人学",包含着辩证地解决下列两个问题:一是文学与一般社会科学的关系问题,二是"文学工具论"与"文学工具性"的区别问题。

对于文学与一般社会科学的关系,钱先生虽认为它们因同属社会意识形态而有某种共同点,但他首先强调文学的本质也即文学的特殊性,他说:

> 如果我们所要求于文艺的只是在于概括地反映现实现象,揭示现实生活的本质的话,那么,科学会把这些作得更精确、更可靠。这样文艺就失却了它作为人类精神活动的一个特殊领域而存在的意义了。(第67页)

对于特殊性的强调,认定它是区分不同学科领域的依据,正是马克思主义辩证法所要求的,"如果不研究矛盾的特殊性,就无从确定一事物不同于他事物的本质……也就无从辨别事物,无从区分科学研究的领域"。❶ 由于文学与社会科学的各个门类,都是以人为对象,以社会为对象的,所以钱先生在《关于"文学是人学"——三点说明》及《关于文艺特征的断想》这两篇文章中,反复阐述文学

---

❶ 毛泽东:《矛盾论》,《毛泽东选集》(第1卷),北京:人民出版社,1952年,第207页。

与社会科学的区别：其一，文学所反映的社会生活是它本身的形式，它的综合性、整体性、流动性、充满活力，而不同门类的社会科学所研究的社会生活，只是其某一个特定的方面；其二，文学所反映的人，是具体的、个别的人，是具有独特个性、独特生命的人，而社会科学所研究的人，是一般的人，是具有某种共性的人；其三，文学对生活、对人的表现离不开作家浓烈的主观色彩，并凝结为具体形象，而社会科学家对人、对生活的研究，则力求客观，并形成科学理论；其四，文学作品是以情打动人，感染人，教育人的，而社会科学著作则是以理论说服人、教育人的。这些不同，归结到底，就是下文所说的，是理论掌握世界的方式与艺术掌握世界的方式之不同。

　　钱先生并没有因为强调文学的特殊性，而否定它与一般社会科学的共同性。他反复肯定文学是能够，而且必须反映现实及其本质，只是他认为这种反映是通过文学的特殊性来实现的。文学越是充分描写出人的灵魂、表现出个性的全部丰富性，就越能充分反映社会的本质。这种认为只有个性的丰富性才能有共性的深刻性的见解，表现出钱先生对马克思主义辩证法有深刻的领悟。当列宁读到黑格尔关于不只是抽象的普遍性而是特殊性自身的丰富性的普遍性这样的话时，高兴地说："绝妙的公式：'不只是抽象的普遍，而且是自身体现着特殊、个体、个别东西的丰富性的这种普遍。'（特殊的和个别的东西的全部丰富性！）！！好极了！"❶ 正是"特殊的个别的东西的全部丰富性"才有可能使普遍性"不只是抽象的普遍"，

---

❶ 列宁：《黑格尔"逻辑学"一书的摘要》，《哲学笔记》，北京：人民出版社，1960 年，第 98 页。

而是具体的"丰富性的普遍"。

钱先生辩证地解决了文学与一般社会科学的关系，在肯定文学特殊性的前提下，承认它与一般社会科学有共同性，也就承认了文学的工具性。所谓"文学工具性"，不是指别的，只是指文学的客观的社会作用，尤其是对于人类精神提升的积极作用。一旦优秀作品独立地呈现于读者面前，它就不管作家的主观意图，而直接作用于人们的思想感情，它让人们感动，给人们审美的享受，提高人们的情操、道德水平、精神境界，激起人们对美好生活的向往并为之奋斗的热情。所以"文学工具性"必须在坚持"文学是人学"的前提下才能发挥。"文学工具性"与"文学工具论"的本质区别就在于：前者以人的描写为中心、为前提，文学的社会作用是在这前提下自然发生的；后者则以人的描写为工具、为手段，去实现特定的政治目的。"文学是人学"反对"文学工具论"，却肯定"文学工具性"。钱先生说：

> 文学要达到教育人、改善人的目的，固然必须从人出发，必须以人为注意的中心；就是要达到反映生活，揭示现实本质的目的，也还必须从人出发，必须以人为注意的中心。（第66页）

可见，坚持文学的性质、特点，文学作品就自然能够发挥它的影响社会的作用，教育人的任务，也即发挥它的工具性，"文学工具性"是"文学是人学"的自然的、必要的延伸。

自五四文学革命以来，革命者总是强调文学的工具性，把文学作为革命工作的一部分，要求它为革命任务服务，这有历史的正当性，也有许多作家因此写出很多优秀的作品，而这归根到底还是因为这些作家对他们所表现的生活与人物十分熟悉，很有感情。

当人们对上述情况未能正确认识，反而简单地认为，只要把文学作为革命的工具就能写出好作品，这就自觉、不自觉地从工具性沦为工具论。中华人民共和国成立后，人们将工具性绝对化、简单化、庸俗化，以至沦为支配文坛的"工具论"。这"工具论"最坏的后果就是，将文学完全作为政治的附属品，完全作为阶级斗争的工具。这对文学创作、文学批评与文学教学都相当有害。因此《论"文学是人学"》以"文学是人学"反对"文学工具论"，在当时具有重大的意义。新时期以来，人们摆脱了"工具论"的错误，却在抛弃"工具论"时忽视了"工具性"，走向另一个极端。钱先生十分重视文学的工具性，他在《文学的社会作用与文学的艺术性》一文中说："我并不是要大家为了重视文学本身的特点而少强调一些文学的社会作用；恰恰相反，我正是为了重视文学的社会作用，而希望大家多注意一下文学本身的特点。"（第 578—579 页）在"文学是人学"思想前提下的文学工具性是永远不能忽视的。

尽管钱先生明确表示，"文学是人学"是对无产阶级革命作家高尔基的见解"接着讲"。但实际上却是他从文学实际出发提出的，而且与马克思主义的历史观相吻合。

1949 年后有一段很长的时间，文艺理论工作者们，征引马列主义作为逻辑起点、前提，从而演绎出自己的观点，但有不少人的征引却沦为断章取义，生搬硬套，终至教条主义盛行。新时期以来，不少文艺理论工作者则言必称西方的现代哲学、现代文艺理论，也以之为逻辑起点、前提，从而演绎出自己的观点，其中更有只是用新名词，贴新标签，仍然不免生搬硬套、生吞活剥。前者将马列主义当作教条，后者把西方现代哲学、现代文艺理论当作教条，崇拜（或者标榜）的对象虽不相同，教条主义的毛病则别无二致。

钱谷融先生和上述的文艺理论批评家们不同，他不以任何先哲、时贤的观点作为自己理论的逻辑起点、前提。他说：

> 高尔基正是在大量地阅读了过去杰出的文学作品，和广泛地吸收了过去的哲人们、文学大师们关于文学的意见后，才能以这样明确简括的语句（引者按：即"文学是人学"）说出了文学的根本特点的。（第62页）

这段话虽借高尔基之名，其实是钱先生自己如何提出"文学是人学"思想的自述。他在给韦泱的信中说："我的文艺思想就是在我早年所受的教育，所读过的古今中外的文学作品，再加上当时占主导地位的苏联文艺理论的影响下形成的。"❶ 这说得很全面。据我个人阅读钱先生论著的体会，"文学是人学"的思想，主要还是从"读过的古今中外的文学作品"的感受、认识中形成的。钱先生是从丰富生动的文学现象出发，从伟大作家的创作出发，特别是从他自己对杰出作品的审美体验、审美感悟出发，融入了众多先哲、文学大师对于文学的见解，从而形成自己的文学理论思想。他的论文，就是他用自己的话，写自己的思想，有所征引也只是为了支撑、加强自己的观点。其中，我以为对于大量杰出文学作品的审美

---

❶ 钱谷融：《致韦泱》，《闲斋外集》，上海：华东师范大学出版社，2015年，第83页。

体验、审美感悟最为重要。钱先生阅读文学作品，总是以自己的心灵去感受文学大师们的心灵，去感受大师们笔下那些栩栩如生的人物的心灵，他不仅用头脑，更是以心去接触心，以心去发现心。钱先生有这样的天赋，他"小时候看《三国演义》，看到诸葛亮之死，不知掉了多少眼泪，下面就简直没有心思再看下去了"。（第189页）随着阅历的增加，心灵的丰富，愈是阅读经典作品，他天赋的艺术敏感就愈益发展起来。尽管他自己认为对于文学大师们艺术创造的奥秘只是"管窥蠡测"，实际上他是真正和大师们的心灵相通的。主要借助他丰富、独特的审美体验、审美感悟，并将先哲与文学大师们关于文学的见解融化于其中，这才提出"文学是人学"的思想，简明而中肯地概括了文学的根本特点、文学的本质。

文学大师们的经典作品，都具有超越时空的审美品格，具有全人类的意义，是受世界上不同民族、国家所普遍欢迎的，钱先生就是从这些经典作品中形成他牢固的文学的全人类性的观念。就因文学全人类性的观念，他坚持文学要表现普遍人性，坚持文学要表现人和自然的一致，坚持文学要表现对人、对人生的积极态度、对人类未来理想的追求；文学全人类的观念，使他从对中外古典文学，尤其是19世纪俄罗斯文学的感动，进到对二十世纪苏联社会主义现实主义文学的肯定；文学的全人类性的观念，还使他拒绝二十世纪50年代中国文坛盛行的"文学工具论"，而肯定"文学工具性"，肯定文学的社会作用，肯定文学对全人类的积极意义。所以文学的全人类性是"文学是人学"的根本内涵。基于文学的全人类性，"文学是人学"才会和广义人道主义携手，并在一定的条件下，最终和人是历史主体的思想携手（详下文）。因为广义人道主义只是对人、人类命运的普遍关怀与同情，历史唯物主义才彻底指明人类走向真正自由之路。文学的全人类性，作为"世界语言"的文学，需要的就是指明人类走向未来的真理，"文学是人学"只有安放在历史唯物主义的基础上，才能获得最正确的理论支撑，才能彰显不朽的理论光辉！

（二）抓住文学的根本，契合历史的根本

《论"文学是人学"》的最大贡献，并不在于钱先生人道主义精神观的确立，而是提出"文学是人学"这个不朽命题。尽管《论"文学是人学"》中，关于人道主义精神及其在文学理论诸多问题上的运用占去绝大篇幅，而关于"文学是人学"的篇幅很少，但应该知道：将人道主义精神运用于诸多文学理论问题是新探索，是需要具体阐述的。但"文学是人学"却不必如此，如钱先生后来反复说的，乃是"常识"，与其说是"常识"，不如说是"公理"，因为它被公认的经典名著所呈现，被众多的作家、哲人所不同程度地言说。它是如几何学上的"公理"那样的文学上的公理——只是这"常识""公理"久被遮蔽，"常识""公理"是不需要证明而为人们所公认的，《论"文学是人学"》只需去除其遮蔽，而不必多花笔墨去论述。

"文学是人学"是钱谷融文学思想的中心命题，是钱先生对中国文学理论批评的最重要的贡献。之所以有这样重大的意义，在于它抓住了文学的根本，同时契合历史的根本。这才能将文学的性质、对象、功能完全统一起来，才能体现文学的全部内容与全部意义。

李子云很早就明确地指出：

随着时代、社会生活的发展，文学观念、创作方法自然也随之变化。尤其近二十年来，随着国门打开，半个世纪以来的西方美学思潮、文学流派一涌而入，现代、后现代、结构、解构、宏大叙事、凡人小事、深入内心潜意识、平凡化描写……同时到来，从叙事方法，到内容意义、价值取向、语言等等方面，都形成多元并存。在这种纷杂繁复的局面中，钱先生的主张仍能以不变应万变地屹立其中，他的主张抓住了文学的根本。从观念到方法，纵然千变万化，却脱离不了以人为中心。淡化情节，强调气氛，人也仍然是中心。所谓消解情节，专注人的深层心理，揭示的还不是人情人性？所谓气氛，也仍然是人对环境的感受。而钱先生的文章正是在人情人性上理解得透彻、分析得精当，这就使他立于不败之地。❶

多么精辟的见解！它指出"文学是人学"这一思想，"抓住了文学的根本"，无论文学思潮、文坛风气如何"纷杂繁复"，文学观念、创作方法如何"千变万化"，这一思想始终"屹立其中"，始终"立于不败之地"。李子云主要是以新时期以来中国文坛的实际来证明的，但这具体举证是她从"随着时代、社会生活的发展，文学观念、创作方法自然也随之变化"这个大前提出发的，因此，她的具体举证也就证明了、确认了：社会不断发展，文学随之变化，"文学是人学"的思想仍然是"文学的根本"，仍然立于"不败之地"。这不仅肯定"文学是人学"符合自古至今的文学创作的实际，它的

---

❶ 李子云：《仁者之风》，《钱谷融研究资料选》，上海：华东师范大学出版社，2008 年，第 396 页。

提出是遵循从实际到理论这一马克思主义的认识论的。而且肯定它一语中的指明文学与人的关系，破解了文学的这一核心问题、根本问题。

"文学是人学"思想的不朽性更在于它与马克思主义历史观相契合。在第二篇笔记中已经说过，必须完整地理解马克思主义历史观，特别是把握历史也是个人本身力量发展的历史这一历史唯物主义的核心思想。马克思、恩格斯就以人的自由本质的历史发展来说明社会发展的历史，他们认为，"全部人类历史的第一个前提无疑是有生命的个人的存在"❶，这个有生命的人，在劳动中，在社会实践中，能动地不断地发展，本质力量不断地"现实生成"，由前现代社会的人身依附的"不是独立"人，到现代社会成为以对物的依赖为基础的"独立的个人"，再到共产主义社会发展为"自由个性的人"，而共产主义之后人还要发展，向着自由的美的方向发展。历史就是人的自由、美的本质，在劳动中、实践中不断扬弃异化而展开的历史。所以，"人是全部人类活动和全部人类关系的本质、基础"❷。这"人"，"不是抽象概念，而是作为现实的、活生生的、特殊的个人……这些个人是怎样的，这种社会联系本身就是怎样的"。❸ 显然，历史唯物主义认为，现实的、具体的、有生命的个人及其历史发展，反映着社会的本质，反映着社会历史的发展。

"文学是人学"的意涵因历史唯物主义核心思想的注入而显示

---

❶　马克思、恩格斯：《德意志意识形态（节选本）》，北京：人民出版社，2008 年，第 11 页。

❷　马克思、恩格斯：《神圣家族》，北京：人民出版社，1958 年，第 118 页。

❸　马克思：《1844 年经济学哲学手稿》，北京：人民出版社，2008 年，第 171 页。

不灭的光辉。"文学是人学"紧紧抓住作为历史主体的人，主张文学描写的中心是有生命的个人，是在一定的社会关系中，在特定的具体情境中，行动着，感受着，思考着，发展着，有丰富的内心世界、有鲜明个性的人，文学作品塑造了具有鲜明个性的人物形象，这个形象必然反映出他所生活的社会的面貌和本质，必然反映出他所属时代的精神特征，如果展现这个人物的发展，也就必然反映社会历史的变动与发展。可以说，"文学以人为注意的中心"，"把人当做描写的中心"，就是文学是以人的自由、美的本质的历史发展为注意的中心，就是文学把现实的有生命的具体的人在社会历史发展过程中的特殊发展当做描写的中心，即把个人自由、美的本质的独特展开当做描写的中心。读者能在阅读中直观到人的自由发展而获得审美的愉悦，不仅是人之为人的愉悦，还是人必将向更自由的人的发展的愉悦。可见"文学是人学"思想充分体现了人是历史的主体，历史是人自由本质不断发展的历史这一历史唯物主义的核心思想，从而把文学的性质、对象、作用完全统一起来，把文学的全部意义充分发挥出来。

　　"文学是人学"既契合历史唯物主义，又吻合文学创作的实际，既体现了历史的根本，又抓住了文学的根本，必然具有普遍性的理论意义，具有不朽的魅力，—— 在中国当代文坛上，诸多文学理论批评家都努力建构自己的理论体系，这种努力是令人敬佩的。不过，我相信，有那么一天，有那么一个人或一些人，企图整合各家各派的观点，来建构中国当代文学理论的大厦，他或他们一定会以"文学是人学"作为这大厦的基石！钱先生就是在这本体论的基础上，发展出创作论、作品论、批评论、作家论与批评家论。

（三）钱谷融先生接受历史唯物主义的现实原因

或者有人会质疑："文学是人学"思想与马克思主义历史观完全契合，这样说符合钱先生的本意吗？

的确，钱先生自己并没有这么明确说过，我们是从他思想的客观分析中得出这一结论的。第二篇笔记已说过，"对人的信心"的内涵就是人是历史的主体，即人的自由本质的发展既是历史发展的根本动力，也是历史发展水平的根本标志。以此来解读"文学是人学"，最能准确表现钱先生将对历史的思考与对文学的思考统一起来的大情怀，最能准确体现"文学是人学"的全部意义。

或者还有人会质疑，钱先生到二十世纪八十年代才提出"对人的信心"，而在五十年代，与提出"文学是人学"同时提出的是"把人当做人"，为什么不把它们联系起来解读呢？

我的观点是：第一，钱先生的人道主义精神观，经历了从"把人当做人"到"对人的信心"的发展，但他关于"文学是人学"的主张却始终一贯，因此，以"对人的信心"解读并未违背事实；第二，"把人当做人"的内涵主要是广义人道主义，但钱先生是立足于马克思主义来肯定广义人道主义的，况且，"把人当做人"还包括社会主义人道主义，并以共产主义为最高人道主义，"对人的信心"则是把这些内容包括在内的。因此，以"对人的信心"来解读"文学是人学"，从本质上说，不仅没有违背钱先生五十年代的基本立场，而且更契合他的思想。但是，鉴于这个问题的重要性，有必要就钱先生对历史唯物主义的接受在第三篇笔记的基础上，再加以补充说明。

说"文学是人学"符合历史唯物主义的核心思想，这的确是我的见解。钱先生一开始并没有这么确定地表述，但他仍有一定的自觉意识，并且这自觉意识越来越清晰。这样说，并不是我的主观臆断，而是有依据的。其一，上文说过，钱先生形成"文学是人学"的思想，首先是依据文学创作的实践，从文学创作实践中概括的，由此而形成的文学全人类性的观念，必然使他接受广义人道主义，并进而接受历史唯物主义。其二，他正式提出"文学是人学"时，中华人民共和国成立已近十年了，这些年间，他确立了马克思主义世界观，自觉努力地学习马克思主义，努力以马克思主义观点观察文艺问题，因此提出这思想时，就必然会与马克思主义相一致。其三，在"文学是人学"受批判之后的长时期内（包括 1966 年至 1976 年这十年），钱先生不仅没有改变自己的观点，而是更加坚定，为什么？重要原因之一即这期间他对历史唯物主义有比以前更深入的思考与认识，尤其是对人的历史自觉性，对人的历史发展有了清晰的认识，也更坚定认为"文学是人学"是符合历史唯物主义的。关于第一点，上文已有交代，关于第三点，在第三篇笔记也已叙述，这些，还将在第九篇笔记再叙述。下面仅就第二点做具体说明。

　　现在有些年青人似乎不了解，像钱先生那一代知识分子，由于经历了旧中国的黑暗，在中华人民共和国成立初期，大多数人都努力要求进步，积极学习与运用马克思主义。历史记下了那一代知识分子这一前进的姿态，钱先生也在其中。中华人民共和国刚成立，他从人民群众的欢呼中，从人民政府的政策举措中，已感受到中国共产党的伟大，1950 年 5 月，他到华北人民革命大学政治研究院学习，改变了他青年时代有悲观主义色彩的人生观，初步确立了共产主义理想。从此开启了他成为马克思主义者的历程。钱先生在《艺术·人·真诚》的《后记》中，"很真诚，很实在"地记叙了这个过程（第 618—619 页）。原文很长，难以引用，请不相信钱先生是马克思主义者的人们去读一读。后来，他向访问者说："解放后，我积极工作，努力追求进步，系里还把我作为积极分子来培养。当时，我也积极学习马克思主义，觉得有些吃力，自己也觉得没有学好。"❶ 这是钱先生对自己当时政治思想状态的自述，"积极工作，努力追求进步"，现在我虽找不到更多的事实来证明，但有一点却是十分明显的，在二十世纪五十年代初，他翻译好几篇国外的文学评论文章（见《闲斋外集》），这些文章无一例外地宣传无产阶级文艺思想，无一例外地批判资本主义，宣传共产主义。这翻译工作，不正是当时钱先生"积极工作，努力追求进步"并确立马克思主义世界观的表现吗？值得注意的是，"系里还把我当作积极分子来培养"，熟悉当时情况的人都知道，由于频繁的政治运动，各单位的领导都把群众分为进步、中间、落后，而作为"积极分子来培养"，表明钱先生当时的政治思想状态处于上游，"积极分子"是"进步群众"这一群体中表现更为良好的部分，有的甚至是中共党员的"后备队"。实际上，他也"努力追求进步"，"积极学习马克思主义"。至于"没有学好"乃是钱先生谈到自己的时候常有的一种谦逊的口吻。实际上他的学习一定颇有心得，以至日后谈起华东师范大学中文系里那些说他与党"争夺青年学生"的批判者时，却完全换了语气：

---

❶ 李世涛：《"文学是人学"——钱谷融先生访谈录》，《钱谷融研究资料选》，上海：华东师范大学出版社，2008 年，第 243 页。

我觉得我比他们更接近马克思主义，他们的理论可能还不如我。❶

多么自信！没有积极学习马克思主义并深有领悟，能有这样的自信吗？我以为，当时钱先生就已从"批判者"们的言论与行动中，感觉到阶级论的一些"左倾"错误，并已超越他们，而接受历史唯物主义的现实的人的历史发展的思想。

　　我这样说并不是没有根据的。钱先生说过：

　　解放初，我的确很亢奋了一阵子，有过"狂飙突进时代"那种心情。但过不久，运动一个接着一个地来，起初尽管感到非常违反我的本性，我还是竭力约束着自己，尽量去适应它。一直到一九五七年的反右运动兴起，对我的心灵震撼之激烈，使我实在无法承受。我虽没有在运动中被划成右派，但从此被打入"另册"，即使仍旧想顺应潮流，跟上形势，却再也跟不上，再也无法适应了。（第 619 页）

这段话说了三段历史。第一，"解放初""很亢奋了一阵子"；第二，"过不久，运动一个接着一个地来"，这里虽没有具体说明哪些运动，但了解那段历史的人们都会记得：1950 年初的批《武训传》及差不多同时开展的知识分子思想改造运动，1954 年的批俞平伯的红学观及随之而来的批胡适，还有 1955 年的反胡风。在这些运动

---

❶　早报记者：《1957 之后——钱谷融、陈伯海访谈录》，《钱谷融研究资料选》，上海：华东师范大学出版社，2008 年，第 291 页。

中，钱先生深感"违反我的本性"，即违反他的追求思想自由的本性，但还是"尽量去适应它"；第三，"到一九五七年的反右运动"，他已"无法承受"，"即使仍旧想顺应潮流"，"却再也跟不上了"。就这些具体感受的叙述，我们可以窥探他思想的变化发展。

在第一段历史中，他为中华人民共和国成立之初社会万象更新而兴奋。如他后来所说，是拥护共产党、崇拜毛泽东，接受马克思主义的基本观点，其中"有过狂飙突进时代"的心情，则意味着从"旧中国"到"新中国"他有了个人自由的新体验。

在第二段历史中，虽然对那些政治运动有反感，但还"尽量去适应它"。这意味着，运动中充斥着的不许争辩的简单、粗暴，违反他追求思想自由的本性，他对这种思想批判开始怀疑、疏离、不满，但是他没有改变自己的马克思主义立场，仍保持自己思想自由的本性。《论"文学是人学"》正是写在这个阶段即将结束之时，所以文章能冲破笼罩社会的种种"左倾"思想，能摆脱主导文坛的"文学工具论"，对当时文坛的教条主义进行严肃的批评，深入揭示其"左倾教条主义"与形而上学的本质及其危害："假如我们的一些自以为是马克思主义者的文艺理论家们，只知道把马克思主义关于哲学、政治、社会等等方面的理论、原则，直接转入文艺领域的话，那么，这一领域 虽然不见得真会成了个'致命伤'，恐怕也就不免要成为一个多灾多难的领域了。"（第 105 页）说得多么斩钉截铁！也正因为这样，文章才会宣扬人道主义精神，才敢于提出"文学是人学"这一不朽命题。

1957 年，笔者是当时华东师大中文系二年级的学生，钱先生宣读《论"文学是人学"》的科学报告会，我是听众之一。钱先生介绍自己论文时所说的，后来被人们津津乐道的所谓"情人"之妙语，我真的是一点印象也没有。而别人从未提及，我却记得很清楚的是，他在介绍自己的论文时，强调了自己是遵循马克思主义的。他的原话是这样的，"我不是那么离经叛道的"。六十年过去了，当我对于马克思主义的主旨有所理解，对《论"文学是人学"》的要义也能领会的时候，留在记忆中的钱先生的这句话愈益鲜明起来，"不是那么"只是委婉的语气，直白地说，应该是"我不是离经叛道的"，更可以说"我是遵经循道的"，这"经"、这"道"，即马克思主义之"经"、马克思主义之"道"。可以肯定，《论"文学是人学"》提倡"文学是人学"，提倡人道主义，是站在马克思主义的立场上的。因此才会在肯定广义人道主义同时，肯定社会主义人道主义，并认为共产主义是最高的人道主义，而这种理解的本身，就已证明钱先生是从人的自由而全面发展的观点去理解共产主义，而不是从阶级论的观点去理解共产主义。

在第三段历史中，"反右运动"对敢于批评现实的人，采取政治批判、组织处分的做法，"震撼"了钱先生，他"再也无法适应"了。这意味着，他否定了那种"极左"的阶级斗争的做法。正因为有"反右运动"的"震撼"，他才能在反思"文革"中，转向历史唯物主义，选择并接受人是历史主体的思想。——关于这选择与接受，第三篇笔记已有说明，第九篇笔记还将继续阐明。

钱先生的马克思主义立场与观点，还体现在他的教学工作中。他列举自己培养研究生的五条经验中，第一条就是：

> 我认为大学的首要任务就是要为国家培养和输送各方面所需要的合格的建设人才。从文科来说，最要紧的首先是政治方向的问题。必须教育学生热爱我们的社会主义祖国。而且必须

把这种爱祖国、爱社会主义的教育，贯穿和渗透到全部的教学内容中去，而决不能使它游离在教学内容之外，作抽象空洞的说教。我在教学实践中，总是努力这样做的，效果也比较好。❶

一位大学教授，教学与研究就是他的生命与生活的主要部分，其中鲜明贯穿、渗透着他的马克思主义观点。这样的人，还能否认他是一个马克思主义者吗？

人们质疑钱谷融先生是马克思主义者，还有一个原因，这就是他的文章很少引用马克思主义经典。姚文元在这一点上走到极端，他在批判《论"文学是人学"》时，甚至说"在长达三万字的论文中，竟然没有引用过一句毛主席的话"，从而坐实作者"反对毛泽东思想的罪名"。❷ 对此，钱先生在一篇文章中曾加以驳斥：

说实在话，我对毛主席，特别是在文化大革命以前，是十分佩服的，佩服的程度，差不多可以用"五体投地"这样的话来形容。至于在文章中是不是引用他说过的话，引用得多还是少，那完全是另一回事。当引则引，不当引或不必引时就不引。那种靠借名人的话以自重，甚或把名人的话当成虎皮，硬扯来披在身上藉以吓人的当时的流行风气，我是很不以为然的。❸

---

❶ 钱谷融：《谈谈我对研究生的培养》，《闲斋忆旧》，上海：上海人民出版社，2008年，第58页。

❷ 钱谷融：《施蛰存先生》，《闲斋忆旧》，上海：上海人民出版社，2008年，第158页。

❸ 同上。

从这段话，我们可以读出三点：其一，钱先生对马克思主义经典是当引则引，决不以引自重、自诩；其二，引与不引马克思主义经典与是否是马克思主义者无关；其三，也是最重要的，他在中华人民共和国成立之初对毛泽东"佩服"得"五体投地"，不正是他鲜明马克思主义立场的表现？

我想，钱先生少引用马克思主义经典还另有深意在，他在谈论鲁迅的理论文章时曾说过："一九二八年顷，鲁迅在和创造社、太阳社关于革命文学的论争中，他的文章虽不标榜什么革命的主义，但比起论战中的另一方的文章来，却分明包含了更多更符合马克思主义的东西。即使三十年代以后，鲁迅已是一个成熟的马克思主义者了，他的文章也决不滥用革命的词句，这固然部分地是由于处于国民党的反动统治下，出于斗争策略上的考虑，但更多的还是为了希望他的文章能为更多的读者所理解、接受，能够起到更大的作用。"（第 228 页）钱先生少引用马克思主义经典，或者不是受鲁迅的启发，但能说他没有使自己的文章更好读、好懂，"能为更多的读者所理解、接受"的想法吗？还有另外一件令我印象深刻的事，就是钱先生把他为拙作《郭沫若思想整体观》写的《序言》交给我时，称赞我引用马克思主义经典"不拘泥迂执"，而后说到他自己，他说："曾有朋友说我的文章是不引用马克思主义经典的马克思主义。"钱先生这样说并非自诩（钱先生绝无如此心态），而是希望我的马克思主义学习能更上一层楼，不停留在"引用"层面，而能将马克思主义的观点、方法融化到文章中，达到"化用"的境地。当然，这样说也体现了他对马克思主义是自觉学习、自觉运用而且是纯熟运用的。他是完全将马克思主义基本原理化进了自己的文学理论批评中。很少引用马克思主义经典，不着一字，尽得风流，这才叫大家风范。

上面所说，表明钱先生自二十世纪五十年代开始自己的文学活动时，就是自觉以马克思主义者现身的，钱先生还据马克思主义指导教学与研究，这些使我们肯定他关于文学的本质的观点符合历史唯物主义的结论，获得有力的证据。不能设想，一个马克思主义者自己的文艺理论思想会与历史唯物主义不相契合。

不错，钱先生到二十世纪八十年代，才有关于历史唯物主义的明确的言说，才明确肯定"人"既是文学的，同时也是历史的根本。他说："社会能否进步，人民能否幸福，其最可靠的标志和保障，始终是人民的自觉程度。"❶ 还说："我们总说历史是无情的，但无情的历史中最重要的因素是人，因为人创造了历史，人是有情的，人能够决定历史的质量。"❷ 不仅是文学，就连国家的进步、社会的幸福、历史的发展，其根本问题都是"人"的问题，都决定于人们的自觉程度。说得多么准确、透彻！这说明钱先生对人是历史的主体这一历史唯物主义思想有多么清晰的认识。这种认识是五十年代思想的继续与发展，不能说，五十年代钱先生根本没有这样的认识，到二十世纪八十年代才突然从脑子里冒出来。因此，我们肯定"文学是人学"契合历史唯物主义，从本质上说，也是符合钱先生五十年代的思想实际的。

需要再次强调的是，钱先生对文学的、历史的根本问题的思考，完全是清醒的。当访问者问及他受了二十多年的批判，何以能"保持着对人生和社会的开阔而温和的态度"时，他回

---

❶ 钱谷融、殷国明：《中国当代大学者对话录·钱谷融卷》，北京：中国文联出版社，2000 年，第 350 页。

❷ 同上书，第 506 页。

答说：

> 我认为我们需要深入探讨的，是为什么那个时代（指：十年动乱）人与人之间的关系会变得如此扭曲，而不是简单地怪罪于私人恩怨，只有抓住和反思大的问题，才能对当今的社会有所裨益。❶

这里说的"我们需要深入探讨的，是为什么那个时代的人与人之间的关系会变得如此扭曲"，从钱先生文章、言论来看，我以为包括两个方面的问题：一个是人与人之间关系扭曲是在什么错误理论的影响下造成的；另一个是人们为什么会接受这错误的理论，盲目服从这错误理论。钱先生要求人们探讨的这两个方面的问题，他自己早已深入探讨过，并有了明确的结论：错误理论就是践踏人的生命与尊严，只讲阶级斗争的"唯阶级斗争论"（或唯斗争论）。人们盲从这错误的理论，是因为人民自由自觉的本性被异化，或被迫做工具，或甘愿做工具。这样的认识归结到一点，即人的自觉程度，每一个人的自觉程度，是否自觉认识到自己是自己的主人，是历史的主人。可见，钱先生的思考、探讨已进到历史唯物主义的核心思想。钱先生正是清醒而自觉地抓住并思考文学、历史的大问题、根本问题，他才能历经风雨而愈加自信，坚持以"人"为基点，从广义人道主义前进到历史唯物主义关于人的思想，并以此展开他的文学思想，展开"文学是人学"这不朽的命题。

---

❶ 邱雪松、李阳：《如何反思，才能对社会有所裨益——访钱谷融教授》，《文汇报》，2007年12月1日，第7版。

五、"具体性"

——钱谷融先生关于文学创作基本特征的观点

"文学是人学"是钱先生提出的文学本体论，"具体性"是他提出的文学创作论。如果说前者体现文学的全人类性，那么后者指明这全人类性要由对个人的表现来落实，这落实又是文学作品完成的关键。创作论的重要，具体性的重要，由此可见。

（一）"具体性"的内涵

　　对于创作的秘密，钱先生饶有兴趣，深入探究，每当他有所感悟、有所发现，总情不自禁地对伟大作家的创作才能表示惊奇，对伟大作品的艺术成就表示赞叹，他努力揭示那些令他惊叹的创作秘密，并在《论托尔斯泰创作的具体性》这篇文章中概括为："艺术的一个基本特点就是它的具体性"，"艺术表现的关键问题，就在于对具体事物、具体对象的具体描绘，就在于他的具体性"。❶ 后来钱先生对此又做了阐述和发挥：

　　　　一个艺术家通过事物的现象把握了事物的本质以后，在发现了事物的现象与本质之间的具体联系以后，他决不把这本质从现象中抽象出来，而是对这一事物的整体理解得更深刻了，这一事物在他的眼里、心里就真正活起来了；他对这一事物，就会产生一定的是非爱憎之感，就会形成一种明确的思想感情。而当他动手来描写这一事物的时候，他就再也无法把这种既经形成的思想感情排除开去，他就一定要把他这种思想感情

❶　钱谷融：《论托尔斯泰创作的具体性》，《艺术·人·真诚》，上海：华东师范大学出版社，1995 年，第 24 页。以下引文，凡引自此书，仅于引文后注明页数。

熔铸到对这一事物的描写中去。这就是创作的真正的秘密，就是艺术思维不同于科学思维的地方。（第138页）

在这简明的叙述中，包含着两个创作的秘密：一个是作家所表现的是在他"心里真正活起来"的对象，钱先生称这为创作的具体性原则；另一个是作家描写事物，"一定要"把自己的"思想感情熔铸到对这一事物的描写中去"，钱先生在另外的文章中把这熔铸了思想的感情称为作家的"审美感情"，认为它是创作的生命与动力，并称之为创作的动力学原则（具体引证见下文）。创作过程就是这两个原则的融合、统一。这融合、统一，就构成了创作的具体性——在钱先生的文章中，时常把"具体性原则"简称为具体性。本文为叙述方便，则把"具体性原则"与"具体性"分开；具体性是对创作基本特点的总的概括，具体性原则只是它的内涵的一个方面，另一个方面是动力学原则，具体性就是具体性原则与动力学原则的统一。只有了解这两个原则，以及它们的融合、统一，才能懂得钱先生所说的"创作的真正的秘密"，懂得他的具体性思想。

（二）"具体性"对几个文学理论问题的新解释

具体性是钱先生对文学创作基本特点的全新的概括，钱先生还依据它对文学创作几个重要的理论问题做出新的解释。

关于典型形象。创作的具体性原则首先是指描写对象的具体性，描写一个人、一件事、一个地方、一个时期，即使一部作品写很多人、很多事，涵盖很多地方，跨越很多时期，但它们联结为一个有机的整体，这个整体与包罗万象的现实世界相比，也还是一个特殊的、具体的存在。表现这具体的现实，必须像它本身那样具有综合性、整体性、流动性，充满生命的活力。创作的具体性原则还要求人物形象的具体性，就是创造的人物形象，必须是可感的、生动的、富有生命的，必须展示其复杂而统一的心灵、独一无二的个性，也就是必须展示其本质力量展开的独特性，展示其向自由、美不断发展的独特性，这就关系到创造典型的问题。钱先生认为具体性原则，"包括了典型创造的一切课题"（第 24 页）。

关于文学典型的理论，恩格斯在谈到现实主义时所说的"典型环境中的典型性格"为 1949 年以后的中国文坛所接受，但有一段很长的时间，人们在理解与运用时却出了偏差，钱先生提出具体性原则以纠正这个偏差。典型性格，一度被曲解为表现阶级的本质特性，典型人物一定是他所属阶级的突出代表。钱先生以具体性原则阐明典型的塑造，首先强调典型人物的个性。他并不否认阶级性，只是认为阶级性是通过个性表现出来的，某一阶级的共性在这一阶级的各个成员身上，其表现的形式、特点是千差万别的。这从历史唯物主义看来，文学典型是以个性的丰富性体现共同人性、共同社会性与群体性，尤其是个人的自由、美的本性的历史的、具体的、丰富的展开，——或被异化地展开，或不断扬弃异化，不断实现新的自由、美的展开。关于典型环境，人们大多理解为社会特定阶段阶级斗争的基本形势。这虽不能说不对，但不够准确。钱先生进一步认为，孕育人物的典型环境，是指在一定社会关系总情势这个大背景下与人物密切相关的具体环境，即与人物有密切联系的他周围的人和事。每个人都有不同于他人的特殊环境，钱先生把这环境，时常更准确地称为"周围环境"，有时更细致地称为"规定情境"，这都是为了突出典型环境与人物密切相关、紧相纠缠的特点。

以人物的个性阐释典型性格，以环境的特殊性阐释典型环境。这只是分别言说，钱先生强调的是人物个性与环境特殊性的统一，他说：

> 人物的行动与他周围的环境，与他所处的规定情境，总是严丝密缝、契合无间的。（第158页）

这种统一是塑造典型人物的关键，只有这个人与他的周围环境必然要契合无间，这个人才有可能成为典型。于是，钱先生进一步对于文学典型做了这样的概括：

> 我认为文学中的所谓典型，应该是指的这样一种人物形象，这种人物，具有鲜明的、独一无二的个人特色。同时通过他的活动，通过他与周围的人和事的具体联系，又能够体现出时代的和社会的面貌，体现出当时复杂的社会阶级关系来。（第115页）

至此，我们可以清楚，钱先生用具体性原则清除了人们对恩格斯名言的不正确、不准确的理解与运用，以人物个性与环境特殊性的统一，解释典型环境中的典型性格，阐释了这经典名言的深刻意义。第一篇笔记说过，人的固有本质是自由，在其现实性上，是一切社会关系的总和。典型性格是个性与环境具体性的统一，就是个人自由本质在他所处的具体社会关系中的独特展开。这展开既是只有"这一个"的，又是普遍的，能反映他所属的群体性（包括阶级性）以及共同社会性、共同人性，能反映他所在的时代与社会的风貌与精神。所以，钱先生的阐释，恢复了这经典名言的不朽生命，把它置于"现实的人及其历史发展"的基础上，而弃置那唯阶级论的狭隘理解，从而正确阐明了文学典型的理论。——当然，作家对于典型的塑造，总是灌注了自己全部的思想感情，典型形象的诞生，是具体性原则与动力学原则融合统一的结晶。上面侧重从具体性原则方面去说明，只是为了言说的方便而已。

关于形象思维。要叙述钱先生关于形象思维的观点，有必要具体介绍他的创作的动力学原则。请听钱先生说：

> 艺术创作自然决不是与理智无关的事，相反，它总是要受思想的指导，要受世界观的约束的。所以我也坚决反对把艺术创作完全当做只是属于感情领域的事。如果这样，就有陷入神秘主义泥坑的危险。但是，应该承认，一个作家总是从他的内在要求出发来进行创作的，他的创作冲动首先总是来自社会现实在他内心所激起的感情的波澜上。这种感情的波澜，不但激动着他，逼迫着他，使他不能不提起笔来；而且他的作品的倾向，就决定于这种感情的波澜是朝哪个方向奔涌；他的作品的音调与力量，就决定于这种感情的波澜具有怎样的气势和多大的规模。这就是艺术创作的动力学原则。离开这个原则来谈艺术创作，只能是隔靴抓痒，触不着实处。（第142—143页）

这段话有两层意思是明确的：第一，作家的理智与感情都对创作起作用；第二，感情的作用是主要的，创作的冲动首先来自感情，它是创作的动力。在文学作品中，思想与感情是分不开的，它们统一在创作中、作品中发挥作用。只是这种统一，是思想统一于感情，以感情的形态发挥作用，作家的思想对作家有重大影响，但在创作中、作品中，只能是融入感情，经由感情起作用，这就是创作中、艺术作品中思想与感情统一的特点。

钱先生在《文艺创作的生命与动力》这篇文章里，称这种对创作起主要作用的融合了思想的感情为"审美感情"，并对它的作用再予以明确：

> 这种审美感情就是艺术创作的生命与动力。在作者的心头要是还没有形成这种审美感情，他就不会有创作的冲动；在他的作品中要是没有贯注进这种审美感情，这作品就不会有什么生命。（第 141 页）

钱先生以创作的动力学原则重新诠释形象思维。形象思维曾经是中国文艺界的热门话题，引起热烈的讨论。钱先生认为这些讨论有抽象化的弊病，于是提出自己的见解：

> 形象思维作为一种艺术的特殊思维方式，它的特点正像艺术的特点一样，就在于它是饱含着感情色彩的，就在于它是一点也不能离开感情的，我们简直可以给它另起一个名字，可以把它就叫做"有情思维"。其实，形象思维也就是我们通常所说的想象。想象的运转，要有动力。而感情，可以说就是想象的发条。没有感情的推动，想象是不会奔驰的。是感情给了想象以翅膀，是感情使得想象飞腾起来的。（第 149 页）

"形象思维也就是我们通常所说的想象"，就是"有情思维"。一个众说纷纭的理论，就是这样变得简明易懂。——虽然，形象思维是有情思维，想象是感情所驱动，但它们所结晶的形象是独特的，是只有"这一个"的。可见形象思维也离不开具体性原则。

关于细节。钱先生的文学创作的具体性思想，还包含一个重要的内容，就是关于细节的观点。他不是一般地肯定细节在作品中的重要性，而是对其重要性做了具体的阐明。其一，他认为细节是现象与本质之间一种独特的联系形式，这是细节最根本的意义。人物有了这样的细节，个性才能以鲜活的独特性显示普遍性；故事有了这样的细节，才能生动而丰富地呈现社会的真相。其二，细节甚至比故事情节更重要，"砍去了艺术作品的细节，纵然基本情节还在，故事轮廓依旧，这部作品就不成其为艺术作品了"（第135页）。因为它失去独特性、丰富性、生动性了。其三，钱先生还进一步认为具体、生动、传神的细节，现实中可能存在，也可能不存在，作者可能亲身经历，也可能从无耳闻目睹，需要作家去"发现"和"创造"，只有作家的心灵真正感知到这个细节的意义，真正了解这个细节与具体对象的深刻联系，真正认识这个细节是人物个性的一个具体的、独特的表现，他才能把它写入作品并使作品生辉。钱先生关于细节的观点，既是从创作中概括出来，当然也为创作所证实。武松骑在猛虎背上挥拳击死猛虎，李逵用刀直刺老虎的肛门杀死老虎。这两个细节，施耐庵是否都目睹耳闻，甚至在现实中是否存在，我们都不得而知，但我们知道施耐庵深爱这两位梁山好汉，把自己的审美感情灌注其中，才"创造"出如此不同而又如此能表现人物性格的细节。武松的英雄气概令人赞叹，李逵的鲁莽既可笑又可爱。两位好汉的个性因这两个独特的细节而更加鲜明突出，令人难忘。作家对细节的发现、创造之重要由此可见，细节对于作品的种种重要性由此可见。

在整个创作过程中，具体性原则与动力学原则总是结合在一起发挥作用的，无论典型形象、形象思维、细节都是这两个原则统一、融合的结果。

关于作品的独创性与艺术性。创作过程包含了客观的具体对象、作家的审美感情与表现力、作品的具体形象这三个内容，也可归结为客观对象的具体性、作家个人的具体性与作品的具体性这三个方面，因此，钱先生就直接用具体性来称创作过程。这过程最终体现在作品的具体性中，文学作品的完成，就是创作过程的终结，具体性的实现。——作品的具体性，既凝结了对象的具体性与作家的具体性，又超越了对象的具体性与作家的具体性，当作品以整体审美形态呈现时，就具有独立的意义。

当然，文学作品的好坏、高低，取决于客观对象的具体性、作家的具体性在作品的具体性中融合之完美的程度，融合越是完美，作品越是富有魅力。但这种统一融合是辩证的。在这三者中，钱先生更看重作家审美感情的具体性。在创作过程中，客观的对象，是注满了作家的审美感情的，而这审美感情又制约着作家艺术表现时采用怎样的语言、形式和技巧。可见，相对于客观对象的具体性与作品的具体性，作家的具体性更重要，而在作家的具体性中，审美感情的作用更突出。例如作品人物形象，或者说典型形象，是人物自由、美的本性的独特展开，而这独特展开是作家对于现实的人的观察、认识、感情注入的结晶，是他的审美感情注入的结晶，也可以说是作家自己自由的，即有意识地、积极地、创造性地按照美的规律创造的结晶。

钱先生就据此说明作品的独创性：

艺术之所以使我们感到可贵，不正是因为有了这些作家艺术家的个人的东西吗？当然，这些作家艺术家的个人的东西，决不是游离在作品所反映的生活现实之外，而是必须与这生活现实结合在一起。它不但是从这生活现实中滋生出来，而且是与这生活现实凝为一体的。但它毕竟是属于作家艺术家个人的东西，它振响着只属于这一个作家或艺术家的特有的音调，涂抹着只属于这一作家或艺术家的特有的色彩，它是这一个作家或艺术家的心血——思想感情的结晶。（第 205 页）

这段话在现实具体性与作家具体性的统一中，突出"作家个人的东西"，即作家的具体性。人类的精神活动、感情活动，每一个人都是不同的，因为他们各自的实践活动都是不同的，作家当然如此。作家的具体性越是丰富，他对现实的观察、感受、理解就越具体、越有个人的特色 ，作品也就越有独创性，所以，钱先生在另外的文章里说作家具体性的极致就是作品的独创性。

　　钱先生还反复说过，作品打动人心的力量，作品的艺术性，主要是由作家的具体性，尤其是灌注其中的审美感情决定的。他曾在一篇文章中以《红楼梦》、鲁迅的小说为例，说道：伟大作品之所以具有不朽的魅力，能够不断刺激我们的想象，引起我们要继续进行追求的无限渴望，就因为伟大的诗人不但对他们的社会有真切的了解，对和他们生活在一起的人民有深厚的感情，还因为他们总能立足于现实的高处，能透过今天去瞻望未来，不懈为他们心爱的人民苦苦地探索着美好的前途。（第 187 页）

　　钱先生一向认为：深厚感情中融汇着深远思想的伟大作家，才能写出具有不朽魅力的杰作。能反映现象与本质独特联系的生动的细节，独一无二，具有生命的典型，丰富灵动、奇特不凡的想象，本就是文学作品独创性与艺术性的题中应有之义，都同是在统一的创作过程中实现的。这里，钱先生不仅揭示了创作的秘密，而且从创作过程的整体出发，解释了文学典型、形象思维、独创性、艺术性、细节的重要性等重大的理论问题，从而构成了丰富多彩的创作论，构成了具体性是文学创作的基本特点这一理论思想。

具体性是文学创作的基本特点，这是钱先生文学思想中一个重要的、有独创性的内容。特别重视作家的思想感情，或者说特别重视融汇了思想的感情即作家的审美感情对于创作的主要作用，是钱先生创作具体性思想的重要特征。

（三）"具体性"的哲学与文学的依据

就在提出具体性思想的文章《托尔斯泰创作的具体性》中，钱先生依据马克思关于"具体"的观点，来阐述自己的具体性思想：

> 马克思说："具体所以为具体，因为它是很多规定的总结。"只有在理解、认识了事物内部和外部的各种规定性之后，这个事物对于我们才算是具体的。而且，"许多规定的总结"，决不是各种规定性的简单相加。事物的规定性是在事物与其外部世界的辩证关系中显现出来的。脱离了这一事物与其他事物的生动、具体的联系，把它的这样那样的规定性抽象出来，然后罗列堆积在一起，是绝不能表现这个事物的具体性。因而也是决不能使人们具体地认识这个事物的。……有些作家常常喜欢着力地去模写人物的形体特征和服饰打扮，尽管他们花了不

少气力，……但还是不能给人留下什么印象。……一个形象之所以使人感到具体，与其说是由于外表的形体上的逼真，不如说是由于内在的心灵上的充实。托尔斯泰这位伟大的天才艺术家，创造独一无二的人物形象的圣手，当然更是如此。他的作品的惊人的具体性，正是由于他善于掌握人物的心灵的辩证法，善于刻画人物的心理面貌而取得的。（第29—30页）

马克思关于"具体"的观点，是他在《政治经济学批判导言》中说的（其中"总结"一词，我读的本子译为"综合"），在这篇文章中，马克思提出人类认识世界有不同方式。"具体"这一概念是在阐明认识世界的理论的方式时说的，对此，在同一篇文章中，有进一步说明：

　　在第一条道路上，完整的表象蒸发成为抽象的规定，在第二条道路上，抽象的规定在思维行程中把具体复制出来。❶

也就是说，理论掌握世界的方式，首先是对客观对象的"完整表象"的认识，这认识有学者称为"感性的具体"；其次，是对"完整的表象"进行分析，对其中诸多性质、特点，给予"抽象的规定"；最后是把这些"抽象的规定"加以综合，把客观对象"具体复制出来"，形成如学者所说的"理性的具体"的认识。从"感性的具体"经过"抽象的规定"到达"理性具体"的过程，就是理论

---

❶　马克思：《政治经济学批判导言》，《政治经济学批判》，北京：人民出版社，1959 年，第 150 页。

认识世界的方式，这前后两个"具体"是有本质不同的，"感性的具体"的认识仅限于表象，"理性的具体"的认识已深入本质，真正把握整体。在叙述了这个理论掌握世界的方式之后，马克思还说：艺术的、宗教的掌握世界的方式与此不同。钱先生的创造性运用，正体现于他并没有将理论掌握世界的方式教条地搬用于艺术理论中，他只吸取其中具体是"很多规定的综合"这一辩证的思想以解释创作过程。他认为作品中的形象是现实对象的反映，但这反映，不是从"感性的具体"到"理性的具体"的"复制"，而是从"感性的具体"到"具体形象"的"创造"，作家对客观对象有了本质的认识之后，决不将这本质从对象中抽象出来，而是将自己的思想感情注入这对象之中，集中到对人物内心世界的把握，使这个对象在自己的心中鲜活起来，成为富有生命的具体形象。当然，理论掌握世界的方式在"理性的具体"之后，还有一个付诸实践的环节，而艺术掌握世界的方式，在"具体形象"于作家心中形成之后，同样有一个在创作中加以呈现的环节。因而经过作家笔下创造的人物形象，就比生活中的人物更丰富，更有普遍性，更美。这是"创造"，不是"复制"！钱先生清晰认识到"这是艺术思维不同于科学思维的地方"（第138页）。钱先生就这样创造性地运用马克思关于"具体"的观点，将本来用于说明理论掌握世界的方式的观点创造性地运用于说明艺术掌握世界的方式。

钱先生的具体性的思想和历史唯物主义关于人的自由本质及其历史发展的思想极其契合，和其中关于人性、个性的观点极其契合。如第一篇笔记中所说，人是个体存在物，每一个人都有自己不同于他人的个性，这个性，以其特殊性表现人的自然本性、类特性、社会性，以其特殊性表现人是个体与生命总体的统一，因而个性具有丰富性与复杂性、变动性与稳定性、差异性与相似性乃至超越性的特点。这一些特点的不同的结合，形成个性的独特性，世界上有多少人，就有多少个性。据此，可以进一步理解具体性思想的正确性。就描写的对象而言，现实的人，是有个性的人，是在具体历史条件下、具体环境中，他的自由的本质或被异化，或扬弃异化而发展，其间有种种丰富、复杂的变化；就创作主体而言，作家本身也是一个与其描写对象，与其他作家不同的具有独特个性的人，当这个作家将自己的独特性，自己的自由本质独特展开，也即将他的独特的审美感情灌注到他的描写对象并按照"美的规律"来创造时，他对这个对象的表现不仅与其他作家不同，而且也与自己以往所描写的形象不同，因此，大作家笔下的形象无一相同，即使写的是同一群体的人，面貌也各不相同。伟大作家正是在人物形象的表现上显示出无可比拟的才能，创作出不朽的伟大作品。我不知道世界上有哪一部小说像《红楼梦》那样写出那么多的女性，且写出众多女性的鲜明个性。贾母、王夫人、邢夫人、凤姐、秦可卿、李纨、迎春、探春、惜春、黛玉、宝钗，袭人、平儿、鸳鸯以及诸多小丫头，这些同属于一个封建大家族的不同层级的女性，她们的音容笑貌、言谈举止、思想感情都各不相同，而在这差异性中，又显出某种共同性，既有同一层级的共同性，也有不同层级的共同性，凤姐、黛玉更成为某种性格的"共名"。如此高妙的艺术，令多少红学家写了多少文章来分析，至今还说不尽。《红楼梦》这方面的成就，既证明了具体性是文学创作的基本特点这一思想的正确，也证明了这一思想与马克思主义关于个性的观点相吻合。

　　具体性还契合人是历史主体的思想。钱先生特别强调作家的具体性，强调创作是作家个人"自由的、创造性的精神活动"，就是强调作家自由、美的本质的独特展开，以其独特方式去体验、感受、认识、表现对象。而现实对象的具体性、作品的具体性，就其人物形象而言，则是具体的人的自由本质在社会现实中的独特展开及其形象的表现。写出这样的形象，就写出社会的发展、历史的风云，正如马克思所说，"人就是人的世界，就是国家、社会"❶。再拿《红楼梦》做例子，贾宝玉就是一个发展的形象，他从石头—宝玉—石头的发展过程，是他与封建大家庭、封建皇权诀别的过程，是他的灵魂急欲摆脱家族与社会的束缚飞向另一个世界的过程，这灵魂也是《红楼梦》的灵魂，曹雪芹的灵魂，它决定了《红楼梦》与曹雪芹在中国文学史上首屈一指的地位。——关于这一点，第六篇笔记《"诗意"》有具体的论述，由此可见，具体性思想与"文学是人学"一样，抓住了作为历史主体的人。虽然都抓住作为历史主体的人，但"文学是人学"是着眼于文学的全人类性，着眼于文学的整体特征；而具体性，是着眼于创作过程，着眼于个人，即着眼于创作过程中的作家主体与对象主体。文学的全人类性，只有通过具体的个人来表现，所以，具体性是"文学是人学"在创作中的贯彻、体现。

钱先生对于创作的具体性原则与创作的动力学原则相统一的阐述，也即对具体性是文学创作基本特点的概括，并不局限于某一个作家，或某一些作家，而是涵盖所有杰出作家的创作。它与"文学是人学"一样，都基于丰富的文学创作实际。文学创作具体性最终体现在作品的具体性中，而作品的具体性则主要体现在具体的人物

---

❶ 马克思：《〈黑格尔法哲学批判〉导言》，《马克思恩格斯选集》（一），杭州：浙江人民出版社，1974年，第1页。

上，世界文学史主要是由无数经典作品构成的，也可以说是由其中栩栩如生的人物长廊构成的，创作的具体性原则与动力学原则的统一，正道出了杰出作家们塑造这些不朽艺术形象的奥秘！

具体性既基于文学创作的实际，又契合历史唯物主义，和"文学是人学"一样，具有普适性的理论品格，也是一个普适性的文学原理，一个能够深刻揭示创作的奥秘，能够正确解释诸如典型、形象思维、独创性、艺术性等重大的理论问题的思想，具有普适性的理论品格，是毫无疑问的。殷国明说："把具体性看作艺术的基本特点，这恐怕是我们的文学教科书上难以找到的。"❶ 说得很好！具体性思想，是钱先生对文学理论批评在"文学是人学"之后的又一个重要贡献。

五、「具体性」

157

❶　钱谷融、殷国明：《中国当代大学者对话录·钱谷融卷》，北京：中国文联出版社，2000 年，第 188 页。

六、"诗意"

——钱谷融先生关于文学作品最高审美品格的观点

钱先生认为：文学作品中有三种关系，即作品与现实的关系、作家与现实的关系、作家与作品的关系，与之相应，文学作品就具有三种特性，即真实性、思想性（倾向性）、艺术性；这三种特性是统一的，是统一在艺术性之中的，真实性、思想性必须通过艺术性来表现，艺术性将真实性、思想性和谐融入其中，构成文学作品的整体审美品格。因此，文学作品整体审美品格的高下，取决于文学作品真实性、思想性和艺术性统一融合的程度的高下。

从这个基本认识出发，钱先生将文学作品的整体审美品格划分为两个不同的等级，以"文理通顺"作为文学作品的起码条件，也即最低的审美品格；以"诗意"作为杰出文学作品应具备的艺术品格，也即文学作品最高的审美品格。在这两者之间，无论通俗文学、严肃文学，当然都会有很多级差，谁也无法加以细分。

钱先生是这样界定文学作品的最起码的品格的：

> 文学作品的最低限度的要求，就是起码要做到文理通顺。文理通顺的文章，不一定就是文学作品，但文学作品却首先必须文理通顺的。作品中的人物的语言，可以是语无伦次，词不达意的，但作品的整体却必须用人能懂的语言（文字）来写；作品中个别人物的思想、行动，可以是非理性的、甚至是反理性的，但整个作品却必须是合乎理性、通乎人情的。❶

"文"指"人能懂的语言（文字）"，"理"则是"合乎理性、

---

❶ 钱谷融、殷国明：《中国当代大学者对话录·钱谷融卷》，北京：中国文联出版社，2000年，第281页。

通乎人情"。"文""理"统一，就是作品的思想与艺术统一的最基础、最低的要求，文理同顺就是文学作品最起码的品格。

关于文理通顺，钱先生只是提到而已，而对诗意，他则终身坚持。诗意，确是他文学思想中与"文学是人学"、具体性同样具有重要意义的观点，是作品论中最有理论价值的观点。

（一）"诗意"的内涵

钱先生对诗意这一文学作品的最高审美品格做如此界定：

> 我所说的艺术性，并不单单指艺术的形式或技巧，也不仅仅是强调艺术作品的思想性，而是指一种整体的审美形态，指的是艺术作品能够打动人心的能力。这就是美，就是诗意，也就是艺术的魅力，它是由艺术本身的存在及其特征所决定的。❶

"诗意"，就是文学作品的"整体的审美形态"，就是作品"打动人心的能力"。美、艺术性、艺术魅力都与它同义。这样的见解，钱先生在青年时代就开始形成，并用"美"来表述，越到暮年，钱先生更常用"诗意"，将它作为独立的理论概念。

关于诗意这一理论概念，钱先生虽无专文论述，但在谈论作家作品时却屡屡提到。请听他对鲁迅与曹禺作品中诗意的叙述：

> 鲁迅的小说有很浓郁的诗意，如《故乡》《孔乙己》《在酒

---

❶ 钱谷融、殷国明：《中国当代大学者对话录·钱谷融卷》，北京：中国文联出版社，2000年，第97页。

楼上》《伤逝》等等，读过以后，心情总是很难平静，社会的黑暗、腐败，人们生活的艰难和心灵的苦痛，深深地激动着你，要引起你对人生、对真理的深沉的思索，要促使你对人民的前途和出路，去进行坚持不懈的探求。这样一种艺术力量，不是任何作品都能具有的，只有真正的艺术作品才能具有，而鲁迅的小说就是这样的真正的艺术作品。❶

一般的戏剧家与杰出的戏剧家的差别，究竟在哪里呢？是不是可以这样说，杰出的戏剧家不但要善于把生活现象戏剧化，善于写出富有动作性的台词，而且要进一步能够使他的台词充满着诗的意味，能够把他的作品提高到诗的境界。这只是就作品的艺术质量方面说的，我们衡量一个作家的才能的高下，首先，当然还是要依据他的作品的思想质量。像"杰出的戏剧家"这样的称号，不消说，我们是只能给予那些与人民群众有深刻联系、能体现人民群众的愿望和理想的戏剧家。这样的戏剧家，古往今来，为数就不能说很多了。而在这为数不多的剧作家的行列里，我以为曹禺应该是可以占一席之地的。（第 433 页）

仅就这两段话，我们可以看出：其一，诗意，是思想与艺术的统一，是作品"整体的审美形态"，是作品整体的魅力；其二，诗意、作品整体的魅力虽然是由作品的语言、形式、技巧来传达，然首先由其思想所决定。这一点，在谈曹禺剧作的诗意时已提到，钱先生

---

❶　钱谷融：《鲁迅的小说》，《艺术·人·真诚》，上海：华东师范大学出版社，1995 年，第 357 页。以下引文，凡出自此书，皆于文后注明页数。

还在另外的文章中强调说："真正的艺术作品更必须做到思想与艺术的和谐一致，内容和形式的完美结合。单有深刻的思想内容而无独创的艺术形式，或者单有独创的艺术形式而无深刻的思想内容，都不足以成为开创一代新风的经典之作。而这里面，表现的深切，即深刻的思想内容，又是首要的和最起关键作用的。表现的深刻切至，每易导致形式的新颖独创，正因为内容的新，才往往带来形式的新。"（第 227 页）既然思想与艺术统一的作品，决定其价值的"首要的和最关键"还是思想。那么，这思想是什么呢？在钱先生看来，这思想，就是对人、对人生的积极态度，对人民的深厚的感情，也就是人道主义精神；其三，于人道主义精神，钱先生则特别重视理想，重视"对人生、对真理的深度思索"，重视体现"人民群众的愿望和理想"，所以钱先生把自己所提倡的人道主义精神也称人道主义理想。对于未来理想的重视是"诗意"根本的价值内涵，对此钱先生还有许多论述，且抄示一二：

> 在读者眼前展现出一种美妙的理想境界，使他心向往之地产生出无限的渴望，并情不自禁地要为争取这种渴望的实现而贡献他的一切。这是文学作品所能达到的最高成就。（第 295—296 页）

具体说到张爱玲，我虽然对她缺乏研究，但我觉得她恐怕是一个现世主义者，而她的现世主义则也许是由悲观主义而来。她纵目四顾，只见满目苍凉，少有明丽的颜色，因此，就形成了她的悲观主义，使她对人、对社会不敢有什么奢望，也就失去了、进而拒绝了任何理想。她之所以不能接受傅雷的劝告，其故也正在此。一个没有理想、并拒绝任何理想的作家，

怎么可能写出给人以希望和力量、能鼓舞人们前进的伟大作品呢？怎么可能成为一个伟大的作家呢？❶

伟大作家们对于人类苦难的深切关怀，对于人类和社会积极发展的深沉思考，对于人类未来的美好理想，并以此打动人们的心灵，引起人们积极的人生追求，去追求美好理想的实现。有了这一点，作品就"达到最高的成就"，没有了这一点，作家又"怎么能成为一个伟大的作家呢？"可见，表现美好理想并激起人们追求的热情，是诗意的主要价值尺度。这一认识是钱先生把自己的人道主义思想、诗意，引向更高的层次的重要原因。重视作品的思想性，绝不是轻忽艺术性。钱先生说得很明白："真实性与倾向性决定作品的价值，艺术性则决定作品的命运；从而也决定作品的价值的命运。艺术性不高，作品的价值也无法取得人们的承认。"（第 220 页）可见，诗意，终究要求作品思想与艺术的和谐完美，要有价值而且能传之久远。这才堪称作品最高的审美品格。

1989 年，钱先生对诗意做了更深刻的表述：

> 诗意和美决不是天生的纯客观的东西，正是生活在这个时代和这个社会里的人创造了这个时代和这个社会的诗意和美。……我们必须建立起对人的信心。这一点，对我们作家们来说尤其重要。有了这样的信心，我们的前景就会显得光明起来，什么样的困难，什么样的挫折，也阻挡不了我们为人类的

❶ 钱谷融：《万燕〈海上花开又花落〉序》，《散淡人生》，上海：上海教育出版社，2001 年，第 214—215 页。

进步和幸福而奋斗的勇气和决心。这样，在我们的文学艺术作品中，就决不会缺少诗意和美了。这种对人的信心，就是我多少年来所一直呼吁的人道主义精神。（第 20 页）

这段话显示了钱先生对人的思考与认识的深入，他认为正是人创造了诗意和美，作家要具有"对人的信心"，即对人有自觉为自我解放与社会解放而奋斗的信心，有自觉为自身发展与社会发展而奋斗的信心，这样作品就会有诗意。第三篇笔记已说过，这"对人的信心"，是钱先生对马克思主义关于人是历史主体的思想的体认，对人的自由本质及其历史发展思想的体认，也可称为对人的自由发展的体认。当钱先生也把它作为诗意的内在灵魂、根本的价值尺度，就如他的人道主义思想呈现双重内容，诗意也呈现出双重价值标准：一个是二十世纪五十年代提出的"把人当做人"，主要内容是广义人道主义，其合理内核是人的积极发展；另一个就是二十世纪八十年代提出的"对人的信心"，其内涵是历史唯物主义的人的自由发展。

对这两个不同价值尺度，钱先生把它们统合起来，统称为人道主义精神，统一作为诗意的价值尺度，钱先生在暮年，还饱含感情地说：

正因为有了诗人，有了诗情与诗意，人们能够体验到某种人性的美丽和光辉，享受人之为人的某种内在的韵味和愉悦之情。尤其是诗意，这是一种文化与文明的结晶，它就像洁净的水，温煦的光一样围绕着我们，使优美的人性得到滋养和庇护。❶

---

❶ 钱谷融：《诗意与世长存——怀念辛笛先生》，《闲斋忆旧》，上海：上海人民出版社，2008 年，第 169 页。

美、诗意和人性（钱先生认为人性是人道主义精神的基础，他说人性，也就是在说"人道主义精神"）相统一，美、诗意既以人性、人道主义精神为内在灵魂，又给人性、人道主义精神以滋养，二者不可分，虽二实一。从这种统一中，读者"体验到某种人性的美丽和光辉，享受人之为人的某种内在的韵味与愉悦之情！"——这告诉我们：美、诗意作为作品"整体的审美形态"，不仅仅限于作品本身，还包括读者的感受。作品的美、诗意越浓、越醇，思想深刻性与艺术完美性的融合越和谐、美妙，读者的共鸣度越广、越强、越深！

钱先生还认为，诗意是"由艺术的存在及其特征所决定的"。文学，是写人的，是人写的，是写给人看的，是为了人的自由发展的。它的基本特征就是具体性，这具体性，是作家、对象、作品具体性的统一。作家强烈的审美感情，他的人道主义精神灌注到所描写的具体的、活生生的人物中，表现出这人物心灵的全部丰富性，这作品就能打动读者。文学的本质与创作的基本特点就这样决定了作品的美、诗意。

钱先生的这些论述，概括了诗意的基本内涵。其一，作品整体的审美形态。即作品打动人心的力量，它来自作品的语言、形式、技巧与人道主义精神的高度统一、融合，能让读者享受到人之为人的审美的愉悦。其二，诗意的价值尺度，是人道主义精神。它包含"把人当做人"与"对人的信心"这两个内容，特别重视对人、人生、社会的未来理想。——尽管钱先生将诗意的双重价值标准统一起来，但无论在理论上、实践上，都应该具体辨析（这在下文及第七篇笔记将具体展开）。其三，为文学的性质、文学创作的基本特征所决定。这表示了钱先生文学理论思想的整体性，表示了文学本体论、文学创作论、文学作品论、文学批评论（鉴赏论）的统一。

美、诗意钱先生虽始终同义使用，并行使用，但越到暮年，更倾向于用诗意。这是为什么呢？

据我的体会，如果用美，就难免涉及"美是什么"的学术争论，美是主观，美是客观，美是主客观的统一，美是生活，美是崇高，美是和谐，美在自由，凡此种种，批评者只能见仁见智，用诗意则无此纷扰。此外，用美还有常识理解中的纷繁之嫌，谦和是美，潇洒也是美，古朴是美，新巧也是美，大漠孤烟是美，茂林修竹也是美，人、物、景之美何止千万，如果用诗意，则可以将人、物、景无限的不同的美均囊括其中，并更广泛地将一定的人、物、景统一构成的意境囊括其中。"枯藤老树昏鸦，小桥流水人家，古道西风瘦马。夕阳西下，断肠人在天涯"，就表现了人、物、景及其统一的意境中的情致、韵味，读者也从中感受到深浓的诗意。显然，诗意与美，可同义使用，但"美"有相当多的哲学味，而"诗意"则纯然艺术味，而又把哲学味融化其中，更能体现文学艺术的特征与功能。

像贾平凹、曹文轩等许多当代作家，都很看重自己作品的诗性，曹文轩还写了《因水而生——关于我的创作》[1]，以水比喻诗性，批评家雷达，也很看重作品的诗性。他们所说的诗性，大体是指作品中蕴含着比所描写的生活更高、更普遍的意义，是指创作中弥漫着的情致，打动人心的情致，总之，他们所说的"诗性"，就是他们的理想的美学品格。在我看来，这其实也就是钱先生所说的诗意。著名编辑崔道怡向友人说自己的审稿经验的一段话，也很可

走近钱谷融文学思想——「现实的人及其历史发展」与「文学是人学」

---

[1] 曹文轩：《因水而生——关于我的创作》，《中国文学批评》，2018年第2期。

用来作为诗意的具体解说：

> 我没有什么理论，根据多年来阅读和编稿的体会，总结出五个字，即人、情、事、理、味，用以检验小说的质量。人，就是人物；情，就是感情；事，就是故事、情节；理，就是内涵、意蕴、哲理或思想；味，就是味道，就是在有限的空间里，浓缩着密集的美感信息。❶

这"味"，即"密集的美感信息"，是人、情、事、理所共同浓缩而成的，是融合作品思想与艺术的"整体审美形态"，其实也就是"诗意"。"五字诀"把诗意说实了，既可意会，也可言传。崔道怡的"五字诀"主要是审读小说稿的经验，对于叙事类的作品如戏剧，当然适用，对于诗歌，尤其是抒情诗，更为适用，我国古代诗评中就可见到："凡为诗，当使挹之而源不尽，咀之而味愈长"，"读骚之久，方识其味"。❷ 这"味"都是指诗意。

崔道怡的"五字诀"最后集中到"味"，体现了中国文论传统的精神、趣味。可见，用诗意比用美作为批评标准，更符合中国文论的传统。中国传统文论，推崇作品的传神、韵味，言外之意，弦外之音，要读者反复意会、玩味，诗意正是这种中国古代文论精神的现代表述。因此，钱先生将诗意作为独立的理论概念，作为杰出文学作品的审美品格的标志，是有充分依据的，相信能被广泛接受。我认为，诗意是钱先生提出的另一个具有普适性的理论观点，

---

❶ 张守仁：《"文学摆渡人"崔道怡》，《作家通讯》，2018 年第 6 期。

❷ 魏庆之：《诗人玉屑》（上），北京：中华书局，1961 年，第 124、272 页。

与文学是人学，文学创作的具体性一起，是钱先生对文学理论批评的三个贡献。

以诗意作为杰出文学作品的品格，作为文学作品的最高审美品格，比用美有较多的优长，但也不是说美就不能使用了，由于思维的定势、行文的习惯、更由于美与诗意的内涵颇多重合，下文的叙述也总会用到美，我们仍把它与诗意同义使用。

（二）"诗意"的双重价值尺度辨析

钱先生对诗意的界定是明确的，尤其以整体审美形态作为它的基本特征，极为正确，只是标举人道主义精神为其价值标准却需要加以辨析。钱先生的人道主义思想有双重内容，两者虽有相通之处，却有本质的不同。因此，对钱先生把它们共同作为诗意的价值尺度，在批评实践中就需要细加辨析，以彰显"诗意"的理论光芒。

托尔斯泰的长篇小说《复活》，广泛反映、批判了19世纪俄罗斯生活中的黑暗，但小说名《复活》，显然意在表现主人公聂赫留朵夫与喀秋莎的"精神复活"。聂赫留朵夫的"复活"，是在对喀秋莎的始乱终弃、赎罪、伴随流放的漫长过程中完成的，他的觉悟归于马太福音为世人规定的戒律，他认为人间的罪恶都是因为不遵守这些戒律，只要遵守这些戒律人间就会变成天堂。托尔斯泰展示聂赫留朵夫的灵魂史是细致的、充分的、感人的。喀秋莎的"复活"是惨痛和艰苦的，她从纯洁的少女，沦为娼妓之后，被人们所歧视，所侮辱，所迫害，终于和各种罪犯一起流放至西伯利亚。在流放途中，结识一些政治犯，受到政治犯的平等看待，一个优秀的政治犯西蒙松真正爱上了她，把她当成一个人、一个美丽的女人来爱。喀秋莎虽然感激聂赫留朵夫的一路伴随，并多次给予救助，但还是拒绝了聂赫留朵夫与其结婚的要求，坚决跟着西蒙松继续走上流放的路。喀秋莎的精神"复活"是与聂赫留朵夫完全不同的，喀秋莎完成了人—罪犯—人的变化。她知道政治犯西蒙松，不歧视她作为妓女的历史，对她的爱是平等的，是男人对女人的爱，喀秋莎在这爱情中获得了平等和尊严，这是人性的表现乃至升华。在喀秋莎身上，托尔斯泰表现了真正的人道主义思想。显然，比起聂赫留朵夫，喀秋莎所体现的人性更加高远。聂赫留朵夫以宗教教义为指归的道德自我完善，虽也是人类向善的要求，却不符合历史发展的方向，赞美人对自由平等尊严的追求，才符合人类历史发展的要求。但从《复活》的整体看，它主要是聂赫留朵夫的忏悔录、赎罪记，这忏悔、赎罪虽以基督教教义为指归，但道德的自我完成本身也是人类的美德之一，宗教教义就其文化意涵而言，是人类文化思想的一部分，其中有积极的于人类有益的内容，劝人为善的戒条客观上激发信徒向善的要求，所以聂赫留朵夫的自觉自愿的赎罪仍然体现出人类向善的精神追求，也是一种积极的人生态度，一种深厚的人道主义精神。托尔斯泰此作具有令人感动的艺术表现，所以读者仍肯定《复活》是杰出作品，具备诗意的品格。

　　《复活》表明，具有广义人道主义合理内核人的积极发展思想的作品，能具有诗意的品格。再以《巴黎圣母院》为例作分析。围绕艾丝美拉达表露爱的有两个人：一个是副主教，一个是撞钟人。副主教对艾丝美拉达的爱是无比炽热的，这个爱把他的信仰及对学问的着迷完全摧毁了，他对艾丝美拉达的三次爱的独白，实在是从灵魂深处发出的绝叫，撕心裂肺，但这爱却不美，更无诗意，因为它是本能的欲望，是肉欲与宗教信仰剧烈搏斗并战胜信仰，是充满占有欲的爱。卡西莫多则不同，他对艾丝美拉达由感激而生爱，这爱，没有肉欲的要求，他将这少女视为神圣，冒险将临刑的她救入教堂，又无比温柔地侍候她，保护她。卡西莫多明知这样做，违背了对副主教（他的恩人、义父）的忠诚，但他还是照做，甚至为了保护她，看着自己的恩人坠下钟楼而死亡，这强烈地表现了卡西莫多脱离了对副主教的依附而独立。他对艾丝美拉达的爱，是一个独立的人的爱，在艾丝美拉达死后，他更以自殉方式陪伴在她的身边。这样的爱是美，是诗意！卡西莫多的爱，不仅表现了普遍人性，而且是十五世纪巴黎圣母院撞钟人的爱，是独立意识初步觉醒的人的爱，既是那个时代人们难以企及的，又是以后任何时代的人希望拥有的。《巴黎圣母院》表现了人性、人道主义，表现了卡西莫多在对艾丝美拉达的爱和感激中体现个人独立意识的初步觉醒，也即人道主义的人的积极发展思想，这思想符合人的自由和追求美的本质，符合这本质在当时历史环境中所能达到的发展水平。

这两部小说在其整体审美形态中以人道主义的人的积极发展思想为内在灵魂，具有了美、诗意的品格，成为不朽的作品。可见，钱先生把广义人道主义作为诗意的价值尺度，是合理的。这种合理性，对当代中国乃至世界文学仍然具有活力。但也应该看到，广义人道主义并不能解释所有杰出古典作品的诗意，至于当代作品，由于历史发展至今天，对于社会现实的问题，人的精神困境，广义人道主义已不是有力的武器，充当诗意的价值标准就有它的局限性。

具有诗意品格的古典作品，其内在精神并不都是人道主义，还有比它更高远、更深刻的思想。

《红楼梦》写贾宝玉是"情痴"，对水做的女儿们他都有真情，但他的爱情却只归于林黛玉。这是为什么呢？答曰：知己。宝玉始终以黛玉为知己，大观园中唯一的知己。第 32 回，湘云劝宝玉"讲些仕途经济学问"，宝玉即刻下逐客令，请她到"别的姐妹屋里坐坐"，袭人为缓解尴尬局面，赶紧说，"云姑娘快别说这话，上回宝姑娘也说过一回，……他咳了一声，拿起脚来走了"，以后更"同他生分了"，又转向宝玉说，要是林姑娘见你赌气，你还得赔不是，宝玉随即回答，"林姑娘从来说过这些混账话不曾？若他也说过这些混账话，我早就和他生分了"。第 36 回，写宝玉挨贾政毒打之后，在大观园休养，除日日"在园中游卧"，还"每每甘心为诸丫鬟充役"。宝钗等人相继劝导，他就说："好好的一个清静洁白的女儿，也学的钓名沽誉，入了国贼禄鬼之流。"独有林黛玉从不如此相劝，"所以深敬黛玉"，这里"深敬"包含着深爱。这些表示贾宝玉向不问仕途经济，不求立身扬名，且视此类说辞为"混账话"，视此辈为"国贼禄鬼"，明确表现了贾宝玉和封建社会读书人的求取功名、依附皇权完全不同，他反抗对皇权的依附。同是 36 回，他对袭人骂那些文死谏、武死战的所谓忠臣良将，都是"须眉浊物"，也可见他反对依附皇权的态度。

　　贾宝玉不依附皇权，那他追求什么样的生活呢？曹雪芹描写他在大观园中于脂粉队里厮混，与诸姑娘们吟诗作赋，为水做的女儿们调脂弄粉，与他们嬉戏打闹，特别钟情于林黛玉。在这优美的园林里，过上快乐闲散的日子。而这样的诗意生活都是因家族的庇荫而获得的。这就出现了一个悖论：贾宝玉反对依附皇权，却要依附家族，既依附家族，就不可能不依附皇权。他的家族，那个贾宝玉生活于其间的大观园，都因依附皇权而存在。为解脱这个"悖论"，《红楼梦》用大量的笔墨，写贾宝玉诗意生活的破灭及其脱离对家族依附的过程，完成了对贾宝玉形象的塑造，使他成为中国古典文学中第一个与封建制度决裂的形象。贾宝玉形象的成功，决定了《红楼梦》以及曹雪芹在中国文学史上最为崇高的地位。

《红楼梦》详细描写宝玉在失玉疯癫前后贾府由盛至衰的过程：迎春误嫁、探春远嫁、元春去世、惜春立意出家、宁府被抄；凤姐一病不起，荣宁两府再也没有一个勉强撑持门面的管家了；贾母之死，荣宁两府失去了繁华的最高象征，破败之象已显露无遗。大观园从繁花似锦到满目凄凉。贾宝玉所依赖的家族衰败了，他赖于诗意生活的大观园萧疏了，他所亲爱的姐妹们流散了，他唯一的知己黛玉去世了。在第 100 回，他对袭人说："为什么散的这么早呢？等我化了灰的时候再散也不迟。"多么孤独与悲哀！这时的贾宝玉面临生活道路的重大抉择，是浪子回头，走科举而重振家业，还是继续前行，脱离对家族的依附。《红楼梦》的伟大，就在于写出他坚决往前走，最终脱离对家族的依附，而成为一个彻底叛逆封建制度的人。

表现宝玉最后觉悟的是第二次魂游幻境。第 116 回，他从魂游时"死去"的状态"活转来"，从幻境回到现实后，他对世事全都明白了，"心中早有一个成见在那里了"，这"成见"，红学家的注释为"定见"，也就是贾宝玉对自己过去、未来，特别是未来的稳定的见解。第 117 回，写贾宝玉要把玉还给来讨银子的和尚时，袭人劝说："这玉还他，你又要病了。"宝玉回答说："如今我不再病的了，我已经有了心，要那玉何用！"这"心"，也就是"成见"，那么，它指什么呢？

"不但厌弃功名仕途，竟把儿女情缘也看淡了好些。"（第 116 回）这里的把"儿女情缘看淡了好些"，是作者叙述宝玉家人的感觉，从宝玉本身说，他已完全没有儿女私情的牵挂了。

不但如此，他把父母养育之恩也断然割舍了。宝玉既厌弃仕途，又为什么参加科举？请听他对母亲说的话："母亲生我一世，我也无可报答，只有这一入场用心作文章，好好中个举人出来，那时太太喜欢，便是儿子一辈子的事也完了，一辈子的不好也都遮过去。"（第119回）他是以中举回报父母亲养育之恩，既已回报了，也就割舍了这亲缘，他离开试场后，家人再也找不到他。第120回，写他在风雪中，向父亲做最后诀别，同样的话已无须再说，只"拜了四拜"。

断了儿女情缘，断了父母亲情，再也不依附家族了。不依附皇权，不依附家族，贾宝玉脱离了封建社会关系的束缚。曹雪芹的伟大与深刻还在于，他不满足从挣脱社会关系的束缚上表现贾宝玉对封建制度的反叛，而是深入意识形态领域，从思想上表现贾宝玉对封建制度的叛逆。

贾宝玉脱离封建家族后到哪里去了呢？当和尚去了吗？没有。当和尚乃是家里人的臆断，《红楼梦》不仅没有写他当和尚，而且早就交代他"毁僧谤道"（第19回），他有了"心"之后，更是远离佛道。第118回，他"把几部向来最得意的，如《参同契》《元名苞》《五灯会元》之类"都搬开不读，还说："如今方明白过来，这些书都算不得什么，我还要一把火焚之，方为干净。"并口中微吟："内典语中无佛性，全丹法外有仙舟。"如此彻底地否定佛道，超越佛道，怎么会去当和尚呢？宝玉的出路非僧，也非道，当然，更非儒。这一点，在他对自己死的想象中，表现得十分清晰。宝玉有两次向袭人谈到自己死亡的"理想状态"，第一次，在第19回，"只求你们看着我，守着我，……等我化成了一股轻烟，风一吹便散了的时候……"第2次，在第36回，"趁你们在，我就死了，再能够你们哭我的眼泪流成大河，把我的尸首漂起来，送到鸦雀不到的幽僻之处，随风化了"。宝玉最理想的死亡，是"风一吹便散了"，是"随风化了"。这和儒家的死备哀荣，道家的羽化登仙，释家的升至极乐，哪有丝毫的关联。曹雪芹让贾宝玉脱离封建皇权，封建大家族，还脱离占统治地位的意识形态，让宝玉彻底脱离他依附的封建制度。——当然，所谓"彻底脱离"，只是就其根本特点而言，在细节方面，贾宝玉还难以脱尽贵族公子的习气。但这些性格上的习气，并不妨碍他从根本上挣脱对封建制度的依附。

那么，贾宝玉在脱离了封建制度之后到底走向哪里？生在18世纪中国的曹雪芹，只能从中国的佛、道、神话的丰富资源中，虚构出一个神秘的境界，最终让宝玉回到他前身所在的青埂峰下，仍旧还原为一块石头。请不要轻看这一还原，这块不堪补天的顽石，恰是贾宝玉"于家于国无望"，"古今不肖无双"（第3回）的象征。无补封建家国的不肖子，就是不堪补天的顽石。还原为石头正是"完成"对贾宝玉形象的塑造。——当然，这样的"完成"，是贾宝玉的无奈，也是曹雪芹的无奈，他们虽清晰知道，必须脱离这制度，不能再如此生活，但他们都不可能知道"未来"在哪里，"新生"是何模样。

曹雪芹借助中国神话等文化资源，让宝玉第一次魂游警幻仙境懂得男女之"云雨情"，表示宝玉从孩子长大成人，第二次魂游则醒悟过去未来，向现实及旧我进行彻底诀别。并安排一僧一道，或单独或一起，多次与宝玉生活产生交集，推动情节的发展，让宝玉从石头—宝玉—石头的神话般的过程中完成自身的蜕变，从而塑造了中国古代文学中第一个彻底否定并企图超越封建制度的形象。甚至可以说在中国封建社会后期，曹雪芹预见到这制度的崩溃，预见到依附这制度的人们当中必有新人诞生，这是《红楼梦》，也是曹雪芹不可企及的地方。

必须申明，上述对贾宝玉形象的分析，只是对其文化人格根本特点的分析，如果要对其进行整体的研究，那是需要依据马克思关于人是个体存在物与人的个性的观点（见第一篇笔记），对其做细致而全面的梳理，然而这不是本文的任务，本文的意图只是通过探讨贾宝玉文化人格的本质，并从这个侧面去说明贾宝玉的形象及《红楼梦》在中国文学史上的伟大意义，从而证明"人的自由发展"是文学批评的最高价值标准。

那么，怎样看待这个封建家国不肖子的形象的伟大意义呢？这可以借助马克思在《经济学手稿（1857—1858 年）》的一段话来说明。这段话在第二篇笔记中引用过，为行文方便，这里再引用一次。

> 人的依赖关系，（起初完全是自然发生的），是最初的社会形态，在这种形态下，人的生产能力只是在狭窄的范围内和孤立的地点上发展着。以物的依赖性为基础的人的独立性，是第二大形态，在这种形态下，才形成普遍的社会物质交换，全面的关系，多方面的需求以及全面的能力的体系。建立在个人全面发展和他们共同的社会生产能力成为他们的社会财富这一基础的自由个性，是第三个阶段。第二阶段为第三阶段创造条件。❶

---

❶　马克思：《经济学手稿（1857—1858 年）》，《马克思恩格斯全集》（第 46 卷·上），北京：人民出版社，1979 年，第 104 页。

马克思依据人的自由发展的水平为标准，把历史发展分为三大形态：以"人的依赖关系"为特征的社会形态，"以物的依赖性为基础的人的独立性"为特征的社会形态，以人的"自由个性"为特征的社会形态。马克思这个历史发展的三大形态理论，已为中国当代哲学界所一致认同。如果将它与原先的五形态理论相对应，那么，第一大形态对应原始共产主义社会、奴隶社会、封建社会，第二大形态主要对应资本主义社会，第三大形态则对应共产主义社会。五形态说以生产方式的变化为标准，三大形态说是以人的自由本质及其历史发展水平为标准。这三大社会形态中人的自由的发展水平，可依次简单概括为：束缚于人的依赖关系的不独立的人，或不自由的人；以对物的依赖性为基础的独立性的人，即不完全独立、不完全自由的人；"自由个性"的人或自由的全面发展的人。这就是说，历史的发展过程是人的自由本质不断展开的过程，人的自由本质，在不断被异化与扬弃异化的历史过程中，在不同的历史阶段，有不同水平的展开，最终在实践中全面实现，成为具有"自由个性"的人，或"自由而全面发展的人"。简单来说，人类的历史就是人从不自由走向完全自由的历程，是人自由本质发展的历程。

依据马克思这个人的自由本质及其历史发展的观点来观察，贾宝玉形象的意义立即凸显出来。贾宝玉生活在封建社会里，生活在"人的依赖关系"当中，表现为依赖家族，依赖皇权，前者是血缘的依赖关系，后者是被统治的服从的关系。贾宝玉是一个不自由、不独立的人。《红楼梦》生动、感人地展现出一个不自由、不独立的人摆脱依附权力（最高权力是皇权）、依附家族的过程。曹雪芹不可能有现代的历史观，不可能表现贾宝玉自觉地以"自由个性"为自己发展的目标，但曹雪芹已真实地表现了贾宝玉彻底挣脱人身依附的艰难过程，这也就展现出封建时代人挣脱人身依附的历史必然性，也就预示了封建制度下不自由的人向自由的人发展的历史必然性。因此，贾宝玉的形象具有如恩格斯所企盼的"巨大的思想深度和意识到的历史内容"。

依据马克思的人的自由本质及其历史发展的观点，对于贾宝玉及《红楼梦》在中国古典文学中的地位和意义也能有充分的认识。人身依附关系是我国封建社会的基本特征，个人总是依附于自己的家庭、家族，最终依附于皇权，也不断会有各种不同程度的摆脱依附的努力，中国古典作品必然反映这种人的历史发展过程。但它们的反映都未能达到《红楼梦》的高度、深度。别的且不说，就以古典小说中的四大名著为例。《水浒传》里108位好汉因各种不同原因，以各种不同方式挣脱各自的人身依附而集聚，然其集聚的纽带为"义"，因这纽带众好汉又重新依附一个新的群体——梁山泊，众好汉最终被招安，归于"忠"。"忠""义"是好汉们人身依附——先依附于群体、终依附于朝廷——的观念表现，也是其实际归宿。《三国演义》是以刘汉皇室为正统，作为中国人智慧化身的不朽形象诸葛亮，隐居卧龙以独立的姿态现身，但辅佐刘备之后，以匡复汉室为职志，他的悲剧是"出师未捷身先死"，完全依附蜀汉政权，也即依附刘汉皇室。诸葛亮成为中国古典文学中集忠诚、智慧于一身的典型，是封建社会中一种理想人格的代表，但贯穿于其忠诚、智慧之中的却是人身依附。《西游记》的孙悟空，是古典小说中反抗性极强、极具自由意志的形象，他自称齐天大圣，纵横于人、妖、仙、佛之间，但到头来，还是皈依佛。保唐僧取经是依附，在历经九九八十一难，取经圆满之后，成了正果，为"斗战胜佛"，也是依附。对佛的皈依，其象征意义，就是在人间对皇权的依附。尽管如此，吴承恩还是在幻想的世界里，展现了一个"个性自由"高于一切的形象，其意义值得重视。作者的创作意图令人深思！这些说明，这三部古典小说所表现的人，都脱离不了对皇权的依附，烙下了封建时代的印记。在它们的不同成就之外，有明显的历史局限。《红楼梦》则不同。它的伟大就在于表现贾宝玉要超脱并且也超脱了对家族的依附，对皇权的依附，彻底摆脱封建制度的人身依赖，彻底否定依赖型的人格。虽然他还未能成为独立、自由的人，历史虽然还未能给他成为新人的条件，但他已为成为新人做好准备。贾宝玉宣布了中国封建制度必然崩溃，不自由的人必将逝去，这具有巨大的历史深度，其意义，远在三大古典小说名著乃至其他古典文学名著之上。贾宝玉形象的意义，决定了《红楼梦》和曹雪芹在中国古典文学中首屈一指的地位。

假若不用人的自由本质及其历史发展，也即不用人的自由发展这一个标准来分析贾宝玉的形象及《红楼梦》，而采用人道主义标准来分析，情况就会完全两样。贾宝玉对下人的亲切、友好、用心、用情，在那上下有序、男尊女卑的封建时代是很有人道主义情怀的。如果我们基于此去肯定贾宝玉，那人们可以举出他回怡红院因袭人开门过迟而被他当胸踹了一脚，可以举出对于秦钟、茗烟偷情并无责备，等等。总之，贾宝玉贵族公子的习气会削减他的人道主义情怀。实际上，即使充分肯定他的人道主义情怀，也必然遮蔽贾宝玉形象的根本特点，模糊贾宝玉形象的精神实质。可见，用广义人道主义作为《红楼梦》整体审美形态的内在精神时，就会大大降低它本身实际存在的伟大意义。

类似《红楼梦》的这样的例子，在西方古典文学中也有。

我想起了《浮士德》。歌德借助宗教，设置了恶魔墨菲斯托与浮士德的对立。对恶魔的引诱，浮士德不断抗争，不断努力，在失败中不断奋起，他脱离书斋生活的苦闷，摆脱世俗的享乐与爱情的悲剧，从个人生活的"小世界"跳入社会"大世界"，他参与政治，又不屑为帝王效劳，他追求古典美，却不因这美的幻灭而沉沦，终于在社会性的劳动中，实现人类自由的伟大理想："在自由的土地上，住着自由的国民。"在理想实现时，按最初的契约，浮士德应该成为恶魔的奴隶，但歌德怎么甘心如此，于是，他再借助基督教的意象，让天使引导浮士德的灵魂升天。歌德对于这一结尾坦言：

> 浮士德身上有一种活力，使他日益高尚化和纯洁化，到临死，他就获得上界永恒之爱的拯救。这完全符合我们的宗教观念，因为根据这种宗教观念，我们单靠自己的努力还不能沐神福，还要加上神的恩宠才行。此外，你会承认，得救的灵魂升天这个结局是很难处理的，碰上这种超自然的事情，我头脑里连一点儿影子都没有；除非借助于基督教一些轮廓鲜明的图景和意象，来使我的诗意获得适当的、结实的具体形式，我就不免容易陷到一片迷茫里去了。❶

或者可以说：歌德将基督教观念、人物作为《浮士德》结构的因素，曹雪芹借中国的神话资源作为《红楼梦》结构的因素；歌德借助基督教的意象，让天使引导浮士德的灵魂升天，以表现浮士德奋斗不息的精神足以感动天地，曹雪芹借助中国的神话故事，让贾宝

---

❶ 歌德：《歌德谈话录》，朱光潜译，北京：人民文学出版社，1982 年，第244 页。

玉依旧回到青埂峰下作顽石，再度显现贾宝玉对人身依附的彻底反叛。这两位伟大作家都借助固有的文化资源，使自己的"诗意"获得具体动人的形式。

依据马克思关于人的自由本质及其历史发展的思想，可以认为浮士德才能与潜力的多方面发展，表现了资本主义兴盛时期，人的"全面关系""多方面需求"以及"全面能力"，显示了资本主义时期人的自由发展可能达到的极高水平，浮士德以社会性的劳动谋求人类的自由为目标，这一点更与马克思的人类最终将在劳动中、在社会财富的涌流中实现真正自由的思想接近，莫怪卢那察尔斯基称它"离马克思的思想并不十分遥远"。❶尽管如此，浮士德还不是无所依附的，他用以建设自由理想国的土地，还是国王的恩赐。这就正确反映了资本主义时期，"以物的依赖性为基础的人的独立性"，这种独立性，体现在"全面能力"的发挥，这是向"自由个性"前进的必然阶段，这正是《浮士德》不朽意义之所在。

《浮士德》与《红楼梦》所表现的人的发展，就不能仅仅用广义人道主义来解释，而应该用人的自由本质及其历史发展思想即人的自由发展思想来解释。而这一点与钱先生二十世纪八十年代提倡的"对人的信心"这一人道主义精神是一致的。在第三篇笔记中已经说过，"对人的信心"是钱先生对人是历史的主体，人的历史自觉性的认识的表述，人是历史的主体，就是说人是历史发展的根本动力，也是历史发展水平的根本标志，也就是说，历史是个人发展的历史，即个人自由本质不断展开的历史，不断向"自由个性"的

❶ 卢那察尔斯基：《歌德和他的时代》，《卢那察尔斯基论文学》，蒋路译，北京：人民文学出版社，1971 年，第 572 页。

人发展的历史。钱先生用"对人的信心"来表述人是历史的主体，表述人的自由本质及其历史发展的思想（只是钱先生没有明确对之作马克思主义哲学的阐述）。所以，钱先生用"对人的信心"作为诗意的价值尺度，就是用人的自由发展思想作为诗意的价值尺度。这不仅对古典作品适用，对当代文学尤其有意义。关于世界的发展、人的自由而全面的发展，马克思早就预言：

> 生产力或一般财富从趋势和可能性来看的普遍发展成了基础，同样，交往的普遍性，从而世界市场成了基础。这种基础是个人全面发展的可能性，而个人从这个基础出发的实际发展是对这一发展的限制的不断消灭，这种限制被意识到是限制，而不是被当作某种神圣的界限。个人的全面性不是想象的或设想的全面性，而是他的现实关系和观念关系的全面性。由此而来的是把他自己的历史作为过程来理解，把对自然界的认识（这也表现为支配自然界的实际力量）当作对他自己的现实体的认识。❶

生产力的发展造成交往的普遍性，"从而世界市场成了基础"，这基础提供了"个人全面发展的可能性"，这全面发展，是个人的"现实关系和观念关系的全面性"，而且这种发展会"不断消灭"对它的限制，而成为一种不断实现的历史过程。——马克思这段话写在一百多年前，当代世界的发展，显示马克思所说的特点日益突出，

六、「诗意」

183

❶ 马克思：《经济学手稿（1857—1858年）》，《马克思恩格斯全集》（第46卷·下），北京：人民出版社，1980年，第36页。

经济全球化，为人的自由、全面的发展提供比一百多年前大得多的可能性，当代中国的改革开放正不断激发与加速人民的自由自觉的发展。当代世界文学与中国文学自然要表现这一历史发展的趋势，因此人的自由发展将更适合作为评价当代世界文学与中国文学的标准。——对于人的自由发展，这一诗意的最高价值标准，本篇笔记着重在它的实际运用，对于它的理论合理性进行论证，将留到第七篇笔记。

据上述，对钱先生的诗意含有双重价值标准的观点，我们的意见可以归结如下。

其一，钱先生的诗意的双重价值尺度，有深浅之分，乃至高低之分。钱先生虽始终坚持人道主义精神观，但这"坚持"，起初是立足于马克思主义，进而赋予人是历史主体的思想，所以钱先生是马克思主义者。我们对他人道主义思想前后发展加以区分，加以述说，并强调其中人是历史主体的思想，钱先生以此作为诗意的最高价值尺度，就突出了诗意内在精神的主导方面，更彰显诗意这一思想的理论意义。

其二，以广义的人道主义及其合理内核——人的积极发展作为作品诗意的价值标准，对大部分古典文学作品适合，但不能覆盖具有诗意的所有古典作品；对于当代文学，有合理性，但也有局限性。

其三，"对人的信心"这一人道主义思想实质上就是历史唯物主义的人是历史主体的思想，以由它引申出来的人的自由发展作为作品诗意的价值标准，虽不能适用于所有作家作品，但适用某些杰出的古典文学作品，对于当代世界文学与中国文学，则有重要意义，更能引导当代中国文学、世界文学的新发展。在整体的审美形态中以人的自由本质及其历史发展为内在精神，作品就必然是一幅展现人的自由发展及社会不断进步的动人画卷，读者就能从中获得审美的愉悦，获得人之为人的韵味，增强人作为历史主体的自觉心与创造性，有力地激励人类的进步。

总之，诗意与文学是人学、具体性，是钱谷融先生对中国马克思主义文论的三个贡献，是对文学理论批评的三个贡献。

（三）当代中国文学的诗意：塑造平民化自由人格的形象

"诗意"的最高价值标准"人的自由发展"，要求文学作品表现个人自由本质展开的不同，在不同的历史阶段有不同的特征、不同的水平、不同的个人色彩；还要求人的自由本质发展，必须以人的自由而全面发展为目标，必须符合历史发展的方向。

要在人物形象上如此完善地体现"人的自由发展"，古典作家固难于做到，无产阶级革命作家也未必都能做到。高尔基长篇小说《母亲》，传统认为是社会主义现实主义的奠基作，它描写了巴威尔及其母亲尼洛夫娜在实际革命活动中，从普通工人成长为革命者的过程，止于无产阶级革命思想的确立，这是当时人的自由发展所能达到的高度。《母亲》完成在 1906 年，在十月革命胜利以后，随着苏联社会主义建设的发展，高尔基与时俱进地提出社会主义新人的见解：

> 我个人觉得，"现实主义"在观察处在"转变"过程——即由古老、庸俗和野蛮的个人主义进到社会主义的过程——中的个人时，如果能够不仅把人描写成现有的模样，而且描写成

将来所应有和必然会有的模样，那么，"现实主义"就一定能够担当起这一困难的任务。❶

这里只谈到"古老、庸俗、野蛮"的"个人主义"与社会主义新人的对立，至于这个新人是怎样的，这里还没有说明确，但他强调要把人"描写成将来所应有和必然会有的模样"却极为重要。紧接着，高尔基在1934年第一次全苏作家代表大会上的报告对社会主义现实主义所作的阐述，就更充分了：

> 社会主义的现实主义认定存在是一种行动，一种创造，它的目的是为着人之征服自然界的力量，为着人的健康和长寿，为着住在大地上的伟大幸福，而不断地发扬人的最有价值的各别才能，因为人按照自己的需要的不断增长愿意把大地彻底改造为那联合成一家的全体人类的美妙住宅。❷

把表现"不断地发扬人的最有价值的各别才能"作为塑造人物形象的要求，这就不仅仅是表现人物的革命性，表现人物摆脱唯我主义、利己主义及种种庸俗习气，而且要表现人在社会主义劳动中，随着"自己的需要的不断增长"而发扬"最有价值的个别才能"，所形成的个性的丰富性，他的目标，是把大地建设成"全体人类的美妙住宅"。这样的人，在个性的丰富性中，既具有现时代的品质，

❶　高尔基：《谈手艺·二》，《高尔基文学论文选》，北京：人民文学出版社，1959年，第180—181页。
❷　高尔基：《苏联的文学》，《高尔基文学论文选》，北京：人民文学出版社，1959年，第358页。

也具有未来时代的品格。但这一重要的思想，并未被充分认识。中华人民共和国成立后的十七年间，像《红旗谱》《青春之歌》等优秀作品，仍注重表现普通人成长为无产阶级革命者的过程，英雄形象的特质仍集中于无产阶级的革命立场与思想。

改革开放至今的社会的发展已为新人、新英雄的出现准备了条件。习近平根据新时代中国特色社会主义的现实和发展，要求作家塑造新时代的新人形象。他的《在文艺工作座谈会上的讲话》明确指出，作品要写出具有"中国精神"的人物形象。什么是"中国精神"？《讲话》从传统、现代、未来三个维度来阐述：要"弘扬社会主义核心价值观"，这是当代"中国人独特的精神支柱"；要"传承中华文化基因"，这是"中华民族的精神命脉"；要"追求真善美"，"只要中华民族一代接着一代追求真善美的道德境界，我们的民族就永远健康向上，永远充满希望"。❶"中国精神"就是这三个方面的统一，当然是在现代精神基础上的统一。

习近平的见解，获得中国作家的积极响应：

> 我们都意识到时代和生活正在发生巨大的变化，文学如何反映这种变化，我想至关重要的一点，是塑造新人。新人的新，不仅是生活和工作形态的新，也不仅仅是社会身份的新，更重要的是精神上的新，是新的精神气质、新的生命追求，是对自我、对生活、对中国与世界的新的认识和新的想象，以及由此而来的新的行动与实践。这样的"新人"当然不是刻意的

六、「诗意」

187

---

❶ 习近平：《在文艺工作座谈会上的讲话》，《习近平总书记在文艺工作座谈会上的重要讲话学习读本》，北京：学习出版社，2015年，第14、24、25、28页。

标新立异，而是在社会的整体结构中和时代的总体运动中获得自己的根基和方向，他是现实的，又是向着未来的，他不回避矛盾，而是在社会生活和思想观念的矛盾中淬炼自己，他的身上由此体现着新的时代精神。展望新时代的文学，我想我们大家所期待的正是这样的"新人"。❶

这段话，是铁凝在第三届中国文学博鳌论坛上的致辞，她认为当代新人应具有既是现代的又是未来的，既是中国的又是世界的精神气质。

王蒙对新人的形象的想象更是十分具体而有意趣：

> 我们应该提倡一种"中华风度"，文质彬彬，从容不迫、避免争拗、和谐稳重，再补充以健康公平的竞争，以及对于核心价值核心利益的坚守，"中华风度"几近完美。设想一下这样的中国人：有着诗书礼乐的教养与文化，琴棋书画的益智与审美，精致而俭朴的生活态度，贫贱不能移与富而好礼的姿态，行云流水、水到渠成的耐心，穷则独善其身、达则兼济天下的明达与开阔。谁能不喜爱这样"中华风度"的人？遗憾的是，由于历史条件的局限，由于教育传承不够，许多国人没有能将风度塑造得如此美好。❷

王蒙想象的具有"中华风度"的新人，不仅在本质上体现当代中国

---

❶ 铁凝：《在第三届中国文学博鳌论坛上的致辞（2018 年 11 月 27 日）》，《作家通讯》，2018 年第 11 期。

❷ 王蒙、徐芳：《中国文化的自信是前进中的自信》，《作家通讯》，2018 第 4 期。

精神，也显示出深厚文化传统的基因，以及超越当代而具有未来时代的品格，其思想的丰富性、感觉的丰富性、个性的丰富性有很好地展开。

但若要问：铁凝所说的"新的精神气质、新的生命追求"的内容是什么？王蒙所说的"中华风度"的实质是什么？什么样的人格特质才能体现时代精神、传统基因、未来理想的统一？当代著名的马克思主义哲学家冯契，对于当代中国所需要的新人，早就依据马克思主义的要义指出其本质：

> 共产主义事业正像马克思所说的要"由于人"和"为了人"，这个事业要通过新人来建设，而且这种建设是为了使人成为新人。
>
> ⋯⋯
>
> 平民化的自由人格是近代人对培养新人的要求，与古代人要人成为圣贤，成为英雄不同，近代人的理想人格不是高不可攀的，而是普通人通过努力都可以达到的。我们要培养的新人，是一种平民化的自由人格，并不要求培养全智全能的圣人，也不承认有终极意义的觉悟和绝对意义的自由。不能把人神化，人都是普普通通的人，人都有缺点，都会犯错误，但是要求走向自由、要求自由劳动是人的本质。❶

冯契是从哲学上谈"新人"，但对于文学也完全适用。不仅适用，

---

❶　冯契：《人的自由与真善美》，《冯契文集》（第三卷），上海：华东师范大学出版社，2016 年，第 245—246 页。

而且深刻概括了当代中国新人、新英雄的本质特征。"近代人的理想人格不是高不可攀的","不能把人神化",这恰是对中国当代文学曾经努力追求塑造完美英雄人物的偏向的纠正。表现"平民化的自由人格",突出表现普通人"要求走向自由、要求自由劳动"的本质,实在是当代中国文学所亟待解决的。

什么是"平民化的自由人格"?"平民化"顾名思义,容易理解。"自由人格"怎样理解?冯契说:

> 真正有价值的人格是自由人格。自由人的活动,就是从现实取得理想,并把理想化为现实的活动。在这样的活动中,人成为越来越自由的人。❶

人的本质是自由,但人的自由人格却是在实践中形成的,其过程是漫长的,螺旋形上升的。"从现实取得理想",这现实指社会现实,当然也指人的活动,对社会发展与人的发展的统一的认识,就是对现实的真理性认识,在这基础上才能形成科学的理想。"从现实取得理想"之后,还得付诸行动,"把理想化为现实",即将理想实现、完成。这是人自觉自愿的行动,是自觉遵循社会发展的规律,遵循人发展的共同行为准则、进步人类的道德原则,以使理想圆满地实现。这时,实现了的理想,就是人的自由本质的对象化,这理想既符合社会的发展,也符合人的发展,是人人向往的美好理想。这样的过程是主客观统一的过程,知行统一的过程,是践行真理性

---

❶ 冯契:《人的自由与真善美》,《冯契文集》(第三卷),上海:华东师范大学出版社,2016年,第5页。

认识（真），遵循进步的道德原则（善），实现美好理想（美）统一的过程，即真、善、美统一的过程。人的自由人格就在这"现实"—"理想"—"现实"的过程中展开、进展，社会也在这过程中发展、进步。所以，冯契进一步说：

> 人的本质力量发展的目标就是造就真、善、美统一的自由人格，人类社会发展的总趋势就是达到真、善、美统一的自由社会。这个目标要在未来实现，但又在过程中展开。所以这个目标是自因，是内在于现实的历史和各个人的创造活动之中的。❶

人的发展目标，就是成为真、善、美统一的自由人格，社会发展的目标就是达到真、善、美统一的自由社会。在冯契看来，这目标是"自因"，是动力因和目的因的统一，是人本质固有的要求，是社会固有的客观规律，不是任何"外力"可以赋予或可以改变的。可见，把人的自由发展作为文学批评的最高价值标准，把表现平民化的自由人格作为杰出文学作品塑造人物形象的要求，是建立在历史和人的发展客观规律之上的。

真理总是历史的具体的。平民化自由人格也要在历史过程中实现。它对于当代中国文学是否合适、恰当呢？

当代中国处于社会主义的初级阶段，一方面，长期封建社会人身依附的现象仍有严重遗存，宗派主义、山头主义、团团伙伙，这些在党内生活中不正常的现象，其本质都是以权力为中心的人身依

---

❶ 冯契：《人的自由与真善美》，《冯契文集》（第三卷），上海：华东师范大学出版社，2016年，第63、64页。

附；实行社会主义市场经济，以市场为主体，必然带来人摆脱人身依附而独立自主的巨大进步，但也带来人对物质、金钱的依赖，滋生利己主义与唯我主义。金钱崇拜与权力崇拜的结合，就产生严重的贪污腐败。另一方面，在中国共产党领导中国革命与建设的历史中，尽管反复犯了"左倾""右倾"的错误，有的甚至是造成灾难性后果的错误，但始终没有放下马克思主义、社会主义的旗帜，并在党内、在人民群众中坚持共产主义的理想教育与道德教育，于是无论在革命还是建设中，都涌现出许多英雄、模范。这两个方面，都是当代中国的社会现实，也是人的发展的现实。前一个方面，告诉我们表现平民化自由人格要有批判精神，要清除依赖型人格的积垢，要从独立型人格中剔除利己主义、唯我主义，要清除污秽的权力崇拜、金钱崇拜；后一个方面，告诉我们表现平民化的自由人格，要发扬英雄精神，发扬新人所具有的新品格，要把人的独立自主的精神融入新人的新品格中。这也就是说表现平民化的自由人格要把批判精神与理想主义统一起来。

当前，中国特色社会主义建设已进入新时代，为平民化自由人格的形成、表现创造了更好的现实条件。就以发挥人们的创造精神来说，市场主体地位的确立，人减少对权力的依赖而更加自由；科技在生产中在社会发展中的作用越突出，个人的创造才能就越重要。习近平反复强调"创新是发展的第一动力"，李克强反复号召"大众创业，万众创新"。若要问：怎样才能"创新"，马克思主义的答案就是：人的自由。自由是一切创造、创新的源泉，所以马克思把"劳动"定义为自由的、有意识的、积极的、创造性的，而且是按美的规律来创造。当代中国人，只有在不断走向自由劳动、不断走向自由个性的过程中，才能在经济、文化、思想各个领域展现巨大的创新潜能与能力，也才能实现中华民族的伟大复兴。党的十九大指出，当代中国社会的基本矛盾是人民日益增长的美好生活需要和不平衡不充分的发展之间的矛盾，当代中国正以不断解决发展不平衡不充分，以不断满足人民对美好生活的需求。人民对美好生活的需求，从本质上讲，就是每一个人不断走向自由的全面的发展，同时实现社会的不断进步。这就是美好生活的不断实现，也就是人的自由本质向美的目标的不断展开。当代中国人将以不断追求"平民化的自由人格"，不断追求自由劳动和自由个性，不断在劳动中，社会实践中，扬弃自我异化而丰富、发展自己的自由本质，向未来的共产主义理想前进。塑造这样的形象，不仅表现了现实的人，而且为未来塑造人，乃至塑造了未来的人。作品深刻而美妙地表现着新的人的成长，发展并鼓舞人们与之同行，就具有"诗意"——当代中国文学所追求的诗意。

社会主义为自由人格的养成创造了现实条件，而自由人格养成的过程中，又会进一步改善社会环境，使其更有利于自由人格的养成。对这两者的辩证关系，冯契说得很明白：

> 社会主义已从根本上提供了培养共产主义人格的优越的社会制度。不过，这种优越性要经过人们努力，才能充分发挥出来。在各级组织中发展社会主义民主，在同志间正确地展开批评与自我批评，在科学和艺术领域坚决贯彻双百方针，这些都需要人们自觉的努力。❶

正是在社会主义制度与自由人格培养的互动中，尤其是人的"自觉

❶ 冯契：《逻辑思维的辩证法》，《冯契文集》（第二卷），上海：华东师范大学出版社，1996年，第186、187页。

的努力"中，社会主义健康地迈向共产主义，平民化的自由人格健康地迈向"真正的、自由的人。"

塑造"平民化的自由人格"的中国人的形象，不仅符合社会和人的发展的普遍规律，而且切合中国特色社会主义新时代的时代精神，还是对优秀文化传统的继承和发扬，是对传统中糟粕的清除，是中国人文化人格发展的必然要求。心理学家朱滢在《文化与自我》一书中，以大量的心理实验证实当代中国人的文化人格是"互倚型"的人格，即一种缺乏独立性的依赖型的人格，他认为这种人格和我国文化传统中某些思想有关，是历史文化消极内容积淀的结果。哲学家张世英支持朱滢的研究结论，并撰写了《觉醒的历程：中华精神现象学大纲》一书，以中国文化思想史的发展对朱滢的研究结论加以发挥。他们认为：中国人互倚型人格的形成，一方面受"天人合一"思想的消极因素的影响，人受制于"天"，缺乏独立性；另一方面受制于纲常名教的束缚，因而缺乏独立思考，唯君主一人之意志是从。他们还认为：互倚型人格至今仍是中国人的一种文化人格，必须加以改变，必须向独立型人格转变。

张世英在上述著作中还论述了从先秦至五四中华民族精神觉醒的历程。他认为在这历史的长河中，中华民族是不断从互倚型人格走向独立型人格，道路虽然曲折但仍然不断前进，于唐宋明清期间，已逐渐从互倚型人格转向独立型人格，至美学家叶燮的美学思想已接近西方以表现独立型人格为美的观点。五四运动举起民主、科学的大旗，前者冲破纲常名教的束缚，后者冲破人听命于天的控制，完成了从互倚型人格向独立型人格的转化。❶ 张世英这个观点

---

❶ 朱滢：《文化与自我》，北京：北京师范大学出版社，2007 年；张世英：《觉醒的历程——中华精神现象学大纲》，北京：中华书局，2013 年。

在文学创作中可得到印证。就本文所涉及的而言，叶燮（1627—1703）生活于明末清初，曹雪芹的活动正在其后，他很可能接受（我没有专门研究，只能这样说）当时从互倚型人格转向独立型人格思潮的影响，至于他本身是这一思潮的弄潮儿却是没有疑问的，所以才能塑造出贾宝玉这样一个彻底挣脱封建社会关系、封建意识形态束缚的形象。"五四"新文学中，"人的发现"成为最突出的主题，就是对独立型人格的肯定。

朱滢、张世英还只限于阐述从互倚型人格向独立型人格的转变，冯契则认为中国人文化人格的发展可以超越这一转变模式，他从中国近代历史的发展与人的发展，提出建设平民化的自由人格。他说得非常简要、透彻、全面，虽然原文很长，还是令人难以割舍，请听他说：

近代中国饱受帝国主义侵略，中国人当时普遍地感到面临亡国灭种的危险。近代革命不仅反封建，而且反对帝国主义，与反对帝国主义相联系的是较早地掀起了社会主义运动。康有为写了《大同书》，孙中山也讲大同，这个讲大同的社会主义思潮与古代讲大同不一样。古代的大同理想在远古，它并不指引人们向前；近代的大同理想在未来，它指引人们为未来的美好社会而奋斗。这种社会理想经历着从空想到科学的发展，后来到了李大钊，他明确地说："个性解放"和"大同团结"，"这两种运动，似乎是相反，实在是相成"。他还说："我们以人道主义改造人类精神，同时以社会主义改造经济组织。"李大钊的社会主义和人道主义统一，大同团结和个性解放统一的理想是建立在唯物史观和马克思主义经济学说的基础之上的。

这样就提出了一个新的价值观，这种新的价值观也体现在鲁迅所说的觉悟的知识者、革命先驱的理想人格上。鲁迅认为，一个先驱者应既有清新的理智，又有坚毅的意志；既有明确的群体意识，又有明确的自我意识；既有独立的人格且很自尊，同时也尊重别人，认识到自己是大众中的一个人；他处在领导岗位，当然有权，但决不用此权骗人，他善于引导群众，而不是随便地迎合群众，他完全清除了奴才气和寇盗气。这样的人格体现了社会主义和人道主义的统一。

李大钊、鲁迅、瞿秋白等提出的新价值观，既反对了封建的权威主义，也反对了资产阶级的实用主义，当然要求彻底清除权力迷信和拜金主义的异化现象。已经有很多革命战士身体力行，为实现这种新价值观而奋斗。在他们身上，确实体现了社会主义和人道主义的统一，大同团结和个性解放的统一。

但是，由于中国历史环境和斗争的需要，中国的马克思主义者在 30 年代强调反对个人主义和自由主义，同时提出了"个人是历史的工具"的学说。这样一来，未免对人的独立性、人的个性解放有所忽视。中国本来是个小农国家，非常落后，这就使社会主义运动很容易受小农眼界的歪曲，导致行政权力支配社会和助长个人崇拜。近代人强调斗争，与天斗、与地斗、与封建势力和帝国主义斗，这当然是正确的。但后来马克思主义者有一个倾向，把斗争只看成阶级斗争，阶级斗争就是政治斗争，政治斗争就是一切。这样的观念无形中代替了传统的以伦理为中心的实践理性的地位。如果说，理学家把"存天理，灭人欲"这样的理性绝对化，那么，马克思主义者则曾经有一种倾向，把政治斗争（阶级斗争）、政治意识（阶级意识）

绝对化，把这些看成了唯一的价值标准。这样就陷入形而上学，最后导致了十年动乱的悲剧。人道原则被肆意地践踏，社会主义被歪曲（至多是一个平均主义），李大钊、鲁迅提出的价值新观念，以人民的真正利益为基础的价值体系完全被破坏了。这种悲剧不单纯是一个理论上的问题，并且有其深刻的社会历史原因。

......

现在已经达到了这样的历史阶段，人类能够比较自觉地克服劳动的异化，克服对人的依靠和对物的依靠，从而建立社会主义和人道主义相统一的价值体系。从社会历史的考察中，我们应该得出这样的结论；从中国近代价值观的变革中，我们也应该得出这样的结论。❶

冯契认为"个性解放"与"大同团结"的统一，人道主义与社会主义的统一，既是"价值体系"，也是"理想体系"，既指社会的美好理想，也指人的完美人格，这完美人格就是他提出的"自由人格"。较之朱滢、张世英提出互倚型人格与独立型人格，他提出的自由人格更全面地体现马克思的社会发展三大形态理论，尤其契合中国社会发展的实际。张世英只从古代叙述到五四时期中国人文化人格的变化，止于独立型人格思想的提出；冯契则阐明李大钊在五四初期关于中国未来社会与中国人未来人格的构想，实际上就已提出自由

---

❶ 冯契：《人的自由与真善美》，《冯契文集》（第三卷），上海：华东师范大学出版社，2016 年，第 96—98、101 页。引文中李大钊的话，作者自注出自李大钊之《平民主义》与《我的马克思主义观》；引文中鲁迅关于先驱者理想人格的概述，作者自注是据鲁迅之《门外文谈》。

人格，这是对张世英观点的超越。张世英还认为当代中国应先以个性解放清除互倚型人格，冯契则更恰当地提出自由人格，以清除人身依附及对物的依赖，并将个性解放纳入大同团结，将人道主义纳入社会主义。这不仅弃除了互倚型人格，而且清除了独立型人格的缺点，吸收、改造了它的优点，从而超越了独立型人格。建构平民化自由人格的思想，更切合中国社会与中国人人格发展的实际。

更有意义的是，冯契实事求是而简要中肯地叙述了中国马克思主义者在领导中国人民为实现新民主主义革命与社会主义革命与建设的实践中，于文化人格的建设方面的成就与缺陷。

一方面，有丰硕的成果，"很多革命战士"的身上，"确实体现了社会主义和人道主义的统一，大同团结和个性解放的统一"，体现了自由人格。或许冯契认为这样说会比较抽象，就以鲁迅所肯定的"觉悟的知识者"的人格特征，将平民化自由人格具体化、形象化。鲁迅的原话是写在《门外文谈·十一》中，不妨读一下原文：

> 由历史所指示，凡有改革，最初，总是觉悟的知识者的任务。但这些知识者，却必须有研究，能思索，有决断，而且有毅力。他也用权，却不是骗人，他利导，却并非迎合。他不看轻自己，以为是大家的戏子，也不看轻别人，当作自己的喽啰。他只是大众中的一个人。我想，这才可以做大众的事业。❶

---

❶ 鲁迅：《门外文谈·十一》，《鲁迅全集》（6），北京：人民文学出版社，1981年，第102页。

鲁迅一生批判愚弱的国民性，思考理想的国民性。在1934年，鲁迅已是成熟的马克思主义者，他对"觉悟的知识者"人格特点的叙述，该是他关于理想国民性的答案。从中，我们可以体会到，这知识者的身上，既有践行的毅力，又有良好的修养，在实践品格与思想修养中显示出历史的自觉性、历史的主动精神。这种"有研究、能思索、有决断"，"有毅力"，既能恰当"用权"又能恰当"利导"的历史主动精神是特别可贵的，是自由化平民人的主要特征。而且"他只是大众中的一个人"，并"做大众的事业"，真正是平民化的、自觉的、为人民而工作的。这知识者的形象，的确可以使我们想起"很多革命战士"的名字。这样的平民化自由人格，也就是人们所崇敬的人民英雄。

另一方面，由于中国社会历史的特殊性，更由于中国马克思主义者反复出现"左倾"的错误，忽视了个人的独立性及人道原则，滋长了权力迷信、个人崇拜，把政治意识（阶级意识）绝对化，一度造成自由人格建构的中止。当然，冯契同时也指出，现在中国历史的发展，已使中国人、中国的马克思主义者能比较自觉地克服人对人的依附、人对物的依赖，也即弃除依附型人格、超越独立型人格，而自觉建构平民化的自由人格。

历史唯物主义认为，历史的发展与人的发展相统一，历史就是人的发展史，是人的自由本质展开的历史，共产主义就是人的自由而全面发展的社会。平民化自由人格，是冯契以历史唯物主义为指导，根据中国近现代历史的发展，并吸收进步思想家的理论成果而提出的。构建平民化的自由人格，才能真正继承和发扬中国人文化人格中的积极因素，清除中国人文化人格中的消极因素，超越西方的独立型人格，实现中国人文化人格的真正转型。这样的人格，是在当代中国社会的发展中展开的，是个人在自己创造性的劳动和社会实践中形成的。这样的人格，既是"个体"，也是"生命表现的总体"，他不仅显示社会的本质，而且呈现个人的全部生命。是人的自然本性、类特性、社会性、个性的统一，是意识与潜意识的统一，是理性与非理性的统一。这样的人格是活的，有生命的，有独特的心灵的丰富性。中国当代文学的光荣任务，是把理想精神与批判精神结合起来，努力塑造平民化自由人格。在体现时代精神中，发扬文化传统的优良基因，并向真善美的永恒理想前进，真正表现"中国精神"。

处于中国特色社会主义新时代的中国，虽然还有封建主义的遗存，资本的积极作用与消极作用也明显存在，但社会主义已是不可战胜的主流，这为平民化自由人格的构建创造了现实的基础。不仅如此，当代中国还以构建世界命运共同体的理念，促进世界大家庭的共同发展，中国文学所塑造的具有平民化自由人格的当代中国新人的形象，就必然表现着新人的全人类的胸怀，必然表现与全人类共同发展的要求，"要求走向自由，要求自由劳动"，正是人类共同的要求，正是人类进步所需要的。无论当前世界如何纷扰，构建世界命运共同体的理念必将为人类所认同，平民化自由人格必将引领人类文化人格的建构。

在当代物质至上、技术至上的状态下，人欲何为，人欲何往，已是人类面临的迫切问题，强智能机器人的发展，已经引起人们的忧虑：万一有人将它们运用于战争，人类的天才发明反而成了毁灭人类的武器。这忧虑不是没有根据的，但解决这忧虑的方式，不是压抑人的天才，而是引导人类走向自由。当人类不断向自由、向真、善、美的境界前进，自由的实现，就是真善美的实现——共同建设全人类的美妙的家园，人类的天才将成为推动人类前进的巨大动力。

平民化自由人格的形象恰能体现人类前进的理想。这样的形象就不仅表现了中国人的现实奋斗与未来理想，也表现了全人类的现实奋斗与未来理想。

当代的中国与当代的世界，正处于历史大变化的时期，真是"百年未遇之大变局"。这样的时代，正是需要新人而且涌现新人的时代。恩格斯曾说：

> 当十八世纪的农民和手工工场工人被吸引到大工业中以后，他们改变了整个的生活方式而完全成为另一种人，同样，因整个社会的力量来共同经营生产和由此而引起的生产的新发展，也需要一种全新的人，并将创造出这种新人来。❶

现在，较之于资本主义发展初期，生产方式的变化巨大得多，深刻得多，由生产方式变化引起的政治、文化上的变化，同样巨大得多，深刻得多。这种变化必然创造出新人，他较之于资本主义发展初期的新人，自由本质有更丰富的展开，将展现共产主义的"真正的、自由的人"的某些品格。当代文学的光荣任务正是去发现和表现这样的新人。无论基于人道主义精神观重视未来理想的内容，还是基于"对人的信心"，抑或是基于文学的全人类性，钱先生重视属于未来的新人形象的塑造皆是十分自然的。他说："艺术作品是

❶　恩格斯：《共产主义原理》，《马克思恩格斯选集》（一），杭州：浙江人民出版社，1974年，第222、223页。

作家的创作，作者有想象和虚构的权利，只要写得合情合理，符合生活的逻辑，作家完全可以通过自己的想象与虚构，创造出在现实生活中，在作家的视野里实际上并不存在的人物。艺术之所以可贵，正在于它能为我们创造出生活中所欠缺的、比生活更高的东西；正在于它能为我们提示一种值得我们向往、追求的美好理想。"❶

中国当代文学应为此做出贡献。当代中国的杰出的作家所追求的作品的诗意，就是在作品的整体审美形态中，以塑造平民化自由人格的形象为中心，以人的自由发展为最高价值标准，展现现实的人向"自由个性"的人发展的动人画卷，这既是塑造我们时代新人的动人画卷，也是为未来塑造人，乃至塑造属于未来的人的动人画卷，让人们在具体形象中直观到人的自由发展而获得审美的愉悦，向着新的自由境界迈进！

---

❶　钱谷融：《读〈长相思〉》，《散淡人生》，上海：上海教育出版社，2001 年，第 235、236 页。

七、作为文学批评价值标准的"人道主义精神"

——钱谷融先生关于文学批评两个价值标准的观点

钱谷融先生是文学理论家，也是文学批评家，他的文学批评理论和实践都具有鲜明的独特性。他认为文学作品有真实性、思想性、艺术性三种特性，相应有三种功能：认识作用、教育作用、审美作用。文学作品的真实性、思想性统一在艺术性之中，相应地，它的认识作用、教育作用也统一在审美作用之中。因此，批评家"是美的欣赏的桥梁，沟通美与美的欣赏者"，"起着美的鉴赏与再创造的作用"，文学批评就要在对作品的"美的欣赏与再创造中"融入作品的真实性、思想性，就要在发挥作品的审美作用中，融入作品的认识作用与教育作用。总之，在美的鉴赏与再创造中把握作品的整体。这是钱谷融先生提出的文学批评的基本原则，也是他的批评实践令人难以企及之处。《〈雷雨〉人物谈》至今受到广泛的赞誉其原因也在于此。与此相关，钱先生关于文学批评还有一些宝贵的见解。

　　如果从理论的独创性及重要意义说，我以为钱先生对文学批评理论最重要的贡献，是提出两个文学批评的价值标准：最低标准与最高标准。文学作品总是思想与艺术的统一体，艺术的标准，不论语言、形式、技巧，等等，向来有不少公认的准则，思想标准则不然，由于人们世界观、人生观的不同，对作品思想价值的评价颇多差异，当然也会有几个人类共同的价值标准，比如人性、人道主义标准。但从作品的诸多价值标准中，提出一个最低价值标准和一个最高价值标准，却是钱先生首创的。

　　二十世纪五十年代，在《论"文学是人学"》中，钱先生提出"人道主义精神"是文学批评的最低标准。八十年代，在《对人的信心、对诗意的追求》中，钱先生虽没有明确提出文学批评的最高标准，却极清晰表示了这样的意思，只是仍然把它称为"人道主义精神"，但从其内涵看，已不同于五十年代的人道主义精神。为了区别起见，我把前者表述为"人的积极发展"，后者则表述为"人的自由发展"。

下面，就分别说明这两个价值标准，着重对"人的自由发展"进行论证。

（一）文学批评的最低价值标准：人的积极发展

对于文学批评价值标准的多元特征，钱先生并无异议。《论"文学是人学"》中就同时肯定爱国主义、现实主义、人民性、人道主义，但他特别提倡人道主义精神，因为它是文学批评最必要、最基本、最低的价值标准。他说：

> 我也并不认为人道主义原则就是评价文学作品的唯一可靠的、充分有效的标准，而只是把它当作一个最基本的、最必要的标准。❶
>
> 人道主义精神则是我们评价文学作品的最低标准，最低标准却是任何时候都必须坚持的，而且是任何人都在自觉地或不自觉地运用着的。够不上最低标准，就是不及格，就是坏作品，达到了最低标准，就应该基本上肯定它是一篇好作品，就一定是有其可取之处的。（第77页）

这两段话说的"人道主义原则"和"人道主义精神"，其内涵是相

---

❶　钱谷融：《论文学是人学》，《艺术·人·真诚》，上海：华东师范大学出版社，1994年，第80页。以下引文，凡出自此书者，仅于引文后注明页数。

同的，都是指贯穿于历史上各种不同的人道主义之间的广义人道主义。这广义的人道主义，其合理内核是人的积极发展（见第二篇笔记）。

《论"文学是人学"》特别强调这个最低标准适用于古典文学作品：

> 一切被我们当作宝贵的遗产而继承下来的过去的文学作品，其所以到今天还能为我们所喜爱、所珍视，原因可能是很多的，但最基本的一点，却是因为其中浸润深厚的人道主义精神，因为它们是用一种尊重人同情人的态度来描写人、对待人的。假如人民性、爱国主义、现实主义等等概念，并不是在每一篇古典文学作品的评价上都是适用的话，那么，人道主义这一概念，却是永远可以适用于任何一篇古典文学作品上的。（第76、77页）

在强调这个最低标准适用于古典文学作品的同时，《论"文学是人学"》大力肯定社会主义人道主义，赞扬它比古代文学作品所表现的旧人道主义更优越。钱先生的"人道主义精神"观是把社会主义人道主义包括在内的，所以我们说他的作为文学批评最低标准的人道主义精神，是自古至今各种不同人道主义的共同内容的概括，即广义的人道主义，其核心是人的积极发展思想。古典文学中所表现的对人受压迫与进行反抗的同情，社会主义现实主义作品赞扬人的历史创造精神，在钱先生看来都是一种对人、对人生的无比热爱，对人、对人生的积极态度，都共同表现人的积极发展思想。

这样，对钱先生提出的作为文学批评最低标准的人道主义精神，我们就直接用人的积极发展思想来置换，这会更明确，更准确。钱先生认为这个标准"适用于任何一篇古典文学作品"，这"任何一篇"未免有些过头，但适用于绝大多数却是可以肯定的。那么，它适用于当今的文学作品吗？

第二篇笔记已说过，广义人道主义及其合理内核人的积极发展思想，在今天，就其积极作用而言，是马克思主义的同盟军。这也就肯定了人道主义批评标准在今天的合理性。

首先，要弄清楚人道主义标准与人性标准的联系和区别。人性标准的内涵即共同人性，或其扩大之普遍人性，人道主义标准的内涵即广义的人道主义及其核心人的积极发展思想。人性与人道主义是密切相关的，钱谷融先生就认为人道主义精神是以人性为基础的，是人性积极面的提升。事实正是这样，作为人道主义基础的人性，当然是优美的人性，不会是丑恶的人性，而优美的人性实际上已经是社会公认的美德，广义人道主义本就包含有人类崇高的道德。在这一点上，人性标准的内涵与人道主义标准的内涵产生重合，被包含在人道主义标准之中。

其次，要肯定人道主义标准在当代世界的意义。人道主义是一种普适性的社会思想，它在人对人的依附时代，及人对物的依赖时代，都给苦难中的人类以安慰，以鼓励，以希望。以它为内容的人道主义标准，也就具有普适意义，是一个至今依然适用于评价过去的文学作品，也适用于评价当今世界的文学作品的标准。它肯定文学作品对人类生存困境与人类心灵痛苦的表现，肯定人类在不幸遭遇中的挣扎、奋斗。它发扬人类不被苦难压倒而在苦难中挺立的积极姿态，赞美人类在苦难中的精神成长以及对未来的憧憬，它歌颂那些为了人类的理想而自我牺牲的英雄，这些仍然是当今世界具有积极意义的思想，是文学作品的积极主题。

再次，要肯定人道主义在当代中国仍有它存在的位置。党的多次代表大会都指出，建设中国特色的社会主义，其最终目的是促进人的全面发展。而人的全面发展，不仅仅是个人的自由本质充分展开，而且是个人自由发展与一切人自由发展的和谐。所以，人的全面发展是个人发展与社会发展和谐一致的发展。在当代中国，前现代及现代社会的弊端还大量存在，广义人道主义还有它积极的一面，马克思主义者正应批评其消极面，吸取、改造、发展其积极面，使其人的积极发展思想融入人的自由发展之中，达成全社会的和谐发展。

人道主义在当代中国特色社会主义建设中位置的确定，也就是人道主义标准在当代中国文学批评中位置的确定。

在当下的中国文坛，比之人性标准被频繁地使用（都在"普遍人性"的意义上使用），人道主义标准的运用显得稀少，这显然与二十世纪八十年代关于人道主义的论争有关。那场争论的结果，主要就剩下对于作为伦理观的社会主义人道主义的肯定了，然而，用这一伦理观来评价作品，嫌太过单一，自然其运用就少了。此外，也与批评者以普遍人性取代人道主义有关，我曾读过一篇关于"抗战小说"的评论，评论者称赞作品以人性观照战争，表现灵与肉、善与恶、爱与恨及屈辱与尊严、仇恨与救赎的多重意义。这是包含共同人性、共同社会性的普遍人性，其中有侧重共同社会性，而这又与人道主义的内容相重合。所以准确地说，作品是以人道主义观照战争，表现战争中人道主义与"兽道主义"的冲突，高扬了人道主义精神。但评论者却把它纳入普遍人性，这种情况也并非仅此一例，莫怪人道主义标准就边缘化了。

虽然用人道主义回应当代人类的生存困境与精神困惑，回应当代中国现实存在的问题，已不再是有力的武器。但无论如何，人道主义批评标准，在二十世纪五十年代的提倡，与在改革开放之初的盛行，对于中国当代文学的发展都有着重大的意义。当下，在人类仍然面临贫困，战争，瘟疫，自然灾害，人类的权利、尊严与价值还普遍受压抑的情势下，广义的人道主义仍然具有生命力，文学的人道主义标准仍然具有生命力，和人性标准一样，仍然是文学批评的一个普适性的标准。

（二）文学批评的最高价值标准：人的自由发展

关于"人的自由发展"思想及其作为文学批评的最高价值标准的实际运用，已见诸第三、第六两篇笔记。但人们仍会质疑：钱谷融先生并没有明确提出过这个批评标准，而且实际运用也替代不了从理论上对它的正确性做出说明。下面就来回答这些质疑。

1. 最高价值标准的存在及命名

钱先生本人虽然没有明确提出文学批评最高价值标准这一概念，当然也就有不会为它命名。但我认为钱先生的文章中存在着这一概念，并据它的内涵为之命名。

钱先生在 1980 年 5 月，写了两篇文章：《关于陀思妥也夫斯基——〈舅舅的梦〉中译本序》《读〈高尔基与茨威格文艺书简〉》，它们肯定托尔斯泰与陀思妥也夫斯基的心中有"神圣的东西"，就是"对人的信念"。这意味着："对人的信念"是伟大作家与伟大作品的重要条件。1989 年 3 月，钱先生写了《对人的信心，对诗意的追求——答友人关于我的文学观问》，正式提出"对人的信心"。——"信念"与"信心"含义相近，前者偏向对某种尚不可及的观念的坚持，后者偏向对某种思想必定实现的坚定。钱先生把"信念"改为"信心"，表示他坚信人自由本质的展开必定推动社会的进步。——钱先生将这"对人的信心"与"诗意"联系在一起。认为只有作家树立起"对人的信心"，作品才可能有"诗意"。这显然是把"对人的信心"作为"诗意"的具有决定性的价值标准。

第三篇笔记已阐述了"对人的信心"，是对人能发挥历史主体性的信心，是对人的自由本质不断发展会推动历史发展的信心。我用"人的自由发展"来表述这内涵，并以它替代"对人的信心"，而作为"诗意"的决定性的价值标准的名称。

"诗意"是文学作品最高的审美品格，作为最高审美品格的决定性的价值标准的"人的自由发展"，当然就是最高的价值标准。

"人的自由发展"这名称，符合"对人的信心"的内涵，将它作为文学批评的最高价值标准的名称，既比较简明，符合文学批评标准命名的特点，也能与作为最低价值标准的广义人道主义的内涵——"人的积极发展"相对应，相区别。从"人的积极发展"到"人的自由发展"，也符合钱先生从接受广义人道主义到接受历史唯物主义的思想历程。

所以我认为钱先生虽没有明说，但他确实具有"人的自由发展"这个文学批评最高价值标准的观点。

或者有人问：即使钱先生有这个观点，现在应该怎样评价呢？在诸多公认的批评标准——人性、人道主义、现实主义、人民性、阶级性、党性、伦理学批评标准、生态学批评标准——之外，再确立一个人的自由发展标准有必要吗？的确，"人的自由发展"这个批评标准，在文艺理论批评中还是一个新的概念。有必要对它的出现的必然性，对它的理论合理性以及它的理论意义作出说明。

2. 中国改革开放后社会发展的反映

"人的自由发展"标准首先存在于《对人的信心，对诗意的追求》这篇文章中，而这篇文章写在 1989 年，正是中国改革开放的第十个年头。我以为，这个批评标准正是这个历史新时期的新的现实以及新的文化思潮、文学发展潮流的必然表现。钱先生较早站在潮头，在他之后，也有理论家与作家相继发表了具有类似观点的文章。

从 1978 年党的十一届三中全会至今四十多年间，思想解放的潮流不断涌动，改革开放不断拓展深化，经济迅速发展，国家治理明显进步，人民的精神文化生活越加丰富。社会呈现出生产力发展与人的自由本质不断展开的局面。改革开放是中国人民的需要、意志的反映，是中国人民历史主动性与创造精神不断发扬的表现。中国共产党顺应人民的要求，尊重人民的首创精神，领导这伟大的革命，推动了经济的不断发展，社会的不断进步，促进了个人自主意识的不断增强、自由本质的不断积极展开，并成为宏大的社会思想潮流，这是中国自近代开始人的觉醒以来从没有过的宏大潮流，是改革开放以来中国最重要的进步之一。它既是改革开放不断深入的反映，也必将推动改革开放的继续深入。

这个宏大的社会潮流，在文化思想上主要表现为：从人道主义转向马克思主义的人是历史主体思想的转变。批判"文革"开启了人性、人道主义思潮的复兴，在文学领域尤为声势浩大，对当时的思想解放发挥了积极的影响，西方学者关于人、人性、人道主义的思想的涌入与传播，助推了人性、人道主义思潮的汹涌。它的势头，由于二十世纪八十年代初期关于人道主义的论争而受到遏制，人道主义的声音开始沉寂，人道主义思想逐渐边缘化。与此同时，思想文化领域逐渐出现重大的变化。关于"重写文学史"和"人文精神"的讨论，是知识分子精神觉醒的进一步表现，更重要的是，一些马克思主义哲学家对历史唯物主义有了新的研究、新的认识、新的阐述，他们对现实的人及其历史发展的思想的阐释，让人们正确、深入理解历史唯物主义，强化了人是历史主体的意识。马克思主义人学理论逐渐兴起，也是人是历史主体思想强化的一种重要的表现。2007 年党的十七大确定"核心是以人为本"的科学发展观，自此"以人为本"思想得到普遍的认同，产生极大的影响，进一步深化人们对人是历史主体思想的认识。2012 年党的十八大召开，标志着中国特色社会主义从"新时期"进入"新时代"。党中央大力倡导继承与发扬优秀传统文化，全面推行培育和践行社会主义核心价值观。党的十九大后，以人民为中心的发展思想，创新、协调、绿色、开放、共享的新发展理念，以及新人民观的确立（见下文），都丰富和发展了人是历史主体的思想，马克思主义的人是历史主体思想就这样超越人道主义而成为中国文化思想的主潮。

敏锐的作家反映了这一社会潮流与文化思想潮流的变化。雷达在《新世纪以来中国文学的走势》一文中，在叙述了新世纪以来文学的种种现象之后，说：

> 我认为，这一切都离不开如何发现人、认识人、关心人的问题，这个问题甚至决定着新世纪文学的质地和前途。我们常说，人的发现曾是二十世纪贯穿至今的一个重要的不断深化的精神课题。现当代有过三次人的发现，"五四"发现了个体的

或者说个人主义的人；三四十年代发现了阶级的人，或被压迫
追求解放的人；七八十年代重新发现了被专制异化了的人，重
新肯定了人的尊严和价值。这是极其重要的影响全局的思想史
进程，而现在，全球化、市场化、城市化、高科技化、网络化
发展到了如此地步，我们是否又面临一个人的再发现的问
题？……依我看，近些年来，一些作品更加注重"个体的、世
俗的、存在的"人，并以"人的解放"、"人的发展"作为"灵
魂重铸"的内在前提和基础。❶

雷达的这些话说在 2010 年初，反映了新世纪最初十年中国文学创
作的状态，尽管其中对现当代"三次人的发现"的概括未尽妥当，
但肯定人的发现"是极其重要的影响全局的思想史进程"却极精
辟。特别重要的是其中提到"以'人的解放'、'人的发展'作为
'灵魂重铸'的内在前提和基础"，这已表明某些作家已立足历史唯
物主义关于人是历史主体的思想来思考、表现我们的民族品格，来
思考我们民族精神的走向，这是一个了不起的进步。——我很少读
当代文学作品，但雷达肯定的作家对于"灵魂重铸"的探索，我觉
得有重大意义，它反映改革开放四十多年来中国人的精神的新的
成长。

　　与创作的情况相应，比雷达说这段话稍早些，已有文艺批评家
发出了同样的声音。张同吾在评顾骧《蒹葭集》的文章中，于转述
了顾骧说的"马克思把从事实际活动的人作为他们理论的出发点，

❶　雷达：《新世纪以来中国文学的走势》，《重新发现文学》，北京：中国书籍
出版社，2014 年，第 34 页。

将人的解放、人的自由发展作为他们理论的最高命题"之后，紧接着说：

> 其实这也应该是世界上一切先进文学，包括社会主义文学的最高命题。❶

看，"人的自由发展"标准已呼之欲出了。与张同吾差不多同时，范玉刚写道：

> 人的自由全面发展作为马克思主义的最高命题，不仅是马克思主义哲学的基本价值取向，更是马克思主义文艺学中国化建构和发展的基石。马克思在《手稿》中把人的全面发展与人的感觉的丰富和解放联系起来，这决定了马克思是从推动社会历史进步和促进人的自由发展与完善来理解文学艺术。❷

"人的自由全面发展"，"更是马克思主义文艺学中国化建构和发展的基石"，"马克思是从推动社会历史进步和促进人的自由发展与完善来理解文学艺术"，这个认识是很正确的。历史唯物主义关于人及人的发展思想十分丰富，其中，马、恩尤为重视历史就是人的发展史，社会的不断进步和人的自由本质不断展开是统一的历史过程。文学正是表现个人自由本质的独特展开，并借个人自由本质展

---

❶　张同吾：《人性是永恒的文学之魂——读〈蒹葭集〉随感》，《文艺报》，2009 年 3 月 12 日。

❷　范玉刚：《现实的人：马克思主义文艺学的基石》，《人文杂志》，2008 年第 3 期。

开而反映时代的面貌与精神，从而让读者获得审美的愉悦。所以，人的自由发展正体现了历史过程的本质和文学本质的统一，肯定"人的自由发展"是文学的根本价值标准，也是文学批评的最高价值标准就是顺理成章的。就在这样的理论态势下，笔者发表了《论"人的自由发展"——关于建设一个文学批评新标准的探讨》❶，论述虽然过于疏略，却正式提出"人的自由发展"标准。

所以说，人的自由发展这一文学批评的最高价值标准，是中国改革开放的产物，是改革开放后经济发展、文化思潮发展与文学发展的必然反映。

3. 理论先驱：卢那察尔斯基与郭沫若

以"人的自由发展"作为文学批评的最高价值标准，不仅是钱先生和一些敏锐的文艺理论家与作家对"新时期"的现实所作出的反应，而且有它的理论先驱。仅以我所知，首先应该提到的是高尔基和鲁迅。高尔基文学思想中所凸显的历史唯物主义的人的发展的思想，鲁迅在对国民性的思考中所显示的国民的历史自觉性决定历史发展的思想，都已表明他们认识到人是历史的主体，这对钱先生的人道主义精神观以及"文学是人学"思想的建构起了重大的作用，其中自然包括人的自由发展标准的确立。由于我们已把高尔基、鲁迅的影响置于钱谷融文学思想的整体建构中谈论，就不再凸显他们对于人的自由发展标准确立的作用。至于卢那察尔斯基和郭沫若，他们虽也没有提出"人的自由发展"这名称，但对于历史唯物主义的人的自由发展思想，前者则不止一次地以之作为评价作

❶ 陈永志：《论"人的自由发展"——关于建设一个文学批评新标准的探讨》，《香港文艺报》，2016 年 4 月第 55 期。

家、作品的根本标准，后者则用它作为自己历史剧创作的指导原则，作为评价中国抗战文学的尺度标准。他们实际上已对"人的自由发展"标准作出堪称典范的实践，是这个批评标准当之无愧的理论先驱！

郭沫若在 1942 年发表的《今天创作底道路》及 1944 年发表的《如何研究诗歌与文艺》这两篇文章中都表达了这样的思想：

> 发掘社会进展的轨迹和其归趋，世界上已经有不少的哲人为此消费了无限的脑力，虽然表达的方式各有不同，但为极大多数人的久远幸福，各个人能够得到尽量的发展并能贡献其所能以增进人生的福利，这毫无疑问地是无可动移的铁则。超人的想念只是狂人的想念。以一部分特权的阶层役使其它阶层，以一种自认为特别优秀的民族奴化其它各民族，这些都是应当克服的病态。人类的一切活动所应该依据的批判的标准，便是这些发展常态和克服病态的内在必然，文艺活动当然不能除外。要站在这样一种超越的立场以观照人生，批判人生，领导人生，文艺家才能尽到美化社会、革新社会的使命。这是透彻现实的超越而非脱离现实的高蹈。❶

人是社会性的动物，离开了社会不能生存，因而只有相爱相利以维持集体的安全进步，是巩固社会的韧带，也就是护卫人生的韧带，相爱相利的基本步骤是在利它，各能尽自己的力

---

❶ 郭沫若：《今天创作底道路》，郭沫若：《今昔蒲剑》，上海：新文艺出版社，1953 年，第 11 页。

量以爱利人，各便应自己的分得而受人爱利。人类社会事实上是依着这个中心思想进化了来的，同时也和一些远心作用斗争了来。只是时代不同，人类的知识悬异，在过来的时代对于这个中心思想的认识，便有深度、广度、密度、明度上的不同，而对于这思想的实践与方法，不用说也是千变万化的不同。但尽管是怎样的不同，而有这一条中心思想的脉络流贯着，是无可推动的事实。人类有旧的遗产可以承继，过去了的作家或作品能保有其长远的光辉的，从这儿可以得到究极的说明。❶

第一段引文出自《今天创作底道路》，第二段引文出自《如何研究诗歌与文艺》，两者都是依据人类历史发展的客观规律，论述抗战文学的方向及文学不朽性的问题，虽然表述略有差异，但都提出一个同样的文学批评原理。

我们先来看看它们对社会发展规律的表述。

前者认为"社会的进展和归趋"，存在着一个"无可动移的铁则"；后者认为社会依着一个"中心思想进化来的"，是"无可推动的事实"。表述虽不同，但内容相同，用现在的话语来说，两者都是指人类历史的发展存在着一个不以人的意志为转移的客观规律。那么，这个规律是什么呢？前者表述为"为极大多数人的久远幸福，各个人能够得到尽量的发展并能贡献其所能以增进人生的福利"；后者表述为要实现人类的"相爱相利"，"基本步骤是在利它"，即"各尽自己的力量以爱利人，各便应自己的分得而受人爱

❶ 郭沫若：《如何研究诗歌与文艺》，郭沫若：《沸羹集》，上海：新文艺出版社，1954年，第165页。以下相同出处的文字，不另注。

利"。表述虽不同，但实质一样，两者都同样强调"各个人能够尽量发展其所能"，"各尽自己的力量"发挥"利他"的精神，都同样强调各个人发展其所能（或发挥"利他"精神）的目标是人类的幸福。如此表述是把马克思主义的人类历史发展规律的思想通俗化，准确地说，是把历史唯物主义的核心思想通俗化。

　　如第二篇笔记所述，马克思、恩格斯认为，历史是生产力发展的历史，从而也是个人本身力量发展的历史，生产力发展与人的发展相统一，既是历史发展的动力，又是历史发展水平的标志，而尤为重视作为历史活动主体的人的作用，认为人的发展是历史发展的根本动力，也是历史发展水平的根本标志，这是历史唯物主义的核心、精髓。郭沫若对社会发展规律的表述，虽然通俗（为当时历史条件所限，不可能运用规范的术语），却鲜明把握住历史主体的人的作用，凸显各个人尽量发展其所能，推进历史的发展，创造全人类的幸福，这恰恰体现了历史唯物主义的核心、精髓。众所周知，郭沫若流亡日本期间，集中精力钻研历史唯物主义，并据以研究中国古代社会与文艺问题。他学习并翻译出版了《政治经济学批判》，学习并节译出版了《德意志意识形态》，学习并选译了《神圣家族》的部分内容合为《文艺作品之真实性》并出版，而在这些著作中，马克思、恩格斯都反复从历史主体的人的发展来阐明历史的发展，明确指出了历史就是人的发展史。所以郭沫若在叙述社会发展规律时凸显人的发展的思想并非偶然，这是他对历史唯物主义深刻领悟的结果。

　　郭沫若在叙述了社会发展规律之后，即据此阐述文学批评标准。

　　正如对于社会发展规律前后的表述不同一样，对于文艺批评标准的表述也前后不同。前者认为，各个人尽量发展其所能以求绝大多数人的久远幸福，是"人类一切活动所应该依据的批判的标准"，

"文艺活动当然不能例外",文艺应依据它"观照人生,批判人生,领导人生","尽到美化社会,革新社会的使命"。后者指出,各个人发挥利他精神以实现人类的相爱相利,这是评价文学遗产不朽性的决定性标准:"人类有旧的遗产可以承继,过去了的作家或作品能保有其长远的光辉的,从这儿可以得到究极的说明。"所谓"究极的说明",即最终的答案、唯一的答案。正如对社会发展规律的不同表述都同样凸显历史唯物主义关于人的发展思想一样,对文艺批评标准的不同表述也凸显同样的思想。郭沫若将历史唯物主义关于人的发展推动历史发展的思想作为判别人类一切活动的根本标准,也作为判别文学活动的根本标准,并作为判别文学作品高下优劣、是否有不朽价值的决定性标准。这就等于说这一标准是文艺批评的最高价值标准。

尽管在这之后,郭沫若以"人民"置换人的发展,提出"人民至上主义"的文艺主张,但这并不意味着他改变原有的观点,他依然将历史唯物主义的人的发展思想历史具体地贯彻到他的历史剧创作中,成为他抗战时期历史剧创作的基本原则。《献给现实的蟠桃》一文虽是"为《虎符》演出而写",但它写在 1943 年,这时郭沫若已创作了《棠棣之花》《屈原》《虎符》《高渐离》。所以这篇文章是郭沫若对自己历史剧创作原则的总结。请听他说:

> 我为什么写历史剧呢?……
> 我主要并不是想写在某些时代有些什么人,而是想写这样的人在这样的时代应该有怎样合理的发展。
> ……
> 把人当成人,这是句很平常的话,然而也就是所谓仁道,

我们的先人达到了这样的一个思想是费了很长远的苦斗的。

战国时代是人的牛马时代的结束，大家要求着人的生存权，故尔有这仁和义的新思想出现。

我在《虎符》里面是比较的把这一段时代精神把握着了。

但这根本也就是一种悲剧精神。要得真正把人当成人，历史还须得再向前进，还须得有更多的志士仁人的血流洒出来灌溉这株现实的蟠桃。

因此，聂嫈聂政姐弟的血向这儿洒了，屈原女须也是这样，信陵君与如姬，高渐离与家大人，无一不是这样。

"杀身成仁、舍生取义"，是千古不磨的金言。❶

在这长长的引文中，郭沫若把自己的历史剧的创作原则说得十分清晰，与上述的文学批评观点完全吻合。

其一，他写历史剧"主要的"目的，"并不想写某些时代有些什么人"，而是"想写这样的人在这样的时代应有怎样合理的发展"。请注意这"合理的发展"，郭沫若认为战国是争取"把人当成人"的时代，仁义思想就是要求"把人当成人"。先人们都为此"作了很长远的苦斗"。《虎符》《棠棣之花》《屈原》《高渐离》都表现志士仁人为实现这历史使命而奋斗、牺牲，表现了他们在那个时代的"合理发展"：既表现了仁人志士跟随历史进步潮流而发展，也表现了它们的发展更激荡起历史潮流的奔涌。

其二，表现战国时代人的"合理发展"，郭沫若还有更深远的意图。他说："要得真正把人当成人，历史还须得再向前进，还须

❶　郭沫若：《献给现实的蟠桃——为〈虎符〉的演出而写》，郭沫若：《沸羹集》，上海：新文艺出版社，1954 年，第 75、76 页。

得有更多的志士仁人的血流洒出来灌溉这株现实的蟠桃。"这"真正把人当成人",已不是战国时代的那个"把人当成人",加上"真正"两字，表明未来时代才能实现的人的自由幸福。郭沫若写历史剧，是要用战国时代仁人志士为实现历史使命而苦斗的精神鼓舞人们，不仅为抗战胜利而奋斗，牺牲，抗战胜利以后，还要不断奋斗、牺牲，不断地继续发展，直到"真正把人当成人"的未来理想实现。郭沫若的历史剧，写出人的"合理发展"，不仅符合历史的真实，而且鼓舞人们"合理发展"，用生命推动历史向着人类永远幸福未来的发展，向着人成为"真正的人"的社会发展。

　　以上两点，表明郭沫若抗战时期的历史剧创作，是以现实的人及其历史发展这一历史唯物主义思想为指导的。应该说明一下，郭沫若对于自己抗战时期历史剧的创作原则，还有一些不同的说法，其中最重要的莫过于"发展历史的精神"。就他反映战国时代的几个历史剧而言，这"历史的精神"就是表现仁义思想的"把人当成人"，而"发展"这精神，也就是鼓舞后人发扬这精神，为实现"真正把人当成人"的未来理想而奋斗牺牲。表现人在现实中的"合理发展"是符合历史"也是个人本身力量发展的历史"这一历史唯物主义基本观点的，正是在这一基本精神上面，郭沫若关于历史剧创作原则的不同表述有着内在的一致。

　　无独有偶，在郭沫若提出这个见解的大约十年前，在遥远的异邦，已有了同样的声音。卢那察尔斯基在纪念歌德逝世一百周年的文章《歌德与他的时代》中写道：

　　　　歌德的一代自称为天才的一代，真正的天才歌德以他们的名义，向自己和别人提出一项巨大的任务。这项任务不是政治性的、却纯然是个人性的：发挥人身上所包含的全部潜力。而这也就是可以用来比较各种不同的社会制度、秩序和结构之优劣的一个标准。马克思说，假如一种社会制度能够使人身上蕴藏的全部潜力发挥到最大限度，那便是优越的制度。马克思是用最民主的方式来理解这一点的：蕴藏在全人类中的潜力，也蕴藏在每个人身上。在歌德那里，这个思想也许带有较多的贵族色彩，但是并没有多到使它距离马克思所表述的思想十分遥远。❶

这里说的"马克思所表述的思想"正是历史唯物主义的核心思想，卢那察尔斯基认为，歌德身上虽有一些缺陷，但努力表现人的精神成长，表现人的潜力的发挥，并以人类的劳动、自由、幸福为目标，这是他的伟大之处，所以他就"同真正促进人类社会发展的人们一起永垂不朽"。❷ 还是这位卢那察尔斯基，还是以同样的标准来评价高尔基，他在《艺术家高尔基》一文中说：

> 高尔基不想单纯地摹写生活方式，他要把生活解释为对大多数人的一种深深的屈辱，要向受屈者发出最伟大的号召——依靠受屈者本身的努力，消灭一切丑行劣迹。他所写的被压迫者是这样一个形象，它表现了同剥削制度相对抗的力量，表现了生活可能变成什么样子，人身上有着怎样的潜力。马克思认为，有一项标准可以检验何种社会制度比较优越，那就看这个

---

❶ 卢那察尔斯基：《歌德与他的时代》，《卢那察尔斯基论文学》，北京：人民文学出版社，1971年，第572页。

❷ 同上书，第585页。

制度能在多大程度内帮助发挥人身上蕴藏的全部潜力；高尔基很可以将这句话作为他的全部创作的卷首题词。"❶

文章还赞扬高尔基描写人的成长，清除各种旧意识，促进人成为社会主义新人的诸多艺术成就，从而断言，高尔基将成为"我国无产阶级文学和我国生活建设的伟大宗匠"。❷ 卢那察尔斯基以历史唯物主义的核心思想来评价作家作品，但不是机械地套用，他根据作家的创作实际，以历史唯物主义人的发展的思想为标准，历史地具体地指出不同作家的不同成就，对于歌德这样的古典作家是评价他与这个标准"距离之远近"，对于高尔基这样的社会主义作家则评价他将这个标准"表现得如何"。这是极有启发意义的。

无论郭沫若还是卢那察尔斯基，都运用同一个文学的价值标准，并为确立一个新的、极有意义的文学价值标准做出示范。后来者应该继承这一宝贵的思想遗产。他们所用于评价作家的现实的人及其历史发展的思想，就是体现于历史过程中的人的自由本质不断展开的思想，也就是我们称之为人的自由发展的思想。正因为这一思想体现于历史的全过程，他们才可能将它作为批评标准运用于不同时代的作家中。虽然他们都没有提到"人的自由发展"，但郭沫若说到"各人尽量发展以贡献自己的才能"，还说到未来的理想是"真正把人当成人"，卢那察尔斯基称赞歌德和高尔基表现人身上的全部潜力的充分发挥，以创造新的生活，这都是人的自由发展的思

---

❶　卢那察尔斯基：《艺术家高尔基》，《卢那察尔斯基论文学》，北京：人民文学出版社，1971 年，第 304 页。

❷　同上书，第 314 页。

想，所以，我们用"人的自由发展"来概括它们的批评观，这该是符合他们的本意的。

我认定卢那察尔斯基和郭沫若是提出"人的自由发展"标准的理论先驱，这是从客观上说的，并不是认为钱先生等人是他们自觉的后继者。尽管不是自觉的后继者，但也不是彼此绝无关联。1991年，我陪钱先生到郑州参加一次纪念鲁迅的学术会议，钱先生在会上的发言中，曾引用卢那察尔斯基评价陀思妥耶夫斯基的一段话，这段话有好几百字。他在发言前夕撰写发言稿时，桌上并无任何书籍，发言时，又全不看稿子，可见这段话他牢记在心，"默写"在他的发言稿中，而在会上又"背诵"了出来。我除了惊异于钱先生的记忆力之强，还深感他对卢那察尔斯基著作之熟悉！钱先生"默写"和"背诵"的那段话，是卢那察尔斯基写在他的《思想家和艺术家陀思妥耶夫斯基》当中，这篇文章和上面引用的《歌德与他的时代》《艺术家高尔基》都收在蒋路翻译的卢氏的论文集《论文学》之中。这本书于 1978 年由人民文学出版社出版。钱先生不可能没有看到。因此，我推测：卢那察尔斯基的观点对推动钱先生从广义人道主义走向历史唯物主义，从人的积极发展走向人的自由发展，是起了一点作用的。还有一个旁证，《论"文学是人学"》中对高尔基创作最主要特点的评价，与《艺术家高尔基》的评价相一致，虽然各自的举证不同，但都肯定高尔基表现人的发展的突出成就。这种一致，也可作为钱先生接受卢那察尔斯基批评观的一个旁证。

4. 理论品格：普适性、包容性、引导性

"人的自由发展"这个标准的理论合理性，不仅在于它生长于当代中国改革开放后的现实中，不仅在于它有理论先驱，更在于它本身的理论品格。

卢那察尔斯基将"人的自由发展"这个标准既用于评价古典作家，也用于评价社会主义作家，已体现出这个标准具有普遍性与特殊性相统一的理论品格。具有这样品格的范畴、命题在哲学社会科学的其他门类中也有。马克思在《政治经济学批判导言》中，对此有所分析，并概括指出："哪怕是最抽象的范畴，虽然正是由于它们的抽象而适用于一切时代，但是就抽象这个规定性本身来说，它们同样地是历史关系的产物，它们仅仅对于这些关系并在这些关系之内才具有充分的意义。"❶ 人的自由发展，既贯穿于人类社会发展的历史过程，也是衡量这发展过程不同阶段发展水平的尺度，所以"人的自由发展"既有"适用于一切时代"的抽象性，又具有在一定历史关系中的具体意义。卢那察尔斯基历史地、辩证地将它运用于评价歌德、高尔基，肯定他们表现人的精神成长、潜力发挥所取得的成就，并指出这一成就在多大程度上符合历史唯物主义的根本精神。这就体现出"人的自由发展"这一标准，适用于不同时代作家的具体评价，具有普适性。

卢那察尔斯基虽仅谈及歌德、高尔基，但其示范作用十分明显。《草叶集》中站立着一个高大、强壮、粗犷的人，他高唱自己之歌、大路之歌，并满怀远航大海的豪情。哈姆雷特虽有人是"宇宙的精华，万物的灵长"的伟大觉醒，却在"因循隐忍""疑虑妄念"中拖延着为父亲复仇的决心的实现，这个欧洲文艺复兴时期人的觉醒的形象，远没有资本主义发展时期《草叶集》中那抒情主人

---

❶　马克思：《政治经济学批判导言》，《政治经济学批判》，北京：人民出版社，1959年，第154、155页。

公所具有的进取精神与开拓雄心。泰戈尔从泛神论进到"泛人论"，他对"梵"的爱也即对人的爱，他晚年的诗歌由企望人类的爱与和谐，进而对帝国主义的殖民政策与种族歧视进行严厉的谴责，这谴责和社会主义运动相呼应。《哈姆雷特》、《草叶集》、泰戈尔晚年的诗歌，分别创作在资本主义发展的不同历史阶段，表现了不同历史关系中人精神发展的不同水平，而社会主义作家高尔基在《苏联的文学》这篇长文中也像卢那察尔斯基那样，根据历史唯物主义的核心思想，把表现人的行动、创造、并不断发展自己的才能以实现社会主义、共产主义作为社会主义文学的本质。莎士比亚、惠特曼、泰戈尔、高尔基，他们对于人的精神成长的表现，都走在他们各自时代的前列，对于当时及后世都有重要意义和积极影响，完全符合人类历史发展的进程与方向。没有疑问，"人的自由发展"这个标准，以它普遍性与特殊性相统一的普适性品格而适用于一切时代的作家、作品的评价。

　　郭沫若将人的发展思想作为文学不朽性的决定性标准，就肯定了这个标准的普适性理论品格，他还用这个标准来阐述抗战文艺的发展方向，这也极有启发意义。如果用"人的自由发展"这个标准来观察中国现代文学，不仅能再次显示它的普适性，也有助于对中国现代文学的认识。关于"五四"新文学精神，国内的学者或以彻底的反帝反封建来概括，或以人性、人道主义来概括，前者立足于"救亡"（革命）的立场，后者着重于"启蒙"的思想。袁可嘉在1947年发表《"人的文学"与"人民的文学"——从分析比较寻修正、求和谐》，提出另一种概括："放眼看，三十年来的新文学运动，我们不难发现构成这个运动本体的，或隐或显的二支潮流，一方面是旗帜鲜明，步伐整齐的'人民的文学'，一方面是低沉中见出深厚、零散中带着坚韧的'人的文学'。"❶ 尽管人们对袁可嘉关于"人的文学",尤其关于"人民的文学"的界定有不同的看法,但一些学者还是同意这一概括的。不过,在我看来,"五四"新文学的代表作家们的杰出作品中,"救亡"与"启蒙"并不分离;"人的文学"与"人民的文学"的特点,即使限定在袁可嘉所界定的内涵也颇多交织、互相渗透。它们总是将国家的兴亡与人的解放、发展统一起来思考,并因文学的特性而自然以表现人的解放与发展为中心,热情呼唤反抗与革命的巴金就这样说:"怎样做人,怎样做一个好人。我几十年来探索的就是这个问题。我的作品,便是一分一分的'思想汇报'。它们都是我在生活中找到的答案,我不能说我的答案是正确的,但它们是严肃的。"❷ 巴金的这个自述,是有代表性的。

鉴于上述情况,我们应该摆脱"救亡"与"启蒙"、"人民的文学"与"人的文学"之类两元对立的概括,而寻找一种统一的观点来概括新文学运动的精神。我以为用"人的自由发展"会更准确、更完整地表述"五四"新文学的精神及其发展。优秀的中国现代作家都反对旧中国对人的压迫与摧残,但对人如何发展、发展成怎样的人、怎样的人才能引领人们走向新社会、新社会又是怎样的,却有不同的思考与表现,呈现各具个性的特征。例如,茅盾从复杂的社会阶级关系与阶级矛盾中凸显不同阶级的人的命运变化;巴金热

❶ 袁可嘉:《"人的文学"与"人民的文学"——从分析比较寻修正、求和谐》,《论新诗现代化》,北京:生活、读书、新知三联书店,1988年,第112页。
❷ 巴金:《再谈探索》,《巴金论创作》,上海:上海文艺出版社,1982年,第544页。

情赞美年轻人成长为带有民主主义与无政府主义倾向的革命者，赞美他们的爱与恨、反抗与牺牲；老舍表现普通人为过上人的生活的渴望与追求，以及为过上正常生活而不得的悲哀乃至堕落；曹禺在浓重的悲剧氛围中，一直企盼着一个拯救人类苦难的巨人出现，闪耀着理想主义的光芒。这些，都共同表现不同阶级、不同阶层的中国人在旧中国生存与发展的艰难痛苦，挣扎反抗与悲惨的结局。赵树理不同，他致力于描写中国农村大变革时期农民的精神蜕变，以及新型农民的成长。如果说，中国古代文学表现不独立、不自由的人觉醒的曲折历程，那么"五四"新文学则表现人如何走向独立、自由，如何向前发展，向着民主主义、社会主义的方向发展。

　　值得注意的是，在"五四"新文学的起点上，鲁迅的《呐喊》与郭沫若的《女神》，对人的发展的思考与表现，显出不同的特点。《呐喊》表现中国人精神异化的可怕图景，以示精神改造的急迫与精神发展的艰难，其批判的锋芒，由中国人的精神弱点、缺陷、病态指向社会的改造，犀利而深刻；《女神》则歌颂这样的人，他有吞吐宇宙、推倒地球的英雄气概，在完成自我新生同时完成中国与世界的新生。《呐喊》告诉人们，不要做那样的人，以激发人们向新的人格前行；《女神》则告诉青年们，要做这样的人，鼓舞青年反抗、创造的热情。《呐喊》以批判精神为根本特征，《女神》则以英雄精神为根本特征。《呐喊》对国民性缺陷、病态的批判，同时是对理想国民性的思考、对"人立而后凡事举"的追求；《女神》对英雄精神的礼赞，同时是对人的自由及未来中国的向往。批判精神与英雄精神都通向理想，或者说由理想来引导。《呐喊》的批判精神贯穿于鲁迅的一生，《女神》的英雄精神在郭沫若抗战时期的历史剧中发挥到极致，以致陈瘦竹称之为英雄悲剧。这样说，当然只是就其创作个性而言，不是说，鲁迅的作品中没有英雄精神，郭沫若的创作中没有批判精神。《理水》虽也表现了禹复旧的端倪，却重在歌颂他坚毅苦斗的精神，《门外文谈·十一》，更直接描述理想的"觉悟的智识者"的人格特征；《屈原》在赞颂了婵娟的崇高同时，还鄙视宋玉的变节，抗战时期的其他历史剧无不显示善恶的强烈对立。理想主义引导下的英雄精神与批判精神总是结合在一起的，但就中国现代文学整体而言，热烈歌颂英雄精神的作家，不难找到，而深刻批判中国人精神缺陷与病态的作家，鲁迅而外，很难找到。批判精神不足的缺点很突出，并延续到当代文学，似乎成为中国新文学的顽疾。鲁迅和郭沫若创作风格的这种差异，不仅是他们不同创作个性的表现，还有深刻的历史原因。"五四"新文学运动孕育于五四新文化运动，是五四思想启蒙运动最有力的表现。人的解放、人的觉醒的思想潮流，必然指向对旧制度下的人的阴暗面的发现、否定与改造的要求，这种要求，自然会有两种不同的走向：一种是以批判为主，鲁迅对国民性弱小批判为其代表；一种是以英雄的赞美为主，郭沫若的英雄颂歌为其代表。尽管如此，我们还是可以说，由《呐喊》所开始的批判中国人精神缺陷与病态的批判精神，由《女神》所开始的赞美中国人反抗与创造的英雄精神，依然是"五四"新文学表现人的自由发展的两个重要方面，是构成中国现代文学优秀传统的重要内容，为中国当代文学表现人的自由发展提供了宝贵的经验。

如果说卢那察尔斯基、郭沫若的上述观点，启发我们从文学史的方面去认识人的自由发展的普适性理论品格，那么，刘绪源则从文学类型方面加强我们这方面的认识。刘绪源在论及儿童文学时说过这样一段话：

渴望母爱与家庭的温暖，和渴望冲破束缚张扬个性的天性，这是儿童文学的两个永恒的主题。两者既是对立的，也是相联的，前者体现了人类的现实性的一面，源于现实的人的生存发展的需要；后者体现了人类的未来指向，是对未来社会中人的自由而全面的发展的呼唤。这都是人类漫长的历史发展的产物。❶

这段文字令我特别欣喜：其一，它所说的儿童文学两个永恒的主题是统一的，都是人的成长、发展的不同表现；其二，肯定"渴望冲破束缚张扬个性的天性"这一主题，体现了"人类的未来指向，是对未来社会中人的自由而全面发展的呼唤"，是极为深刻地从人的自由发展来观察儿童文学的见解。要知道，肯定儿童文学中对人的类特性、人的本质的表现，其意义非同一般，它向人们宣示：从儿童文学开始，文学必然要表现人的本质，表现人的本质在不同生理时期不同的展开，而其最终走向未来社会中人的自由而全面的发展。儿童文学如此，"成人"文学难道能例外？古今中外任何类型的文学都不能例外。新媒体中涌现的种种文学的新类型，也都应以表现人的自由发展为自己的最高目标，这样，才会有长远的意义。这也就雄辩地证明了："人的自由发展"具有普适性的理论品格，是普遍性与具体性相统一的普适性理论品格，有资格作为文学的根本价值标准，作为文学批评的最高价值标准。

人的自由发展标准，除了具有普适性的理论品格之外，还具有

❶ 刘绪源：《美与幼童——从婴儿看审美发生（增订版）》，南京：江苏凤凰少年儿童出版社，2017年，第 171、172 页。

包容性（开放性）的理论品格，中国当代文坛通行的文学批评原则，诸如阶级的、历史的、人性、人道主义、人民性以及新近出现的生态批评标准，它都向它们开放，并都将它们包容于其中。

阶级性标准，在中国当代文坛是特指无产阶级的阶级性标准。它是以阶级论原则为理论基础的。如第二篇笔记所说，阶级论原则对于历史唯物主义的基本原理及核心思想只是一个从属性的原则，它实践之正确与否，取决于它是否推进生产力的发展与人的发展，因此，阶级性标准之运用，就要看作品对阶级斗争的表现是否推动社会的发展、人的发展、人类精神的提升。这样，阶级性标准以及据之提升的党性标准就自然包含于"人的自由发展"标准之中。特别要注意，在改革开放，尤其进入新世纪以后，随着中国社会的发展，中国共产党的理论思想也与时俱进，有所发展。首先，放弃了"以阶级斗争为纲"，继而提出"三个代表"——中国共产党始终代表中国先进社会生产力的发展要求，始终代表中国先进文化的前进方向，始终代表中国最广大人民的根本利益。中国共产党不再仅仅是中国无产阶级的先锋队了，中国社会也不存在无产阶级与资产阶级两个主要阶级的对抗了。这样，文学的无产阶级阶级性标准与党性标准，就具有全新的内涵，实际上已和人民性标准同义。而人民性标准，如下文即将说到，由于"新人民观"的确立，它就与人的自由发展标准相吻合。

人民性标准。文艺批评中的人民性标准，在中国现当代文坛，经历过历史性的变化。人民性标准内涵的变化随着政治上人民概念内涵的变化而变化，但都包含在人的自由发展之内。

在中国现当代文学历史上，"人民"这个概念被赋予确切的含义，并直接运用于文学创作与批评中，应该是从 1942 年毛泽东的

《在延安文艺座谈会上的讲话》开始：

> 　　什么是人民大众呢？最广大的人民，占全国人口百分之九十以上的人民，是工人、农民、兵士与小资产阶级。所以我们的文艺，第一是为工人的，这是领导革命的阶级。第二是为农民的，他们是革命中最广大最坚决的同盟军。第三是为武装起来了的工农即八路军新四军及其他人民武装队伍的，这是战争的主力，第四是为小资产阶级的。他们也是革命的同盟军，他们是能够长期地和我们合作的。这四种人，就是中国民族的最大部分，就是最广大的人民群众。……
>
> 　　我们的文艺，应该为着上面说的四种人。在这四种人里面，工农兵又是主要的，小资产阶级人数较少，革命坚决性小，也比工农兵较有文化教养，所以我们的文艺，第一是为着工农兵，第二才是为着小资产阶级。❶

这确定了"人民"是工人、农民及其武装力量，还有小资产阶级，确定了文艺要为工农兵服务。中华人民共和国成立以后的三十年间（即至改革开放以前），"人民"的概念的内涵虽略有调整，有增有减，但它以工农兵作为主体始终不变，它的无产阶级性质也始终不变。因此，以人民的这一内涵为依据而实践的人民性标准，其实质就是无产阶级的阶级性标准。由于阶级性原则是历史唯物主义的一个从属性原则，因而人民性标准的实践，无论在创作中，还是在批

---

❶ 毛泽东：《在延安文艺座谈会上的讲话》，原载《解放日报》（延安），1943年10月19日，引自《中国新文学大系（1937—1949）·文学理论卷一》，上海：上海文艺出版社，1990年，第14页。

评上，只要正确体现它在历史唯物主义中的从属地位，促进人的自由发展，它就可以包含于人的自由发展标准之中。

改革开放后，"人民"的内涵逐渐扩大，也未见再提以工农兵为主体。在党放弃了"以阶级斗争为纲"的错误理论，江泽民继而提出"三个代表"的重要思想后，紧接着胡锦涛在党的十六大以后提出"以人为本"，并在党的十七大进行了完整阐述，产生了极大的影响。从此，人民的概念有了新的内涵：

> 必须坚持以人为本。全心全意为人民服务是党的根本宗旨，党的一切奋斗和工作都是为了造福人民。要始终把实现好、维护好、发展好最广大人民的根本利益作为党和国家一切工作的出发点和落脚点，尊重人民主体地位，发挥人民首创精神，保障人民各项权益，走共同富裕道路，促进人的全面发展，做到发展为了人民、发展依靠人民、发展成果由人民共享。❶

这将"人"与"人民"互释，两者同义，因此，有理论家就认为"人"就是"你、我、他"，就是所有中国人，也就是"人民"，这样，新的人民观就呈现了。但这样的理解一时未能成为共识，即使如此，"人民"的内涵也大为扩大了，一般都以"最广大的人民群众"来表示。

习近平2014年10月15日《在文艺工作座谈会上的讲话》对

---

❶ 胡锦涛:《高举中国特色社会主义伟大旗帜 为夺取全面建设小康社会新胜利而奋斗——在中国共产党第十七次全国代表大会上的报告》，北京：人民出版社，2007年，第15页。

"人民"进行了具体明确的解释：

> 人民不是抽象的符号，而是一个一个具体的人，有血有肉、有情感、有爱恨、有梦想，也有内心的冲突和挣扎。❶

继而，2016 年 11 月 30 日《在中国文联十大、中国作协九大开幕式上的讲话》又做了补充：

> 人民不是抽象的符号，而是一个一个具体的人的集合。每个人都有血有肉、有感情、有爱恨、有梦想，都有内心的冲突和忧伤。❷

综合这两段话，"人民"有两个含义：一个是"一个一个具体的人"，另一个是"一个一个具体的人的集合"。这两个含义不是彼此矛盾的，而是辩证统一的。"集合"是系统论的概念，一般系统论认为系统是"有相互联系的元素的集合"。"人民"作为个人的"集合"，就是说"人民"是所有个人不同联系与关系所构成的整体，这整体是统一的，是各个个人价值观的统一、理想追求的统一所凝聚起来的，并以整体对历史发挥主体作用。但这统一又是辩证的，是个人与整体的辩证统一，整体是以个体存在为条件，离开个人，"人民"将成为"抽象的符号"，个人是"人民"的使命的承担者，

---

❶ 习近平：《在文艺工作座谈会上的讲话》，《习近平总书记在文艺工作座谈会上的重要讲话学习读本》，北京：学习出版社，2015 年，第 19 页。
❷ 习近平：《在中国文联十大、中国作协九大开幕式上的讲话》，北京：人民出版社，2016 年，第 12 页。

是"人民"要求的实现者,是"人民"伟大力量的体现者,"人民"的历史主体作用,是由个人的历史主体作用来实现的,所以,人民的含义最终是指向一个一个具体的人。

在习近平的讲话与文章中,总是将"人民"与"中国人""中华民族""中华儿女"同义使用。这"人民"就不仅指生活在960余万平方公里大地上的中国人,而且是把海外侨胞都包括在其中。可见,"人民"作为个体与整体的辩证统一,是统一在"一个一个具体的人"之上,这是对"人民"内涵的基本解释。这个基本解释十分重要。这个解释表示了"人民"话语,已从主要指工农兵的阶级论话语转向指每一个中国人的话语。如第二篇笔记所述,历史唯物主义以现实的有生命的个人为前提,强调个人的历史主体地位,强调个人自由本质及其历史发展,因此,人民概念从指工农兵到指每一个中国人的变化,是人民从阶级论话语向历史唯物主义话语的转化。这样,"新人民观"就确立起来了。

在主流意识形态话语中,人民立场,与无产阶级的阶级立场,与中国共产党的党性立场相一致。如此,内涵为全体中国人的"人民"话语,仍然存有阶级论话语的色彩。但这已属次要的。人民的历史唯物主义话语是可容纳次要的阶级论话语的,因为历史唯物主义本就包含从属性的阶级论原则。总之,在中国特色社会主义的新时代,"新人民观"的"人民"的内涵,已从主要指工农兵转向指全体中国人,已从阶级论话语,转为历史唯物主义话语,这是一个历史性的变化。这是马克思主义中国化的又一个重要的进展。

"人民"概念的历史性变化是有深刻历史原因的。毛泽东认为:旧中国的社会主要矛盾,是中国人民与压在中国人民头上的三座大山的矛盾;中华人民共和国成立后,从新民主主义革命阶段转向社会主义革命与建设阶段，则是无产阶级与资产阶级的矛盾。这是立足于阶级斗争与无产阶级专政理论基础上所做的分析。改革开放至今，我国社会的主要矛盾逐渐发生变化，习近平在中共十九大报告中指出："我国社会的主要矛盾已经转化为人们日益增长的美好生活的需要和不平衡不充分的发展之间的矛盾。"❶ 这是立足于历史唯物主义的基础上所做的分析。因此，改革开放前的"人民"是阶级论话语，改革开放后的"人民"是历史唯物主义的话语，从而确立了"新人民观"。体现了以历史唯物主义核心思想为主、阶级论原则为次的特点。

以新人民观作为人民性标准的内涵，当然要求表现具体的人怎样生存和发展，怎样与社会统一地生存与发展，表现他丰富的内心世界与历史主动精神，这不就和人的自由发展标准相吻合了吗？

人们或者会问：既然人民性标准与人的自由发展标准相吻合，在人民性标准已被公认的情况下，为什么要另立人的自由发展标准呢？对于这一重要问题，留待本文第三部分说明。

历史的标准，一般有两个不同的含义：一是作为方法论，也称历史主义方法；二是作为批评观，也称历史观点。作为文学批评标准运用时，两者很难截然分开，它要求批评家既要有历史眼光，又要立足于当代，既评价作品的历史意义，也评价作品的当代价值。而这，在"人的自由发展"的普遍性和特殊性相统一的理论品格中，已完全包含进去了。况且，无论历史意义还是当代价值，都是由特定的历史阶段人的自由发展水平来决定的。和历史观点类似的

❶　习近平：《决胜全面建成小康社会　夺取新时代中国特色社会主义伟大胜利——在中国共产党第十九次全国代表大会上的报告》，北京：人民出版社，2017 年，第 11 页。

时代的观点、现实主义的观点，也可作如是观。

或许有人会说，人性、人道主义也含有超越时空的品格，这不跟人的自由发展标准一样吗？不，很不一样。首先，这里说的人性、人道主义标准，并不是钱谷融先生提出的以人性为基础的人道主义精神标准，这里说的人性，包括表现人的善与恶、美与丑的本性，而人道主义指的是如世俗的"救世主义"那样的情怀，即使作品仅仅表现这人性，人道主义积极的一面，诸如表现对爱的赞美，对弱者的怜悯，对苦难的同情，对压迫的反抗，对牺牲的哀悼，对尊严的捍卫，以及表现人灵魂的种种复杂性，这些，都可以用人性、人道主义来评价，但还不够，还必须分析这些表现激励人的发展的力度、深度，是否指引或在多大程度上指引人向正确的、符合历史发展的方向前进，也就是说还要用"人的自由发展"标准来进行最终的价值估量。关于伦理学的批评，由于它的内涵与人性、人道主义标准有不少重合，也可作如是观。

生态批评的主张者会认为，文学上的生态批评兼及人的发展与自然环境和谐，较之于"人的自由发展"更全面。其实不然，生态批评观是建立在生态学理论的基础上的，而历史唯物主义已包含着生态学理论的基本观点。第二篇笔记已说了，在劳动过程中，人以自己创造性的活动推动生产力的发展，同时也使自身"沉睡着的潜力发挥出来"，这又进一步推动生产力的发展，历史就是人通过人的劳动而诞生的过程，就是"个人本身力量发展"的过程，就是向真正自由的人发展的过程。而这个发展过程是有严格规范的：一方面，人类必须"调整、控制"自身对自然的占有，也就是不能破坏人与自然关系的平衡；另一方面，人类将潜力发挥出来时，还必须使"这种力的活动受他自己的控制"，也就是人不能任意发挥而要自觉控制"主观能动性"。可见,历史唯物主义认为,人的发展要与自然环境相谐适,还要在与自然关系的平衡中调适自身发展的平衡。那么基于历史唯物主义的"人的自由发展"标准,就要求作品既须表现人在社会中的发展,还须表现人与自然和谐共生的发展,从而包含了生态学批评的基本观点。

"人的自由发展"标准,并不排斥阶级性、党性标准,并不排斥历史的、时代的标准,并不排斥人性、人道主义标准,并不排斥伦理学批评标准、生态批评标准,而是将它们包含其中,并在"人的自由发展"的根本要求之下,让它们在各自适用的范围内发挥各自的独立作用。至于人民性标准,在"新人民观"的意义上,与"人的自由发展"标准相一致。可见"人的自由发展"以它包容性的理论品格显示了它比其他批评标准优越。

由于历史唯物主义是引领人类进步的科学理论,以它为依据恰当提出的"人的自由发展"这个文学的根本价值标准,自然也就具有人类的共同价值,能正确引导人类的精神走向,帮助作家的创作与历史的发展步伐相一致,使文学的发展与人类历史的发展相一致,始终有益于人类的进步。即使在人们所说的"后人类"时代,再强大的智能机器人,也还是人的劳动产品,机器人在某些方面超越个人的能力,机器人对人的胜利,实质上还是人对自我的超越。人的自由发展始终是人类历史进步的动力与标志,这决定了"人的自由发展"标准在普适性与包容性之外又一个理论品格,可称之为引导性。

文学作品的价值标准,向来名目繁多,价值估量亦见仁见智,但其评价,最终还是要取决于"人的自由发展"标准,它是文学的根本价值标准,文学批评的最高价值标准,只有当文学批评形成一个具备最高价值标准，其余标准各司其职的局面，文学批评才能真正形成一元主导、多元共生的批评生态，文学批评才能健康发展。

（三）两个批评价值标准的统一以及人的自由发展标准的特殊意义

钱先生的"人道主义精神"观包含双重内容，虽然他提出"对人的信心"后，不再提"把人当做人"，但并没有放弃它，他在提出"对人的信心"时说，"这是我一直呼吁的人道主义精神"，显然，这"一直呼吁"四个字，表明"对人的信心"是将"把人当做人"包含在内的。在第三篇笔记中，谈到"人道主义精神"观这两个内容的本质区别，同时也肯定它们之间的联系，它们的继承与发展的关系，显示了它们的统一性。

正如"对人的信心"可以包容、统一"把人当做人"一样，人的自由发展标准也可以包容、统一人的积极发展标准。人的自由发展标准，不仅要求文学作品要表现人的积极发展，而且要求这个表现符合历史发展的方向，符合走向真正的、自由的人的目标。因此，人的积极发展标准可以作为人的自由发展标准的基础或前阶而被包容于其中，文学批评的两个价值标准，就可以用人的自由发展标准加以统一。

这样，就可以明白，钱先生为什么坚持"人道主义精神"观的统一性，而以"对人的信心"作为"人道主义精神"观的完善概括，又为什么坚持人道主义精神的不同内涵同样作为诗意的价值尺度，而以人的自由发展作为诗意的最高价值尺度。总之，钱先生把它们作为人道主义精神观发展的前后相续、从低到高的统一在一起的两个阶段，而以"对人的信心""人的自由发展"作为完善的表述。

人的自由发展标准的确立，不仅是钱谷融先生思想发展的必然逻辑，这个标准理论品格的优越性，更使它在当代文学中显示特殊的意义。

中国特色社会主义，是说中国的社会主义道路、制度，既不同于苏联以及其他社会主义国家的道路、制度，也不同于世界上其他国家的道路、制度，但这不等于说中国的社会主义道路、制度与世界上其他国家都不同。中国特色社会主义的发展，必须借鉴世界其他国家，尤其是发达国家的经验，必须融入全球化的发展进程，同时中国建设社会主义的经验也可供世界其他国家借鉴，为世界的发展贡献中国智慧。中国共产党的领导，并不是中国与世界的隔离，中国共产党领导中国人民建设社会主义，正是遵循历史唯物主义、遵循人类历史发展的普遍规律，走向人类的共同目标：自由劳动、自由个性、自由人的联合体。因此，中国共产党领导中国社会发展的经验也必为人类社会发展贡献中国智慧。

中国当代文学，是在中国当代社会现实基础上发展起来，既继承了中国古典文学与现代文学的传统，又吸收了世界文学的营养，它讲述的中国故事，发出的中国声音，必然包含人类的共同诉求、共同理想。中国当代文学也是"世界语言"。

理所当然，中国当代的文学理论批评，既是中国声音，又体现人类的声音。人的自由发展标准，既适合中国特色社会主义现实的要求，又能为世界其他国家所接受，因为人按自己的自由本质不断发展，有意识地、积极地、创造性地、按美的规律创造，并向自由劳动、自由个性、自由人的联合体目标前进，永远是全人类的共同愿望。尽管人的自由而全面发展到共产主义社会才能实现，但人的自由本质的展开，在人类历史各个阶段都不同水平地体现出来，人的自由发展是人类在发展过程中任何时候都需要的，是出自人类本性的需要的。

当今，历史已愈益成为马克思、恩格斯所说的世界历史，文学已愈益接近马克思、恩格斯所预言的世界文学，构建人类命运共同体的思想已越来越为世界人民所接受。因此，无论从世界发展的潮流看还是从中国当代社会的发展看，抑或是从中国文学及其理论批评的发展看，应强调普遍性，强调特殊性中体现普遍性，强调与特殊性相一致的普适性。这也是中国文学理论批评话语建设应该重视的。

有研究者以《构建内在一致外在多样的对话话语体系》为题的文章中，提出要将对内宣传与对外传播的话语区别开来，对内的话语"并不能直接转移到国际传播领域"，对外的话语，则应是国际社会"更为熟悉习惯，易于接受理解"的新观念、新概念，而这些新观念、新概念又要与国内主流话语的"核心价值、重要理念、基本原理"相一致。❶ 我同意这个见解。我认为，在中国当代文学理论的话语中，在新人民观视野下，就人民性标准与人的自由发展标准而言，两者都同样适用于对内话语，但人的自由发展标准更适合于对外的话语。刘永明在他的《马克思主义与艺术人民性》中，在对人民性理论发展的充分阐述后，认为"人民性天然具有群体意识或者阶级意识、全人类意识"❷。这表明他一方面认为人民性具有

❶ 杨雪冬：《构建内在一致外在多样的对话话语体系》，《文汇报》，2017年2月8日。
❷ 刘永明：《马克思主义与艺术人民性》，北京：中国文联出版社，2018年，第495页。

阶级性，另一方面又认为它具有全人类性。据此，我们将人民性标准与人的自由发展标准做一番比较：就人民性的全人类意识而言，适用于国外；就人民性的阶级意识而言，多用于国内，而不易于被国外所普遍接受；而人的自由发展标准，完全不违背国内主流话语的"核心价值、重要理念、基本原理"，完全适用于国内，但它又不受人民性标准天然具有的无产阶级阶级性的限制，更易于被国际社会所理解、所接受。运用人的自由发展标准，更有利于促进中国文学与世界文学的交流，更有利于促进中国文学理论批评与世界文学理论批评的对话！与人民性标准相比较如此，与其他标准相比较也如此。

习近平在纪念中国人民志愿军抗美援朝出国作战七十周年大会上的讲话中指出：

> 作为负责任的大国，中国坚守和平、发展、公平、正义、民主、自由的全人类共同价值，坚持共商、共建、共享的全球政治观，坚定不移走和平发展、开放发展、合作发展、共同发展道路。只要坚持走和平发展道路，同各国人民一道推动构建人类命运共同体，就定能迎来人类和平与发展的美好未来。❶

243

可见，"自由"既是社会主义的核心价值观，也是我们"坚守"的"人类共同价值"，"构建人类命运共同体""迎来人类和平发展的美

---

❶ 习近平：《在纪念中国人民志愿军抗美援朝出国作战 70 周年大会上的讲话》，《文汇报》，2020 年 10 月 24 日。

好未来"是我们对世界的愿景，而人的自由发展标准，它特有的理论品格，恰是中国当代文学对于中国所坚守的人类共同价值与世界美好愿景的反映，显示中国当代文学为实现人类共同价值与世界美好愿景而担负的使命。可见，人的自由发展标准，与包括人民性在内的其他文学批评标准相比，有特殊的意义。

即使仅仅从中国现当代文学理论批评的发展来说，人的自由发展标准也有特殊的意义。

早在 1924 年的二月、三月，成仿吾接连发表《批评的建设》与《建设的批评论》，急切地呼吁：

> 超越一切既成的标准，在新的地面上，由不断的建设的努力，建设一个永远的标准，这是我们的文艺批评所应履行的使命！❶

> 批评的工作决不止于辨别自己所得的印象，也决不止于由事实中求出个个的法则，我们要进而求出事实中的统率的普遍的原理。最后的一种工作，我称之为批评之建设的努力。有这种努力的批评，我称之为建设的批评。……这种建设的批评才是第一义的批评的努力。❷

成仿吾急切呼吁建设文学批评的"永远的标准""统率的普遍的原理"，虽然他认为这是"第一义的批评"，但并没有引起当时中国文

---

❶　成仿吾：《批评的建设》，《成仿吾文集》，济南：山东大学出版社，1985 年，第 158 页。

❷　同上书，第 162 页。

坛的重视。实际上，当时中国文坛所处的历史环境，也无法真正解决这个问题。

自中华人民共和国成立以来，中国当代文坛先后盛行诸多文学批评标准。二十世纪八十年代中期开始，由于当时社会上的某些消极因素的影响，人们的价值观呈现多元化，文艺观念、文学批评标准也有类似的状态，甚至出现美丑不分的乱象。于是有见识的批评家，就如何建设健康的文艺批评生态提出重要的见解。

2011年2月，雷达发表《真正透彻的批评为何总难出现》，这题目本身就极具力量。文章尖锐批评文艺批评领域"工具化、实用化、商业化的现象日益严重"，批评"价值的多元""批评的失范""批评主体的缺失"等不良现象。严肃提出：

> 文学毕竟有它根本的审美尺度和共通的价值基础，批判者还是要从多元复杂的文化精神中建立具有人类共同价值的精神标准，从而对人类的精神走向具有指导意义。在今天，人类的文明已经反过来异化人类的生存，因此，对文明的走向是一个需要异常警惕的本质性问题。批评中要从自由、平等、互爱的人性基础上建立一种使人类走向幸福的价值标准，以此来遏制文学中一切反人类、反人性、反文化的非人倾向，从而净化文学的精神生态。……到底我们要不要一个统一的文学标准，或者说在所有这些标准之上，有没有一个更高贵的标准，这是我们应该思考的问题。❶

———————————

❶ 雷达：《真正透彻的批评为何总难出现》，《文汇报》，2011年2月28日。

2015 年 3 月，另一位批评家白烨发表《新常态与新姿态——文学现状的观察与思考》，也从对文学现状的分析中明确指出：

> 坚持社会主义核心价值观的精神，联系文学领域的实际，如何在文学活动中也建立起核心价值观，以此来统领众多的一般文学观？我以为，在几个关键元素上，可参照文学传统或经典文学的价值经验与已有资源，寻求有关文学看法的最大公约数，尝试核心文学观的建构。……寻求和建构这样的一个能让更多的文学人共同认同的文学观，有一个复杂而漫长的过程，但却是必要的和重要的，是非做不可的，也是迫在眉睫的。这是超出我们已有的文学经验的新的难题与新的挑战，同时也是体现我们的责任与使命的新的机遇，施展我们的智慧与能耐的新的空间。❶

这两位批评家都共同肯定：要建设文学批评的健康生态，必须建构一个"统一的文学标准"，"一个能让更多文学人共同认同的文学观"。尽管他们对于如何建构这样的文学观、文学批评标准的意见有所不同，但他们对这样的文学观、文学批评标准的性质的认定却是共同的：必须是所有文学批评标准之上的"更高贵的标准"，是"统领众多的一般文学观"的"核心文学观"；必须具有文学的"根本审美尺度和共通的价值基础"，能代表"有关文学看法的最大公约数"。简言之，他们所说的，与成仿吾说的文学批评中"统率的

---

❶　白烨：《新常态与新姿态——文学现状的观察与思考》，《文学报》，2015 年 3 月 26 日。

普遍的原理"是相同的，是成仿吾的见解在将近一个世纪之后的强烈回响，这回响并不是雷达、白烨对成仿吾的观点的自觉的发挥，而是在新的现实中对新的问题的新解答。正因为如此，才显出建设一个具有引导性、普适性的文学批评标准或核心文学观，对于中国当代文艺发展的无比重要性。这种重要性，在雷达的深刻分析中，在白烨的强烈呼吁中，已极为充分地表达出来了。我以为，人的自由发展标准是对成仿吾、雷达、白烨呼吁的响应，是对中国现当代文艺批评中这个悬而未决的重要问题的一种可供参考的答案。

　　基于上述的认识，我认为中国当代文坛应确立人的自由发展标准为文学批评的最高价值标准。

八、"真诚"

——钱谷融先生关于作家、批评家的人格的观点

钱谷融先生在他的创作论中，赞赏经典作家的修养，在批评论中称道批评家的修养，这两者有不少共同之点。比如说：他们都要有深厚的人道主义精神，对人、对人类有深厚的爱；都要以社会历史的发展和人的发展的观点来看问题；都要有心智的清明，心灵的诚实，具有真诚的品格；都要有艺术的感受力，对于美的敏感；随意驱遣文字的功力，更是十分重要的。这些见解高屋建瓴，论述精彩，其中，最有独创性的、最能代表钱先生的作家、批评家论的特色的，我以为是作家、批评家都应具备真诚人格的观点。

（一）作家、批评家必须具备真诚人格

"文学是人学"，文学是写人的，是人写的，是写给人看的，是为了人的自由全面的发展的，而在作家及其作品与广大读者之间，存在着一个中介，就是批评家。批评家的任务是把凝结于作品中的作家心灵的美，以易于接受的方式传递给读者，使读者能更充分获得审美的愉悦。所以，"文学是人学"就其广泛的意义而言，是指明文学活动的全过程都离不开人，都围绕着人。而做人的根本在真诚，真诚也就成了文学的重要因素了：

> 人而缺乏真诚，就一切都不必谈了。真诚不但是艺术的基本要素，而且是做人的根本。人的根本就在于真诚，否则人的性情和个性都无从谈起。[1]

---

[1] 钱谷融、殷国明：《中国当代大学者对话录·钱谷融卷》，北京：中国文联出版社，2000 年，第 73 页。

真诚是"做人的根本",也是"艺术的基本要素"。对后者,钱先生进一步说:

> 文学是心灵的事业,离不开一个人的情志与想象,情志所托,想象所寄,有真正的爱好,舍得为它贡献自己的一切,乃至生命,便必能有成,必能把千千万万人的心灵吸引过来。❶

这里虽没有出现"真诚"两字,但它说的"心灵的事业""真正的爱好""贡献生命",就是指文学工作者都必须心灵诚实,具有真诚的人格,作家、批评家、文学报刊编辑等所有文学工作者都必须如此,才能成就真正感人的文学。

钱先生对真诚是作家、批评家的人格的观点,还不仅从文学活动的整体去说明,他还分别就创作与批评两个方面加以具体解说。

钱谷融文学思想中的创作论包含有两个原则,一个是具体性原则,一个是动力学原则。钱先生也就从这两个不同的方面论述作家必须具备真诚的人格,说它是创作中"最重要的因素":

> 艺术的具体性不仅是描述的具体性,更重要的是艺术家品格的具体性。而后者的基础就是真诚,而唯有真诚才能显示艺术家的个性,才能具有打动人心的力量,这无疑是具体性中最重要的因素。❷

---

❶　钱谷融:《闲斋书简》,上海:华东师范大学出版社,2004年,第594页。
❷　钱谷融、殷国明:《中国当代大学者对话录·钱谷融卷》,北京:中国文联出版社,2000年,第207页。

因为所谓真诚，首先是感情的真挚，这是艺术创作的动力和源泉，也是艺术能够感染人、打动人的最重要因素。❶

真诚的人格在创作中的重要性如此，在批评鉴赏中的重要性也如此：

鉴赏包括感受、理解和评判。其中最根本的和最重要的是感受。感受是鉴赏的基础，离开了感受，就谈不到鉴赏；不从感受出发的理解和批判，也不是艺术鉴赏。我们有些评论文章，所以写得干巴巴的一点不吸引人，往往就是由于作者对他们评论的作品，并无真切的感受，就匆匆忙忙地以纯理智的态度去分析它的意义，判定它的价值了。不知道对待艺术作品是不能离开心灵的感受而只用头脑去思考的。没有心灵的参与，缺乏具体而亲切的感受，这样写出来的文章，不会有什么情采，读起来自然就淡乎寡味了。❷

这里说的"鉴赏"当然也包括批评，钱先生认为鉴赏、批评是以感受为基础的，批评家不能离开心灵的感受而只用头脑纯理智地去分析、评判作品，批评家要用自己的心灵去感受作家的心灵，以自己真诚的人格去亲近作家真诚的人格，这才能对作品有"真切的""亲切的"感受、体验，才能写出真正的鉴赏、批评文章来。

❶ 钱谷融、殷国明：《中国当代大学者对话录·钱谷融卷》，北京：中国文联出版社，2000年，第83页。
❷ 钱谷融：《文学鉴赏与文学创作——〈诗海拾贝续集〉序》，《平顶山师专学报》，1991年第3期。

（二）作为批评家的钱谷融先生的真诚人格

在第五篇笔记中，虽无特意谈作家的真诚人格，但在对创作论的叙述中，实际上已涉及这一点，第七篇笔记则不同，它只谈文学批评标准，而没有涉及批评家主体的人格，这里拟就批评家的真诚人格做进一步的叙述。钱谷融先生是当代著名的文艺理论批评家，若以他为个案做分析，不仅可以证明批评家必须具备真诚人格的观点，也可以证明他提出的这个观点打上他自己的印记。

一段时间以来，人们谈论钱谷融先生的人格魅力时，说得最多的是"散淡"，几乎要把它说成是钱谷融先生人格的主要特征，然而，这却是不准确的。他在给一位学生的信中说：

> 分别久了，也很想念你。但我觉得你貌似冲淡，而内热未尽，这是你烦恼的根源，虽由年事尚轻，亦缘修养未到。只有真正做个散淡人，才能还你自由身。山遥水远，道路阻隔，翘首南天，神驰不已。❶

短短的几行字，充满着温情，仅就这一点，也不可过于看重"散淡"在钱先生人格中的地位。何况，钱先生之所以期盼"散淡人"，其目的是求得"自由之身"。"只有真正做个散淡人，才能还你自由身"，这真是当头棒喝：散淡只是自由的一种外观，钱先生真正崇

---

❶　钱谷融：《闲斋书简》，上海：华东师范大学出版社，2004 年，第 468 页。

尚的是散淡风度中的自由！

上面这段话是从《闲斋书简》中抄下来的。《闲斋书简》收集了钱先生给友人、学生、家人的几百封书信，其间洋溢着温馨之情，闪耀着智慧之光，令人百读不厌、常读常新。在这些书信中，还可看到钱先生的圆融、通达，绝不是那种执着一端的迂夫子。他散淡，决不执着于散淡，而是追慕自由。对于与散淡相关的，诸如懒散、超脱、淡泊、闲静，等等，也颇倾心，但概不拘泥。且听他如何说：

> 你看似懒散，其实相当勤快，不过带几分名士气耳。有才之人往往难免，但需时时警惕，勿陷入怠惰自傲一路为嘱。❶
> 做人应该认真，但也要懂得偷懒，要尽量多留一些时间供自己自由驱遣，供心灵的休闲之用。❷

既肯定勤快、认真，又说要懂得偷懒、懒散；可偷懒、懒散了，又不可太过，不可陷入怠惰自傲之中，何等辩证、周到，何等圆融、明达。再看：

> 无论读书，做人，过生活，都要把自己的心摆进去，从容含茹，既要能入乎其中，又要能出乎其外。就是说，有时需要执着，有时也需超脱，或者更正确些说，执着与超脱是同时并存，互相切入的。这就真是只能"神而明之"了。❸

八、「真诚」

255

---

❶ 钱谷融：《闲斋书简》，上海：华东师范大学出版社，2004 年，第 617 页。
❷ 同上书，第 448 页。
❸ 同上书，第 389 页。

　　　　你一定很忙，但要注意不能失去心灵的宁静与清明，不过
这是必须持一种淡泊与超脱的态度才能做到的。❶

　　　　分别好几年了，你立身行事，待人接物方面，我是最放心
的。不过，不能陷在事务堆里，要保持一颗"闲心"，有闲心，
才能思考，才能保住自我的本真，学术上才能有所成就。我相
信你一定很勤奋的，但恐怕心就不一定能闲得下来。我总希望
你能作出成绩来，不负我对你的期望。❷

超脱与执着并存，勤奋与闲心同在，但这不在技巧、方法的讲究，
不在形式、作风的追求，其真谛在于："无论读书，无论做人，过
生活，都要把自己的心摆进去"，都"不能失去心智的宁静与清
明"，都要"保住自我的本真"，这都是要求凡事立足于做人的根
本，这根本是"心"，是"心智的宁静与清明"，是"自我的本真"，
而这就是真诚。

　　关于真诚作为自己的主要品格，钱先生如此说：

　　　　如果我真有什么值得称道的话，那就是我的老实与真诚。
把它引而申之，再加以提高吹嘘说成理论勇气与学术品格，似
乎也顺理成章，但在我实在是受之有愧的。❸

这段话明确肯定了：真诚是自己人格的最主要的特征，并"顺理成
章"地作为自己的学术品格。钱先生说过，如果写文章不说真话，

---

❶　钱谷融：《闲斋书简》，上海：华东师范大学出版社，2004 年，第 462 页。
❷　同上书，第 583 页。
❸　同上书，第 618 页。

那又何必写呢！的确，他的文章都是从他的心灵流出，他说真话，说自己的话，以自己的方式说话。钱先生的文艺理论批评文章之所以广受赞誉，不仅在于它的文采风流，更在于作者的真诚人格，真正是"文如其人"！

我反复从《闲斋书简》中抄录这么多的文字，表明钱先生对人、对己的基本要求，当然是为了以钱先生的真诚人格来证明批评家应具备真诚人格的观点，来证明这观点是深刻打上钱先生自己的印记的，但同时也为了表达我读《闲斋书简》的感受：它是我读书、做人、过生活，可靠的、亲切的、睿智的朋友与导师！

（三）自由人格是最高的真诚人格

钱先生提倡、赞赏作家、批评家的真诚人格，并言行一致，身体力行，但他并没有将真诚简单化、绝对化。他说：

> 就"真诚"来说，既有表现肤泛之情的真诚，也有体现至性至情的真诚；既有个人利己主义者的真诚，也有心系国家安危、人民哀乐的真诚。❶

前两者说的是"真诚"本身的深浅程度，后两者说的是对"真诚"的价值评判。钱先生当然是提倡体现至性至情的真诚，提倡心系国

---

❶　钱谷融：《"真实"与"真诚"》，《艺术·人·真诚》，上海：华东师范大学出版社，1995 年，第 182、183 页。

家安危、人民哀乐的真诚。

不仅如此，钱先生还区分出不同内涵的真诚：有出自人之自然本性的真诚，有以唯我主义的自由为内涵的真诚，还有以"真正的人"的自由为内涵的真诚。那么钱先生的真诚人格的内涵是什么呢？对此我们以钱先生真诚人格的形成与发展为个案做说明：

> 我不过是比较老实，比较真诚，不会屈己从人、违心媚俗而已。我学生时代受的自由主义教育，最敬慕高人逸士的光风霁月的襟怀、最厌恶虚伪、最看不起弄虚作假的势利小人。从来没有想到写文章可以不说心里话，这样，你为什么还要写呢？❶

这段话再度明确了：钱先生的个人的真诚人格，也就是他作为理论家、批评家的真诚人格，正因为他从不"屈己从人、违心媚俗"，所以"从来没有想到写文章可以不说心里话"。

此外，这段话还交代了他真诚人格形成的两个来源：一个是"学生时代受的自由主义教育"，这当然主要指伍叔傥先生的影响，钱先生曾如此追忆：

> 他真率自然，一切都是任情适性而行，他不耐拘束，厌恶虚伪。……他潇洒的风度、豁达的胸襟，淡于名利，不屑与人争胜的飘然不群的气貌，都使我无限心醉。❷

---

❶ 钱谷融：《闲斋书简》，上海：华东师范大学出版社，2004 年，第 618 页。
❷ 钱谷融：《我的老师伍叔傥先生》，《散淡人生》，上海：上海教育出版社，2001 年，第 92、93 页。

这写的是伍先生，不也就是钱先生自己吗？伍先生的襟怀、性情、风度，使年青的钱谷融"无限心醉"。他真诚的品格已然形成，如树木已挺立在大地上，等待的是日后根深叶茂、繁花灿烂了。

另一个是"敬慕高人名士的光风霁月的襟怀"。这无疑是指魏晋时的名士风度。这一点，其实也与伍叔傥先生有关，伍先生也仰慕魏晋风度。当然，钱先生又有自己的体悟，他一生特别喜欢《世说新语》。那么，他从《世说新语》中感悟到什么呢？当然是深深陶醉于魏晋风度。他所陶醉的与一生的思想举止大有关联的乃是魏晋风度的积极方面，他曾对学生说：于《世说新语》中最欣赏《雅量》《任诞》《赏誉》《伤逝》。而其中的文章恰恰较多抒写魏晋名士们光风霁月的襟怀。历史学家程应缪在他的《玄学略论》《玄学与诗》这两篇文章中，所肯定的魏晋风度的价值取向，其举证就多出自《赏誉》《伤逝》《任诞》。❶ 至于魏晋风度的消极方面，钱先生是大加批评的，"尽管所谓魏晋风度，即便是当年的竹林名士以及稍后的清谈胜流，在显幽烛隐的科学的解剖刀下，也难免会露出些令人不堪的本相来"。（第621页）事实证明，钱先生接受的只是魏晋"真名士"们的爱自由、爱自然、崇尚人格美、崇尚真挚情感、崇尚任情适性的气概和风度。这些，才是钱先生最敬慕的"光风霁月的襟怀"，才使他无限沉醉，终生沉醉！对于他真诚人格的养成起了极大的作用。

关于钱先生的真诚人格与文化传统的渊源，还可追溯得更远。

---

❶ 程应缪：《国学讲演录》，北京：北京出版社，2020年，第148—260、261—271页。

先秦道家主"真"，先秦儒家讲"诚"。但从人性、人情、人格方面说，真与诚总是互相联结。钱先生年轻时在大学里讲《秋水》，大获好评，被学生誉为"秋水先生"。《秋水》里恰有一段话颇可用来说明钱先生的人性观：

> 河伯曰：何谓天？何谓人？
>
> 北海若曰：牛马四足，是谓天；络马首，穿牛鼻，是谓人。
>
> 故曰：无以人灭天，无以故灭命，无以得殉名，谨守而勿失，是谓反其真。

牛马四足乃天然，络头穿鼻是人为，它使牛马失去天然。人也只能谨守自然自我，不为外物所累，才能返回"真"。"真"就是本真，人的本性，人的自然状态。这就是钱先生所赞美的人性，也就是他的"有闲心""才能保住自我本真"的人性观。钱先生深悟《庄子》的奥义，不愧"秋水先生"之美誉。

如果说人性观与庄子极为类似，那么，钱先生从人性观自然提升到道德观，不仅在思维逻辑上而且在内容上与儒家思想都有共通之处。

照理说，人性观、道德观，属于两个不同的理论层面与现实等级，他们之间还是有些距离的，但钱先生从人性观自然提升至道德观，坐的是"直通车"，其间毫无阻隔，瞬息可达。这种思维逻辑在中国传统文化中有其表现，不妨看看《中庸》里先后相续的两段话：

诚者天之道也，诚之者人之道也。

唯天下至诚，为能尽其性；能尽其性，则能尽人之性；能尽人之性，则能尽物之性；能尽物之性，则可以赞天地之化育；可以赞天地之化育，则可以与天地参矣。

第一段话说，诚是天理之本然，求诚是人事所当然。那么，求得诚，人就能与天合一，"是故君子诚之为贵"。第二段话说的是人性向道德的自然提升，天下只有达到至诚的人，才能充分发挥自己的本性，也才能充分发挥他人的本性，进而充分运用万物的本性，帮助万物生长，这样的人就能与天地并列而为圣人。圣人标志道德的最高境界。由诚而至诚，是由人性向道德的自然提升。就此而言，钱先生从人性观自然提升至道德观，不仅在思维逻辑上与《中庸》所论相同，而且在内容上也有相通之处。作为人性的"诚"，按朱熹的注解，是"真实无妄"，这和钱先生的"本真""真心""真诚"的人性观并无区别，至少是十分近似。"诚"是人性，"至诚"为崇高的道德，"至诚"，是在自然本性的"诚"的基础上自觉地不断向上修养，使"诚"达到从自在到自为的境界。——"至诚"的终极目标"圣人"，并非人人可达到的，但"至诚"作为过程，却是人人可以努力追求并不同程度实现的。这和钱先生认为"真诚"和"正直与诚恳"是做人"最基本的"，也是"最高的要求"实有相通之处。可见，钱先生的"真诚"人格，颇具道家的"真"与儒家的"诚"和"至诚"的思想。

说钱先生受庄子的影响，人们都能认同，若说钱先生受儒家的影响，人们或有疑惑，实则不然，对于孔夫子，钱先生是十分崇仰的，早在青年时代，他就说：

> 我们看孔子，他那雍容的风度，傲岸的骨干，实在是人间最瑰丽的奇葩。对于我们凡民，他真是"麒麟之于走兽，凤凰之于飞鸟"。❶

不要以为这些话带着青年人浪漫的夸张，直到晚年，钱先生仍不减对于孔夫子的敬意，他告诉来访者，《论语》与《庄子》同样是他"十分推崇"的书，并赞美孔夫子：

> 孔老夫子很从容，雍容大度，根本不是张眉怒目的形象，他很温和，如春风一样，很有人情味。❷

这些话虽然没有年青时所说的那么辞藻华美，但发自内心的赞美之情却始终如一。"秋水先生"不妨也是"夫子门生"！

当然，钱先生的真诚人格，不会停留在继承传统文化的层面，他在继承的同时也有超越，超越儒家思想中那种压抑个性、压抑个人自由的消极内容。实际上，他仰慕魏晋风度已表现出这种超越，而他从老师伍叔傥身上，更感受到散淡的风度之中有着现代的独立人格。伍先生不能忍受在学校"吃包饭"的诸多限制，宁愿多花钱一日三餐在"饭馆里吃"，以享受个人的"自由、自在"，而作为学生的钱谷融常陪侍左右，在与先生毫无拘束、海阔天空的交谈中，能不受到那爱自由的精神的熏陶吗？钱先生接受"自由主义教育"，

---

❶ 钱谷融：《真、善、美的统一》，《散淡人生》，上海：上海教育出版社，2001 年，第 67 页。

❷ 陈润华：《我是一个思想懒汉》，《钱谷融研究资料选》，上海：华东师范大学出版社，2008 年，第 283 页。

仿效伍先生的榜样，他的真诚人格，也无疑注入崇尚个人自由的现代精神。他在回忆年轻时的思想时就说："我爱好自由，崇尚坦率。……名、利我并不是不要，但如果拘束了我的自由，要我隐藏了一部分真性情，要我花很大的气力才能获得，那我宁可不要。"（第 617 页）

中华人民共和国成立后，随着新时代的到来，随着对马克思主义的接受，他的真诚人格更加丰富、更加完善。在外在的风度上，他将淡泊超脱、懒散悠闲，与认真执着、进取深思，互相转换、互相切入，达到从心所欲、圆融和谐。比起魏晋名士，在风神潇洒之中，更显温婉从容，独具无穷魅力而为众人所称羡！比起外在风度，钱先生真诚人格的内在核心更有了升华，进向马克思主义的自由人格的境界，对此，我只能借助冯契的观点来说明。

冯契在他的名著《智慧说三篇》的第一篇《认识世界和认识自己》中说：人虽然有自我的主体意识，但要真正认识自己却不容易，而且常常自欺欺人，真正要认识自己，需要自我主体自觉的实践、锻炼、修养。冯契把这叫作"德性的自证"。要做到"德性的自证"，自我主体首先要真诚。于是冯契发扬中国古代哲学的精华，结合现实的实践，详尽阐明自我主体由真诚人格走向自由人格的过程。这论述写在《认识世界和认识自己》的第九章第四节《德行的自证》中。原文长，本文不可能抄录，以下只摘录《〈智慧说三篇〉导论》中的几段文字以明其要：

　　据我体会，德行的自证首要的是真诚，这也是中国哲学史上儒家和道家所贡献的重要思想。儒家着重讲"诚"，《大学》讲"诚意"、"毋自欺"；孟子说"诚者，天之道也，思诚者，

八、「真诚」

263

人之道也"（《孟子·离娄上》）；荀子还说"养心莫善于诚，志诚则无它事矣"（《荀子·不苟》）。道家崇尚自然，着重讲"真"，提出以"真人"为理想，要求返璞归真。儒道两家说法虽不同，但都以为真正的德性出自真诚，而最后要复归于真诚。要保持真诚就要警惕异化现象。自然经济条件下人对人的依赖不可避免，商品经济条件下人对物的依赖也不可避免，在这种依赖关系的基础上，因人的无知而产生权力迷信和拜金主义，以致权力、金钱成了异化力量反过来支配人，人成了奴隶，甚至成了奴才。而且在中国，这种异化力量，还特别善于伪装，披上了正人君子的外衣，成了鲁迅所痛斥的"做戏的虚无党"。要保持真诚，必须警惕这种异化力量，警惕伪君子，伪道学的欺骗。要培养真诚的德性，就要实行戴震所说的"解蔽"、"去私"：一方面，要破除迷信，解除种种蒙蔽，积极提高自己的学识和修养；另一方面，要去掉偏见，在社会交往中正确处理群己关系，真诚地推己及人，与人为善。主体的德性由自在而自为，是离不开化自在之物为为我之物的客观实践活动过程的。所以，德性的自证并非只是主观的活动、主观的体验，而有其客观表现。心口是否如一，言行是否一致，这是自己能"自证"的，别人也能从其客观表现来加以权衡的。对从事哲学的人来说，从真诚出发，拒斥异化，警惕虚伪，加以解蔽，去私，提高学养，与人为善，在心口如一、言行一致的活动中保持自己的独立人格，坚定的操守，也就是凝道而成德，显性以弘道的过程。……这种自证是精神的"自明、自主、自得"，即主体在反观中自知其明觉的理性，同时有自主而坚定的意志，而且还因情感的升华而有自得的情操。这样便有了知、意、情等本质力量的全面发展，在一定程度上达到了真、善、美的统一，这就是自由的德性。而有了自由的德性，就意识到我与天道为一，意识到我有一种"足乎己无待于外"的真诚的充实感，我就在相对有限之中体认到了绝对、无限的东西。❶

这段话简要论述了自我主体从真诚出发，于心口、言行一致的实践中复归于真诚的过程，即从"德性自主"出发的真诚进到"德性自由"的真诚，这最后的真诚，是知、意、情合一，真、善、美统一，达到马克思所说的"真正的自由"，是对人是历史主体的真正自觉。从人格建构来说，这个过程是自我的真诚人格，从合乎天道、人道这本然意义为核心，跃升到以作为历史主体的真正自由为核心。这时的真诚人格就是自由人格，自由是真诚的核心，自由人格是最高的真诚人格。

　　以上是冯契先生对自我的真诚人格内在精神发展规律的哲学概括。他还认为这发展是一个历史的过程，从合乎天道、人道的本然意义的真诚人格到最高的真诚人格即自由人格是一个历史的过程，是人不断走向自由的过程，是人的历史主体意识不断增强的过程，不同的阶段，人的历史主体意识、人的自由本质有不同水平的展开。在当代中国，应该建构平民化的自由人格，这在《智慧说三篇》的第三篇《人的自由与真、善、美》中有详尽的论述。（这些论述在第六篇笔记《"诗意"》中有所转述）。这种平民化的自由人

---

❶　冯契：《认识世界和认识自己》，《冯契文集》（第一卷），上海：华东师范大学出版社，2016 年，第 35、36 页。

格，我以为也就是当代中国人应具有的真诚人格。

说到钱谷融先生本人，他青年时代，就已在接受传统的真诚人格中，注入崇尚个人自由的现代精神。中华人民共和国成立后，如第三篇、第四篇笔记所说，时代潮流的激荡、现实生活的祸福所引起的思考与觉悟，对于广泛传播的马克思主义理论观点的选择与接受，他的人道主义精神观由广义的人道主义进到历史唯物主义，由人的积极发展进到人的自由发展。与此相应，他的真诚人格的内核发生了蜕变，从崇尚个人自由进到"真正的、人的自由"。

钱先生是接受马克思主义的自由观的。他在一篇谈散文创作的文章中，在解释自由是散文的最高境界时，谈到他对人的自由的看法：

> 大家都非常希慕自由的境界，都愿意能摆脱一切羁绊，特立独行，任情适性，过一种无往而不逍遥的生活。这虽不说是绝无可能的世上少有之事，总也犹如水中月、镜中花，可望而不可及，只能企慕，而万难得到的东西。不过，说到底，最高的自由，是心智的自由。心智可以说是天生自由的，永远自由的。谁能禁锢、剥夺你的心智的自由呢？……何况，我们现在谈的是写文章，尤其谈的是抒发性灵的散文，又不是叫你去议论朝政，写作一些惹是生非、惑乱人心的东西，谁会来剥夺你这种自由呢？今天是一个开明的时代，散文家完全享有自由的广阔天地。（第247—248页）

这里提出心智的自由是"天生自由、永远自由"，即自由是人的本质，还指出人的自由不是绝对的，那种"无往而不逍遥"的庄子式的自由是没有的，自由是受时代制约的，要与时代相适应，作家应认识并享有今天的自由。这是对人的自由的清醒的历史唯物主义的认识。这认识无疑是钱先生真诚人格的内在精神。这在他对柳青的评论中更清晰地表现着：

> 譬如说柳青，他的确是真诚地相信农业合作化政策，他自己也的确以能为这个政策服务为荣为乐的，但这种毫无保留的真诚显然是缺乏独立自主的自觉意识的表现，是对当前的现实缺乏清醒的认识的表现。（第612页）

对柳青这样的评论是会有不同意见的，对此我们暂且不论。我只是想说：这里对"毫无保留的真诚"的批评本身是完全正确的。钱先生所肯定、提倡、赞赏的真诚，作为作家、批评家人格的真诚，是出乎至性至情，是为国为民、为全人类，是具有"独立自主的自觉意识"的，将真诚绝对化，"毫无保留"地对某种观念、某种现象、某种事物真诚，是不可取的，是违背了真诚的核心——真正的自由，从根本上说是违背历史唯物主义，违背马克思主义辩证法的。在当代中国，作家、批评家，更要具有以人的历史主体意识、人的自由本质历史展开为核心，以中国人民的幸福、全人类命运共同体的构建为目标的至性至情的真诚！

　　钱先生为人为文，处处体现他的真诚人格。正因为他的真诚人格充溢着自由的精神，他才能坚持心口如一、言行一致。于生活中，处变不惊，荣辱一如，既淡泊潇洒，又认真坚韧，既懒散悠闲又明智深思，可谓出入无碍，圆融通达。于教育工作中，对学生尊重个性，发扬所长，严肃批评与亲切温馨并存，一心为国家培养人才；对于作文，他更是以自己的心去发现作家的心，以自己真挚的情感，去体验作家真挚的情感，他那些誉满文坛的文字，都是他真诚人格的流露，足以证明作家、批评家必须具有真诚的人格。

在钱先生看来，真诚有深浅之分，其价值评价也有正反之别。他当然求其正、求其深，但他更看重的，是其内在精神，无论是出于人之本真的真诚，还是出于个人自由的真诚，无论是出于人的历史主体意识的真诚，他都赞赏，而对于当代中国作家，他则认为要有为人民为人类的至性至情、以人的真正自由为核心的真诚。这真诚人格，也就是自由人格，是自由精神所灌注的人格。

钱先生将他的论文自选集定名为《艺术·人·真诚》，这显然是告诉我们：艺术的根本在于人，做人的根本在于真诚，而真诚的核心在于人的自由，作品是从作家真诚的心灵流出的，靠作家自由精神创造！批评家对作品，也是以真诚的心灵去体验，据独立自由的姿态去评价的。

肯定真诚是钱谷融先生人格的根本特点，肯定自由精神是真诚的灵魂，并不妨碍欣赏钱先生的散淡、闲适、潇洒、超脱，而又认真、执着、是非分明；并不妨碍欣赏他的既遗落世事而有时处置世事亦不能免俗，以及重仪表、好美食、乐山乐水。有自由精神灌注的真诚，又配以任情适性的种种举止风度，钱先生的个性才有多维度的展开，丰富而生动的展开，才会那么真实、可亲、可爱、可敬，那么平凡而又难以企及。自由精神所灌注的真诚，是钱先生人格的灵魂，而他的举止风度是这灵魂不同的具体形态，在不同现实情势中的从心所欲而不逾矩的表现。只有在欣赏举止风度的同时，进而赞赏它们的内在精神，才算真正理解钱先生！

当代中国人在建构平民化的自由人格时，钱先生的真诚人格，无疑是一种很有意义的示范！

九、钱谷融文学思想及其深远的理论意义

——钱谷融先生对文学理论批评的历史性贡献

自第三篇至第八篇笔记，分别阐述了钱谷融先生关于文学的六个方面的观点，这篇笔记，将阐述这些观点如何构成自圆自洽、统一独特的"钱谷融文学思想"以及这一思想对于文学理论批评的历史性贡献。

（一）整体性

钱谷融先生的"人道主义精神"观，以及文学本体论，创作论、作品论、批评论（鉴赏论）、作家与批评家人格论，虽然各自独立，但又彼此紧密联结为统一的整体，构成"钱谷融文学思想"。

本体论从文学与社会科学及其他艺术门类的区别，确定了文学的性质，即人是文学描写的中心与文学语言的有机统一。文学的性质体现在创作过程中，作为文学描写中心的具体的人，在创作过程中就是灌注了作家的真诚、作家的审美感情的客观具体对象，作家的艺术表现力主要就是驾驭文学语言的能力，人是文学描写的中心与文学语言的有机统一，就在客观具体对象、作家审美感情、作家艺术技巧三者的统一中体现出来。创作论是本体论的具体化和深化。作品是创作的直接结果，客观的具体对象决定真实性，作家的审美感情决定思想性，作家对客观对象的具体表现决定艺术性。作品的真实性、思想性、艺术性相统一，就是客观对象的具体性与作家的具体性相统一，真实性、思想性、艺术性融洽程度的高下，取决于客观对象具体性与作家具体性统一程度的高下。本体论、创作论、作品论三者之中，创作论起着关键的作用，它的上头联系着本体论，是本体论的具体化，它的下头联系着作品论，决定作品的整体审美品格。这三者密切联系不可分割。在本体论、创作论、作品论的基础上，钱先生建立起批评论。批评家要以真诚的人格，立足于对作品的亲切体验，立足于对作品整体美学品格的把握，首先重视美的鉴赏与再创造，并将对真实性、思想性的说明、评判结合于其中，让读者在欣赏作品艺术性的同时，体验作品的思想力量，文学的功能因而能全面发挥，文学的神圣任务也得以完成。

钱谷融先生曾把自己的文学思想称为"人道主义文学观"，可见人道主义精神在钱谷融文学思想中的重要性。它是贯穿于钱谷融文学思想的各个方面的中心线索，这是钱谷融文学思想整体性的一个重要特征。在钱先生暮年，他对人道主义精神做了如下概括：

> 人道主义是博大的，它也在不断变化，但是基本点是不变的，那就是对人自身的尊重、理解和自信，希望人类有更美好的未来。❶
>
> 什么叫人道主义？我想无需引经据典地从历史渊源和哲学理论的高度上去作出怎样博大精深的介绍，人道主义显然是跟人、人性、人的理想等等相联系的，我们可不可以把它简单地理解为一种对人和人性的积极面的肯定和发扬呢？它的目的是为促进人类的幸福和进步，凡是符合于、有助于这个目的之实现的就是人道主义。❷

在第三篇笔记中，我们概括了人道主义精神观的四个内容，这两段

---

❶ 钱谷融、殷国明：《中国当代大学者对话录·钱谷融卷》，北京：中国文联出版社，2000年，第15页。

❷ 同上书，第21页。

话把其中三个最重要的内容包括进去了：人道主义精神是人性积极面的肯定和发扬，即美好人性是人道主义精神的基础；对人自身的尊重、理解，即"把人当做人"；人本身的自信，即"对人的信心"；以及体现于这三者之中的人对美好理想的追求。这人道主义精神贯穿于钱谷融文学思想的各个方面。本体论说文学描写的中心是人，那就要表现人性、人情、人格、人的自由发展，发扬其中美好的东西，即使写丑恶，也是为了催人向善、向美；创作论说作家要把自己的审美感情灌注到所描写的具体对象中，这审美感情主要就是作家对人的尊重、理解、深厚的爱，相信人的力量与不断进步；作品论提出诗意是艺术作品最高的品格，而决定作品诗意的内在价值尺度正是人道主义精神，或是"把人当做人"，或是"对人的信心"；批评论不仅直接将"把人当做人"作为文学批评的最低价值标准，而且虽没有直接却也隐含着将"对人的信心"作为文学批评的最高价值标准；钱先生强调作家、批评家世界观的决定因素是人道主义精神的观点，虽不够周全，但这种强调本身显示人道主义精神也贯穿于他的作家、批评家论。作家、批评家的真诚人格显然也与人道主义精神密切相关，可见，人道主义精神是贯穿钱谷融文学思想的中心线索，这是钱谷融文学思想整体性的一个重要特征。认识这个特征，对于认识钱谷融文学思想十分重要。人道主义精神观的双重内容，无论是"把人当做人"，还是"对人的信心"，它们都是以"人"为中心，体现"一切从人出发，一切为了人"，因此，我们把钱谷融文学思想称为文学的"人学"理论。更进一步说，人道主义精神观虽有双重内容，但"对人的信心"是其完善的标志，是其最终的统一表述，是贯穿于钱谷融文学思想各个方面的主线。"文学是人学"中的"人"，是在历史进程中不断向更高的自由提升，同时推动历史前进的人。"文学是人学"要求表现、鼓舞、歌颂人在现实中不断扬弃自我异化，不断展开、丰富、提升固有的自由本质，不断追求真正的人的自由的理想。这一主线是钱谷融文学思想的根本特征，这一主线体现了历史唯物主义的要义、精髓，从而决定了钱谷融先生的文学观中"人学"理论的马克思主义属性。

关于钱谷融文学思想如何定性的问题，中国当代文坛有不同看法。其一，认为它是一种人性论文学观。这虽然不无道理，钱谷融先生的确肯定普遍人性，但他是将普遍人性纳入他的"人道主义精神"观之中，因此，把"人性"单独分割出来，是违背钱先生的本意的。另外，主张者似乎把"人性"作为已知的无需证明的前提，并以此直接称钱谷融文学思想为人性论文学思想，似乎也嫌草率。其二，认为它是人道主义文学观。由于钱先生本人也如是说，于是这种观点最为通行（笔者也曾持有这观点），研究成果也较多，内容也较充实。只是研究者都未能注意到钱先生"人道主义精神"观从"把人当做人"到"对人的信心"的质的变化，于是未能从发展上、整体上把握钱谷融文学思想，未能对钱谷融文学思想做更准确的解读。其三，认为它是人文主义文学观。常识告诉我们，在西方的思想史上，人道主义和人文主义是有区别的，但因其内涵的主要方面互相重合，故有人统称之为人文主义，更多的人则统称之为人道主义。在中国现代文坛多统称为人道主义。新文学运动初期，周作人就把文艺复兴时期的人文主义与法国启蒙运动时期的人道主义不加区别，统称为人道主义，对此中国现当代文坛都习以为常。其中，虽有学衡派，梁实秋宣扬白璧德的新人文主义，但前者因文化保守主义的立场，后者因以超阶级的人性论反对无产阶级革命文学而受到当时文坛主流意识形态的批判，其新人文主义思想并无彰显，至于白璧德本人，众所周知，他是把人文主义与人道主义清晰区分的，前者专注"个人自身的道德完善"，后者则专注"全人类的改进与提升"。改革开放后，学术界虽有人文主义的呼声，但它并无取代人道主义。在这样学术背景下，个别研究者将钱谷融文学思想当作人文主义解读，将钱先生看作人文主义者，恐难获得多数人的认同；而且，这位研究者所依据的既是钱先生所认定的，也是学术界所公认的人道主义的内容，这岂不是以人文主义之名，说的却是人道主义；何况，钱先生说自己一直在呼吁人道主义精神，在他的文章中，也不曾出现人文主义这个概念，把理论家本人不认可的加予他，如没有特殊的理由，是不合适的。所以，在我看来，以人文主义为钱先生及其文学思想定性实在没有必要，也不可能。其四，认为它是马克思主义文学观，这是我的见解。我个人注意到钱谷融先生对于自己解放前后思想变化的自述，注意到他的人道主义精神观从二十世纪五十年代到八十年代质的飞跃，从广义人道主义"人"的思想跃进到历史唯物主义"人"的思想，我还注意到这个飞跃的现实基础与内在逻辑，于是我对钱谷融文学思想给出马克思主义的定性。——还有一种意见认为，对钱谷融文学思想定性并不重要，重要的是将它运用于实际。当然，文学理论的魅力在于它对文学现象的阐释，但是，如果对理论没能准确地理解，阐释又怎能做得好？所以，应将理论的定性与它的运用统一起来，而当定性有争议时，首先应将定性的问题放在前面。

　　无论把钱谷融文学思想定性为人性论、人道主义、人文主义还是马克思主义，它们都有一个共同点：聚焦于人在文学中的地位，这是符合钱谷融文学思想的实际的。"文学是人学"，也是钱谷融先生提出并为中国文坛所普遍欢迎的命题，这样，把钱谷融文学思想定性为文学的"人学"理论，应该是恰当的，并能为人们所认同。至于人性论、人道主义、马克思主义只是对它的理论基础的不同理解。这些理解并不是彼此对立的，而是有相通之处的。我是立足于历史唯物主义，对人性论、人道主义的有关内容加以融合、统一。历史唯物主义所揭示的人类历史发展规律的普遍性，正是文学的"人学"理论的全人类性最合适、最可靠的理论基础。当然，我的见解也只是"走近"钱谷融文学思想的一种努力，要"真正把握"钱谷融文学思想，还需要更多人的努力。对此，我充满期待。

（二）独创性与普适性

整体性，只能说明一个理论的自圆自洽，这个理论的意义，则在于它是否具有独创性，更重要的是是否具有普适性。

> 一门学科提出的每一种新见解，都包含着这门学科的术语的革命。❶

正如马克思所说，钱先生提出的一些新的理论概念和命题，实现文艺学这门学科的术语的革命，钱谷融文学思想成了文艺学的"一种新见解"。文学是人学、具体性（包括创作的具体性原则与创作的动力学原则）、诗意、文学批评的最低价值标准与最高价值标准以及作家、批评家要具有真诚人格的观点，这些都是文艺学中的新概

---

❶ 马克思：《资本论·英文版序》，《资本论》（第一卷上册），北京：人民出版社，1975年，第34页。

念和新命题，都有新的理论意义（尽管诗意是旧术语的借用，但已赋予新的内涵，不减其创新意义），都为我们以前的文学教科书中所难以找到的。人们总在抱怨，中国当代文艺理论缺乏"本土话语"，钱先生提出的这些理论概念和命题，不就是地地道道的"本土话语"吗？只要尊重并认真学习中国现当代文艺理论家们的创造，"本土话语""中国话语"还是有的。

在叙述本体论、创作论、作品论、批评论的笔记中，已阐述了钱先生所提出的独创性的概念和命题，都具有普适性的理论品格，并回答了中国当代文坛的一些重要问题，诸如文学的特征、文学的魅力、文学典型、形象思维、独创性。提出普适性的文学原理和力求解决中国当代文学的实际问题相结合，是钱谷融文学思想作为中国当代一个独立自洽的理论思想的重要标志。我认为，提出普适性的文学原理这一点尤其值得重视。

早在二十世纪二十年代，成仿吾就在《建设的批评论》中说：

> 批评的工作决不止于辨别自己所得的印象，也决不止于由事实中求个个的法则，我们要进而求出事实中的统率的普遍的原理。最后的一种工作，我称之为批评之建设的努力。有这种努力的批评，我称之为建设的批评。……这种建设的批评才是第一义的批评的努力。❶

这段话告诉我们批评有三个层次：最低的层次是说出对作品的意

---

❶ 成仿吾：《建设的批评论》，《成仿吾文集》，济南：山东大学出版社，1985年，第162页。

见；中间的层次是在对作品的批评中求出个别的文学原则；最高的层次，是在对作品的批评中求出"统率的普遍的原理"。据我的体会，这"统率的"是指带有根本性、指导性的，这"普遍的"是适用中外古今文学现象的，即具普适性的。求出这样的原理，当然是"第一义"的文学批评，即文学批评最高的层次。钱谷融先生的文学批评正是达到了这样的层次。

在第三篇笔记中，已说了"文学是人学"既抓住了文学的根本，也契合历史的根本，这就有力说明钱谷融文学思想的普适性。对于抓住文学的根本这一点，似乎已无须再做说明，对于契合历史的根本，且多说几句。早在胡锦涛提出"以人为本"时，文艺理论界有识之士就努力将"以人为本"的思想作为马克思主义历史观的基本原则，运用到文艺理论问题的探索中。其中指出"文学是人学"的思想与马克思主义历史观相一致，并据此给予高度评价的是徐中玉先生，他说：

> 老钱的"文学是人学"的主张，当我们现在已能"以人为本"，创建和谐社会，正在向民主、自由、法治大道前行的时候，已成为普遍真理或科学规律。❶

现在，当历史唯物主义的核心思想日益深入人心，与它相契合的钱谷融文学思想也将越来越得到广泛的认同，越来越彰显它作为文学的"普遍真理或科学规律"的理论光辉。

278

---

❶ 徐中玉：《淡泊宁静　精雕细刻——小记钱谷融教授》，《钱谷融研究资料选》，上海：华东师范大学出版社，2008年，第5页。

（三）哲学基础

一个独特的、自圆自洽的理论，要具有理论品格的独创性与普适性，其构成的各个理论观点要具有内在联系而呈现整体性的理论形态，此外，还要具有坚实的哲学基础。

钱谷融先生是遵循马克思主义的认识论来建构自己的文学思想的。钱先生深知，正确的文学原理总是从文学实践中总结出来的。他就是这样说自己文学思想的形成：

> 我认为理论的生命之根是扎在艺术实践中的。我已说过，"文学是人学"这个观点并不在乎是谁说的，它之所以能得人心，是由于它是从艺术实践中来的，是被许多优秀的艺术大师的创作所证明甚至所显示出来的。我之所以忠诚于这个观点，也首先出自于我对这些艺术作品的感受和理解。❶

钱先生坚持从文学实践中提出理论观点，他眼光所及只在名家名作，无论屠格涅夫、托尔斯泰、契诃夫、高尔基，还是曹雪芹、施耐庵、罗贯中、鲁迅，抑或是莎士比亚、雨果、巴尔扎克，时不分古今，地不分中外，凡名家名作皆统一地作为研究对象，努力探究并总结贯穿于其中的文学的普遍规律。在古今中外的名家名作中，他尤钟情于十九世纪的俄罗斯文学以及高尔基的创作及其理论

---

❶ 钱谷融、殷国明：《中国当代大学者对话录·钱谷融卷》，北京：中国文联出版社，2000年，第51页。

观点。

　　钱先生运用理论观点也是以深切体察文学实践为基础。中国当代文坛都认同恩格斯的"典型环境中的典型性格"这句名言，而钱先生在理解和运用这句名言时和别人不同，在《管窥蠡测——人物创造探秘》这篇文章中，钱先生以大量篇幅分析了《红楼梦》《水浒传》《三国演义》《悲惨世界》，并涉及《红岩》《林海雪原》等中外古今文学著作塑造人物形象的经验，揭示了人物创造的秘密在于人物的具体性与环境的具体性相统一，从而体现了恩格斯这句名言的"指导意义"（第39页）。他对多宾关于情节的提炼与典型化观点及对贝尔关于"有意味的形式"观点的批评，也都建立在深切体察文学实践的基础之上，一点也没有把理论生搬硬套到创作中的教条主义习气。

　　钱先生从文学实践中概括出自己的理论思想，即使在运用现成的理论观点时，也以对文学实践的深入体验为基础，足见钱谷融文学思想的建构，完全遵循马克思主义的认识论。

　　当然，钱先生遵循马克思主义的认识论有一个从自发到自觉的过程。他如此叙述自己学生时代培养"对文学的纯正趣味"的过程：

　　　　后来作品读多了，渐渐能够分出其间的好坏和高下来了。这就开始懂得了选择，并有所偏爱。我最爱读的首先是那种能从感情上吸引和打动我的作品，爱好的程度则与我被吸引和被打动的程度成正比。那种吸引和打动我最强烈，最深刻的作品，常常能使我超越平凡的现实生活，摆脱肤泛琐屑的感情的纠缠，使我的心灵得到升华和提高；虽然有时它也会给我带来

痛苦和忧伤。——能够具有这种力量的，往往就是那些最伟大的作品。❶

这段话是他暮年时所写，当然带有写作时明确的意识，但毫无疑问，这是他学生时代阅读文学作品真实感受的明确的概括。从中，我们看到他文学思想形成的源头：他阅读文学作品的感受，特别是阅读伟大文学作品的感受。这种深刻的体验，就使他在 1949 年以后学习马克思主义时，自然地接受其认识论，并始终坚持遵循从实践上升到理论，再从理论回到实践去检验的认识路线。

钱谷融文学思想既抓住文学的根本，也契合历史的根本。在前面几篇笔记中，对此都已有所叙述，为了论述的完整性，也鉴于这一观点对于钱谷融文学思想特别的重要性，这里再做简约的概述。

钱先生始终以"人"为中心。这"人"，既是文学作品中的人，也是现实社会中的人，既指个体，也指全人类。对"人"，钱先生既重视个性，也重视普遍人性，既重视个人的自由追求，也重视全人类的自由理想。在中华人民共和国成立之初，万象更新之时，与当时大多数知识分子转向马克思主义的潮流同步，钱先生也从青年时代对个人自由与人类幸福的憧憬，转向并接受马克思主义。在1957 年，他提出"把人当做人"的人道主义精神时，虽然还未全面地、深入地认识"现实的人及其历史发展"的思想，以及这一思想对人道主义的继承和发展的关系，但是，钱先生还是把自己的人道主义精神观纳入马克思主义的思想谱系，以共产主义为最高的人

---

❶ 钱谷融：《对人的信心，对诗意的追求——答友人关于我的文学观问》，《艺术·人·真诚》，上海：华东师范大学出版社，1995 年，第 17—18 页。以下引文凡出自此书者，仅于引文后注明页数。

道主义，这显示了他的马克思主义立场与共产主义理想，预示了他的人道主义精神观向历史唯物主义的方向发展的必然性。可是，当时主流意识形态中占主导地位的"左"倾思想，却对钱先生进行了长达二十多年的严酷的批判。令人敬佩的是，在这长时间内，钱先生始终忍辱负重，坚持真理。他相信自己的观点"并没有错"，批判者们"对马克思主义的理解还不如我"。终于，历史进入新时期，在全社会反思"文革"、批判极"左"思潮，人们重新学习与领悟马克思主义的潮流中，钱先生重新拿起笔，在他的许多文章中，显示了他对人在历史发展中的主体作用的深刻认识，显示了他对人的自由本质历史展开并不断走向自由而全面发展的深刻认识，终于提出"对人的信心"，以取代"把人当做人"，重新概括自己的人道主义精神观。这标志着钱先生对"人"的思考，终于从青年时代对个人自由与人类自由的憧憬，走到马克思主义的现实的人的自由本质及其历史发展，从广义人道主义走到历史唯物主义。钱先生接受了历史唯物主义，尤其是它的核心思想，并把它作为自己文学的"人学"理论的贯穿整体的主线。

钱先生坚持从文学创作的实践来理解文学，又坚持从现实的人及其历史发展来理解文学，这就决定了他在方法论上，坚持对文学的整体把握，坚持对文学的历史的具体的把握。

当二十世纪八十年代文学界掀起"重写文学史"的讨论时，钱先生表示了极其明确的见解：

> 在对中国现当代文学史进行重新审视和反思的过程中，关键要看具体怎样评价。假如"重写"变成了新的反过来的一概而论，也不是实事求是，还是应该掌握分寸，坚持科学精

神。……

非社会化、非历史化的现象在对中国现当代文学进行重新审视和反思时是应该避免的，特别是在涉及到对具体作家的评价时更要注意。对作家在当时社会、历史的特定条件下的种种情况一定要给予充分的理解。不过，理解不等于无原则的宽容，我以为我们不应该采取"理解一切就能原谅一切"的态度，而是应该坚持一定的原则，掌握必要的标准，站在更高的位置上来重新审视历史。……重视作家主体方面的失误，并不是意在责备个人，而是重在警醒和激励来者。假如没有这一层意义上的审视，对以往的一切，一概给予同情和谅解，历史就很难前进了。（第 612、613 页）

这里，充分显示了钱先生在重大的文学潮流面前，坚定的实事求是态度与明确的历史唯物主义方法论意识；反对"非社会化、非历史化"的现象，认为要对作家在具体历史社会条件下的种种情况给予"充分的理解"，但理解"并不等于无原则的宽容"，而是要站在"更高的位置上来重新审视历史"，评价"作家主体"的优缺点。这种历史唯物主义的方法，至今都仍然给人们以警示：不是有人脱离具体的历史情况对作家求全责备吗？不是也有人强调理解而讳言乃至无视作家的缺点吗？

钱先生坚持从文学实践中提炼自己的理论观点，这又决定他对文学整体的、内在的、辩证的把握。

列宁在《黑格尔〈逻辑学〉一书摘要》中说，"哲学的方法应当是它自己的方法（不是数学的方法，……）"，并紧接着引用黑格尔的话，"因为方法就是关于自己内容的内部自己运动的形式的意识"。❶ 列宁和黑格尔当然知道有罕见的例外，但他们仍然如是说，这就告诉我们，研究方法必须符合研究对象内部的辩证法，即使运用其他的研究方法，也必须符合对象的本质特点。列宁还有一段话可以作为上述见解的补充，他说："这就是任何科学所由以开始的那种形而上学的最明显的标志：还不善于着手研究事实时，总是先验地臆造一些毫无结果的一般理论。"❷ 钱先生的研究方法体现了唯物辩证法，他没有那种以某种理论为逻辑前提并硬套到研究对象之上的形而上学的味道，他总是首先着眼于对象本身，依据对象内在的辩证关系进行研究。如上述，他从文学本身出发，逐一阐明本体论、创作论、作品论、批评论、作家、批评家论，并阐明它们的联系与关系，力求对作家、创作对象、作品、批评家（读者），即整个文学活动做整体的把握。就是对其中某一方面的研究也是如此，拿创作论来说，钱先生既指出创作论在文学活动中的关键地位，又分析构成它自身的诸因素及其联结，指明创作论中两个原则及其统一，并细致分析这统一的特点，就这样揭示了创作过程的秘密。钱先生研究文学，坚持用文学"自己的方法"。始终从文学的整体出发，人们常说，马克思主义辩证法是两点论加上重点论。我以为，在钱先生的笔下则是多点论加整体论。马克思主义历史观和辩证法在他心中、笔下，绝不是经典作家所归结的几条结论，而是和人，和一个个具体的、具有丰富的人性和人情的人结合在一起，所以这辩证法也就充满生命、生动鲜活，他对人物、对作品、对理

❶ 列宁：《黑格尔〈逻辑学〉一书摘要》，《哲学笔记》，北京：人民出版社，1962 年，第 94—95 页。

❷ 列宁：《什么是"人民之友"以及他们如何攻击社会民主主义者》，《列宁选集》（第一卷），上海：上海人民出版社，1972 年，第 11 页。

论问题的分析，才能做到"入情入理"，而很少片面性，在人们看到对立的地方，他进一步看到它们的联结、统一。他的理论批评因而显得圆融和谐，终于超越了中国当代文艺理论批评中经常出现的古与今、中与西、内与外、人性与阶级性、内容与形式、思想性与艺术性、社会作用与审美作用等二元对立的思维模式。

钱先生之所以能从文学本身出发，遵循文学内在的辩证法研究文学，首先是因为他在对古今中外文学名著的深入"感受和理解"中，领会到文学内在的辩证法。当然，我们在钱先生的论著中，也看到他引用马克思主义经典作家关于辩证法的言论，不能说他没有以唯物辩证法为指导。全面的理解应该是这样的：钱先生首先从文学实际中领悟了文学内在的辩证法，而后接受并自觉运用马克思主义辩证法。从这过程的后阶段而言，肯定钱先生用唯物辩证法指导自己的文学理论批评也是符合实际的。

总之，无论从认识论、辩证法、历史观上看，钱谷融文学思想都坚实地建立在马克思主义哲学的基础上。但必须指出，唯物主义认识论与辩证法，在马、恩生前或身后的许多哲学家都有，只有历史唯物主义才是马、恩对人类思想史的独特的、伟大的贡献。钱谷融文学思想的马克思主义的属性的决定因素，也正与这一伟大学说相契合。尽管如此，从总体上说，我们还是应该认为唯物辩证法与唯物史观是钱谷融文学思想的哲学基础，这样说，比较全面、妥善。

人们可以看出，钱先生对自己文学思想的概括是很有特色的："文学是人学"，简明而近乎常识；"具体性"，新颖又极平易；"诗意"，更是我们在文学鉴赏中常用的术语。这种"通俗性"带来的效果是：既容易被接受，又容易被轻松放过。于是人们未能深究其内涵，即使有所认识，也只停留在人性论、广义人道主义的层面，而对更深刻的历史唯物主义的要义则毫无认识。这是钱谷融文学思想研究中一个严重缺失！本书的九篇文字旨在努力弥补这个缺失。《哲学基础》这一节文字，是对于这一努力再做简约的概述，其目的，不仅在于说明钱谷融文学思想作为独特自洽的理论思想的合理性，更在于再次强调：只有真正认识钱谷融文学思想是建立在马克思主义哲学基础上的，尤其是它与历史唯物主义的要义相契合，才能准确把握和充分评价钱谷融文学思想！

（四）师承与会通（之一）

关于文学的"人学"思想，不仅"被许多优秀的艺术大师的创作所证明甚至所呈现出来的"，而且在理论上有所表述的也不乏其人，至于虽没有直接点明"人学"，但将文学与人情、人性联系起来的言说，就更多了，这些也都属于文学的"人学"思想。

古今中外普遍而持久存在的文学的"人学"思想之花，终于在当代中国结出了钱谷融先生的文学的"人学"理论之果，终于有了第一个完整的理论表述，这是有其多方面的原因的。这里先着重说明钱先生从中西文化中吸取"人学"思想以及人道主义思想。

钱谷融先生的文学的"人学"理论，和中国文化传统、文学传统有着血缘的相承。

关于中华优秀传统文化的基本精神，学者们的见解不同，我个人认同柳斌杰在《中华优秀传统文化的血脉》一文中所阐述的观点。请允许我详细摘录他的话：

中华优秀传统文化是中华民族的血脉，从古代到中国特色社会主义是一脉相承的。那么，"一脉相承"的"脉"是什么呢？迄今为止，哲学家、史学家、文化学者们对这个"脉"的说法有很多种，有的说是"爱国主义"，有的说是"儒家思想"，有的说是"国学"，更有甚者说是"天人合一"、"和合"二字。既没有一致的认同，更没有能说服人的根据。❶

接下去，文章逐一分析"爱国主义"、"儒学"、"国学"、"天人合一"、"和合"等见解"存在的问题"，而后，提出对中华优秀传统文化的血脉即基本精神的见解：

> 我认为，天、地、人三界相区别相联系，和阴、阳、易三态又对立又统一是中国传统文化生成的逻辑起点。地上而悬者为天，天下而承者为地，天地之间，天形成了阳气，地形成了阴气，阴阳两气作用，产生了世间万物，人就是万物里的一种。由此而发，人的活动、劳动和思维创造就产生了文化。中国文化因人而生，因人而变、因时而异、因时而新，都是时空之中的鲜活东西。她的历史性、现实性、人文性、优于其他民族的各类文化。她没有上帝创世、上帝造人这样的"神学"逻辑前提，中国文化关怀现存世界、重视今生今日，尊重世俗生活。中国文化的中心是"人"而不是"神"，所以，以上帝、真主、佛祖为终极信仰的宗教文化，在中国始终是在空中被敬而远之，没有成为主导文化，也没有成为人们的信仰。

---

❶ 柳斌杰：《中华优秀传统文化的血脉》，《文艺报》，2020 年 6 月 29 日。

可以说，中华优秀传统文化的血脉是与人命、人性、人爱、人情、人伦、人治等相关的人学价值，体现在八个方面。❶

紧接着，文章逐一阐述了这八个方面："第一是人命——敬畏生命"，"第二是人性——善恶教化"，"第三是人爱——情感世界"，"第四是人伦——道德规范"，"第五是人格——讲求人品"，"第六是人本——社会基础"。这六个方面，顾名思义，无须多加摘引。"第七是人治——圣人治国"，关于这一点，文章做了辩证的分析，认为这种思想在中国古代社会"有积极意义"，但在现代则是社会发展的"思想障碍"，"我们现在讲法治，不讲人治，要民主不要专制，人民的命运自己掌握"。至于"第八是人权"，文章对此做了历史的分析：在中国的奴隶社会、封建社会，只有神权、君权、公权、政权、族权、家法，不讲人权，"新中国成立之后也不承认西方的人权概念"，"改革开放后我们对人权概念有所发展，提出发展权是第一位的，丰富了人权思想。现在，我们是把人民的利益、人民的权利当成最大的人权来讲，脱贫攻坚解决人的生存权和发展权的问题。未来十五年，我们要着重完善人民当家作主的制度保障，用法治保障公民所有的权利"。❷

中华优秀传统文化的"人学"血脉，也流贯于中国的古典美学中，无论"人命""人性""人爱""人伦""人格""人本"，都融化在中国人的感情世界中，从而洋溢于中国优秀的古典文学作品中。

---

❶ 柳斌杰：《中华优秀传统文化的血脉》，《文艺报》，2020 年 6 月 29 日。

❷ 同上。

刘纲己指出，无论儒、道、释（禅宗）对人、人生、社会的看法有多少不同，他们或各自独立，或互相结合，都融入个体的人的情感世界，并鲜明表现于优秀的艺术作品中：

> 总之，儒、道、释三家的思想各自独立又互相渗透、综合，形成了中国古典艺术的精神，并且在中国历代艺术作品里展现为中华民族的异常丰富复杂、深邃崇高、细腻入微、多彩多姿的情感世界。情感是中国古代艺术始终紧紧抓住的生命。❶
>
> 就主要的基本的方面来看，我们可以说中国古代艺术哲学是以情感的表现为其核心，虽然它从不否认艺术对现实的再现。中国古代艺术哲学中的各个问题，基本上都是围绕着主体情感的表现这个核心而展开出来的。❷

中华优秀传统文化有着鲜明而强大的"人学"血脉，因而中国古代艺术哲学以人的"主体情感的表现"为"核心"，这就形成了中国古典文学的抒情传统与诗意追求。钱谷融文学思想就其根本点，正是这传统的继承与发扬，对此，其实已无须多做说明。无论本体论、创作论、作品论、批评论、作家批评家人格论，钱先生首先看重的是作为主体的人，是人的感情，无论是创作主体作家的审美感情，还是描写对象的个人的感情世界，抑或是作品的感动人的魅力、那种令人无限陶醉的情致与诗意，都是他最看重的。不妨再举

---

❶ 刘纲己：《艺术哲学》，武汉：湖北人民出版社，1986 年，第 621 页。

❷ 同上书，第 385 页。

两个例子:《论"文学是人学"》就极度赞赏李后主的词,赞赏他那颗"赤子之心",他那"深厚纯真的感情",并推而广之地说,"一种深厚纯真的感情,不管它是对人的,对自然的,也不管它是对个人的,还是对广大人民的,或者是对国家民族的,都是能够引起我们的赞许的"(第78页)。《艺术的魅力》一文引用清人焦循的三句话,"不质直言之而比兴言之,不言理而言情,不务胜人而务感人",在加以解释后得出一个结论,"这三句话都的确抓住了文学艺术的一个根本特点,那就是:文学艺术主要是从感情上去打动人的"。(第191页)这两个例子有力证明钱谷融文学思想直接继承了中国文化以"人"为中心的传统,继承了中国文学以"情"为核心的传统,而这"情"是融理入情之"情",是融合了中国文化传统中"人学"价值之"情"。

虽然中国古典文学以个人的情感表现为核心,但文学是"人学"这现代的观念,却是到了五四新文化运动与文学革命之时才出现的。首先进行明确表述的是周作人和他的《人的文学》。可以说周作人以《人的文学》开始了中国新文学中的人学话语的建构。这一建构是建立在人道主义思想的基础上的,他在《思想革命》一文中说:文学革命的第一步是文字改革,第二步是思想改革,这"比第一步更为重要"。❶ 他提出人道主义正是出于思想改革的需要。

在五四时期国外思潮纷至沓来的状态中,为什么周作人以人道主义为新文学思想革命的首选呢?他对"人的文学"即"人道主义文学"又做怎样的界定呢?这在《人的文学》《新文学的要求》中

---

❶ 周作人:《思想革命》,《中国新文学大系·建设理论集》(影印本),上海:上海文艺出版社,1981年,第201页。

有详细的说明。周作人认为"欧洲关于这'人'的真理的发见"，第一次催生了文艺复兴，第二次成就了法国大革命，第三次便是第一次世界大战以后的历史发展了。可见，他认为"人"的真理的发现即人道主义是历史进步的动力，而中国自古至今，"人的问题，从来未经解决"。于是他选择了人道主义以适应历史的潮流，来推动中国的进步，并"从文学上起首"。把人道主义作为推动历史进步的动力显然是历史唯心主义的观点，在这基础上建立的文学观与文学批评观也就打上历史唯心主义的印记。

那么周作人所提倡的文学是怎样的呢？他认为不是阶级的、种族的、国家的，而是个人的，又是全人类的。也就是说，文学以"个人的感情"，"代表人类意志"，"为了人类的幸福"。"个人的感情"之所以能代表人类的意志，是因为个人是人类的一员，人性是相同的，所以这文学也是人性的文学。"代表人类的意志"则意味着文学要反映人类的生活，"对人生诸问题加以记录研究"，所以这文学也是为人生的文学，特别是要为底层民众呼吁。文学对于人生诸问题的记录与研究，是为了引导人类前进，"为了人类的幸福"，这就是"养成人的道德，实现人的生活"。这后一点最为根本。周作人的文学观是以"大人类主义"为"基调"的，对于"实现人的生活"这一点，当时周作人还停留在"新村主义"的认识上，而对于"养成人的道德"，却从中国的文化传统与现代社会发展提出具体意见。我以为提倡崇高道德是周作人人道主义文学思想的重要特点。❶

---

❶　本段引文，均出自周作人之《人的文学》和《新文学的要求》，前者见《中国新文学大系·建设理论集》（影印本），后者见《中国新文学大系·文学论争集》（影印本），上海：上海文艺出版社，1981年。

可见，周作人提倡的文学，是表现人性的文学，是为人生的文学，是表现崇高道德的文学，是追求人类理想生活的文学，是立足于人类并为了人类的文学。这种文学观其实是文学革命早期的提倡者、实践者们都或多或少具有的。这种基于人道主义思想的文学观，主要为文学研究会所发扬，"为人生"成了"五四"新文学现实主义的旗帜。创造社尊重自我、张扬个性、追求理想，虽不是自觉承袭周作人，但客观上也是五四时期"人的文学"思想的发扬。与人道主义文学观确立的同时，表现普遍人性、崇尚的人类美德、追求人类幸福的人道主义文学批评标准也相应确立起来。周作人既是提倡"人的文学"的第一人，也是确立人道主义批评标准的第一人。

如上所述，在将人道主义作为历史前进的动力这一点，周作人有历史唯心主义思想，如果仅从对文学观与批评观的具体内容看，他的人道主义属于"广义人道主义"的范畴，由于其中的历史唯心主义并不为当时文坛所辨识，因此他的文学的"人学"话语仍产生深远的影响。

二十世纪二十年代中期以后，"革命文学"的提倡，阶级论的文学批评话语开始盛行，二十世纪三十年代的"左翼文学"继之，至四十年代，"人民文艺"和"文艺的工农兵方向"提出，文学批评的"政治标准第一"即文艺为无产阶级政治服务的思想确立。从此，"人民的文学"成了文学的主流。此时"人的文学"、人道主义看似沉寂，其实仍然存在，相较于周作人，已经没有历史唯心主义的宣示，话语也有不同，内容更为丰富。由于当时中国处于新民主主义革命的历史阶段，决定了人道主义是马克思主义的同盟军，"人的文学"是"人民的文学"的同盟军，彼此虽有对立，却同时存在，并行发展。当时的"人民的文学"的某些主张者有着排斥

"人的文学"的言论，于是，袁可嘉"站在'人的文学'崇奉者之一的立场"上，发表了《"人的文学"与"人民的文学"——从分析比较寻修正，求和谐》。由于纯粹站在一方的立场，文章的内容难免有偏颇之处：它对"人民的文学"基本精神的概括是片面的，以"人民的文学"表现中的左倾错误为其基本精神；它对"人的文学"与"人民的文学"在中国现代文学历史发展中的彼此相融——"人的文学"中有"人民的文学"观念的表现，"人民的文学"中也有"人的文学"观念的表现——没有提及；它对"人的文学"中关于"人"的概念有某种"抽象的人"的倾向。虽然有这些缺点，但文章的基本倾向是好的，是努力从文学本身的特点出发，寻求"人的文学"与"人民的文学"的"和谐"，对"人民的文学"的批评，如仅局限于其"左倾"表现，也没有错，况且批评是善意的，是为了中国现代文学的健康发展的。

重要的是，《"人的文学"与"人民的文学"——从分析比较寻修正，求和谐》这篇文章，对"人的文学"这一文学观所做的新的理论概括，丰富了中国现代文学的"人学"思想。这点与本文内容有关，故着重加以介绍与评说。

> "人的文学"的基本精神，简略地说，包含二个本位的认识：就文学与人生的关系或功用说，它坚持人本位或生命本位，就文学作为一种艺术活动而与其他的活动形式对照着说，它坚持文学本位或艺术本位。
>
> ......
>
> 以生命本位作前提，"人的文学"进一步提出它认为必须被尊重的两个原则：最大可能量意识活动的获得；文学的价值

既在创造生命，生命本身又是有机的综合整体，则文学所处理的经验领域的广度、高度、深度及表现方式的变化弹性自然都愈大愈好，因此狭窄得有自杀倾向，来自不同方向却同样有意限制文学活动的异教邪说都遭否定，伦理的教训文学、感官的享乐文学、政治的宣传文学都不能得到"人的文学"的同情，……既然用了人本位（或生命本位），因此在作品的主题意识方面只求真实与意义，而不问这一主题所属的社会阶层或性质上的类别，现实的反抗意识固然是合时的题材，神秘的宗教情绪也是很好的创作对象；也只有这样，文学才能接近最高的三个品质：无事不包（广泛性），无处不合（普遍性）和无时不在（永恒性）；也只有这样，东南西北连成一片，古今往来贯为一串，生命的存在才能在历史的连续中找出价值，文学创造自成一个逐渐生长的传统；另一方面，"人的文学"既十分重视表现手法的变化弹性，因此它不歧视任何的宗派分别，而只问艺术的实际效果；象征、玄学、现实、存在主义等派别，都有独特的贡献，也都产生过不同的流弊。

肯定了最大可能量的原则，也就肯定了：（二）意识活动的自动性，在上节我们已经提过"人的文学"对于一切限制的否定，这句话的正面说法即是强调创作活动中的自主、自动的性质；只有根源于心灵活动的自发的要求，文学作品才有价值可言，……"人的文学"非常重视作品本身的及隐在其中的作者的人格真相，看它是否诚挚自然，还是矫揉造作。

当文学作为一种艺术活动而与其他人的作业相对时，"人的文学"坚持文学本位或艺术本位，意思是说：（一）文学活动有别于他种活动，因为它接受被先天地赋予的艺术的性质及其伴随这一特性而来的长处及限制；（二）文学活动与他种活动的关系同属生命整体的部分与部分间的关系，平行地密切相关，而非垂直地有所隶属；（三）更重要的是，要文学完成作者所想使它完成的使命或作用，必须通过艺术，完成艺术才有成功的希望。

…………

"人的文学"根据这二个本位的认识——生命本位和艺术本位——肯定了文学对人生的积极性，也肯定了文学的艺术性，而这些看法又都是从全体、有机，综合等为生命与艺术所分担的诸般性质中推演出来的。❶

这样不惜篇幅摘录原文，是为了让读者更直接地了解袁可嘉的观点（包括正确的和不正确的），避免我转述可能带来的不足。这里，我只想指出，这篇文章在文学的"人学"话语方面，较之于周作人有几点进展：其一，更突出文学的主体性、作家的主体性，文学活动不隶属于其他活动，作家的创作是出于自身心灵的要求；其二，更突出文学的广泛性，普遍性、永恒性，多样性、不同创作派别共存的合理性；其三，更强调文学的艺术性，艺术性是文学天然的特性，文学对于人生的功能、作用只有依靠艺术性才能完成。这就比周作人更充分阐释了人和文学的关系、文学的特点，是中国现代文学历史发展中"人学"话语的进一步丰富。当然，它也有不足、缺点，文学的"人学"话语还将在文学的历史发展中继续丰富与

❶ 袁可嘉：《"人的文学"与"人民的文学"——从分析比较寻修正，求和谐》，《论新诗现代化》，北京：生活·读书·新知三联书店，1987年，第113—115页。

完善。

　　袁可嘉的文章发表在 1947 年 7 月，两年以后，中国人民解放战争取得胜利，中华人民共和国诞生，二十世纪五十年代，"人民的文学"更加向前发展，但同时，被袁可嘉批评的那些"左倾"倾向却仍然存在，有的甚至更其加剧，文学是现实生活的反映，文学要为无产阶级政治服务，更被简单化，绝对化，文学创作出现严重的概念化与公式化。为了纠正这种错误，巴人、王淑明站在马克思主义立场上提出文学创作要重视表现人性、人情，再一次重提文学的"人学"话语。其时，钱先生发表《论"文学是人学"》开始了他的文学的"人学"理论建构，至二十世纪八十年代末，他的理论已臻完善。较之于周作人、袁可嘉，钱先生的思想已有重大的发展：其一，钱先生构建了一个丰富、完整、独特自洽文学的"人学"理论，而周作人、袁可嘉只提出若干重要观点；其二，这一理论建立在马克思主义哲学的基础上，尤其契合历史唯物主义，而周作人则是以历史唯心主义为根据的，袁可嘉对于"人（生命）"的观点缺乏历史的、具体的阐述；其三，这一理论会通中、西、马（详下文），而周作人多立足于西方的人道主义传统；袁可嘉则多立足于西方"从荷马到卡夫卡的'人的文学'的传统"。当然，钱先生对周作人、袁可嘉的观点，也是有所汲取的。比如说，肯定艺术性是文学的特性，肯定文学对于人生的作用必依靠艺术性来完成；肯定作家主体的作用，创作是作家的心灵的自由的表现，关于人性、道德、人道主义的观点与周作人也有类似。

　　但是钱先生的文学的"人学"思想，就其与中国现代文学的关系而言，并不限于受周作人、袁可嘉的影响，更多是直接对"五四"新文学传统的师承和发扬。他认为"五四新文学运动最突出的标志，是具有现代意识的人的发现"（第586页），"文学是人学"正是这个传统的继续与发扬。

上文已经提到，中国现代文学的历史发展，始终是"启蒙"与"救亡"并存、相融，"人的文学"与"人民的文学"也同样。"五四"新文学的开山者鲁迅，其一生坚持对国民性弱点的批判，对理想国民性的追求，在批判中结合着对中国社会的批判，在追求中结合着对中国社会未来的思考，鲁迅的创作是思想革命的镜子，也是社会革命的镜子，鲁迅代表中国新文学的方向，反映中国新文学的基本精神，他的创作体现"启蒙"与"救亡"的统一，"人的文学"与"人民的文学"的统一。像茅盾、郭沫若这样的无产阶级革命作家，在不同的历史时期都表现出对于"人"的重视。茅盾在论及鲁迅小说的几篇文章中，都认为鲁迅笔下的人物个性，尤其是"阿Q"相，是具有全民族，乃至全人类的某些特性。郭沫若在抗战初期关于文艺创作的多篇论文中，反复强调发扬道义美是抗战文艺的"先务"，要以人性善去战胜人性恶。巴金更明确地说过：

> 我的探索和一般文学家不同，我从来没有思考过创作方法、表现手法和技巧等等的问题。我想来想去的只是一个问题：怎样让人生活得更好，或者怎样做一个更好的人，或者怎样对国家、对社会、对人民有贡献。❶

这不都是把"人"与"人民"统一起来了吗？把"启蒙"与"救

---

❶　巴金：《探索之三》，《巴金论创作》，上海：上海文艺出版社，1983年，第548页。

亡"、"人的文学"与"人民的文学"统一起来了吗？在民族灾难深重的时代，在国家存亡危急之秋，有良心的作家自然、必然都会这样做的。袁可嘉虽自称是"'人的文学'的崇奉者"，但他也是在努力寻求"人的文学"与"人民文学"的"和谐"，他自己的诗作，也体现这种"和谐"。请读他的诗作《沉钟》：

> 让我沉默于时空，
> 如古寺锈绿的洪钟；
> 负驮三千载沉重，
> 听窗外风雨匆匆。
>
> 把波澜掷给高松，
> 把无垠还诸苍穹；
> 我是沉寂的洪钟，
> 沉寂如蓝色的凝冻；
>
> 生命脱蒂于苦痛，
> 苦痛任死寂煎烘；
> 我是站定的旌旗，
> 收容八方的野风。

这里无法充分解读诗人沉默而苦痛的丰富、复杂的内心世界，但他那坚强负驮民族的历史重担的精神却令人感动，这是个人的抒情吗？这不也是为民族奋起的呼喊吗？鲜明体现"人的文学"与"人民的文学"的结合。这在与袁可嘉创作倾向相同的九叶派的诗人们中，——他们该也都是"'人的文学'崇奉者"吧。——是普遍存在的，比如钱先生赞赏的诗人辛笛，他的《布谷》以高亢的声音歌唱祖国、人类、人民的"代言人"；又比如受普遍好评的诗人穆旦，他的《赞美》则深沉地喊出："一个民族已经起来"；陈敬容、杜运燮等诗人的诗作也都呈现类似的特点。

中国现代文学的这种"人的文学"与"人民的文学"交织的特点，在钱先生提出"文学是人学"之初，就已体现着。《论"文学是人学"》既肯定旧人道主义，也肯定社会主义人道主义；既肯定人道主义批评标准，也肯定人民性标准；既肯定"把人当做人"的广义人道主义，也肯定共产主义是最高的人道主义、真正的人道主义。这自觉、不自觉地体现出："人的文学"与"人民的文学"的一致，而且最终走向表现"真正的人"的"人的文学"，这种思想，在后来提出"对人的信心"以代替"把人当做人"时，自觉而清晰地体现出来。

钱谷融文学思想除了对于中国文化优秀传统、中国古典文学优秀传统，以及中国现代文学优秀传统的师承，在上面的几篇笔记中，还多次谈到其对西方、西方文学，尤其是俄罗斯文学的人道主义传统的师承，这里再抄录钱先生的话作证：

> 我则可以说是喝着俄国文学的乳汁而成长的，俄国文学对我的影响不仅仅是在文学方面，它深入到我的血液和骨髓里，我观照万事万物的眼光识力，乃至我的整个心灵都与俄国文学对我的陶冶熏育之功不可分。❶

---

❶ 钱谷融：《陈建华〈20世纪中俄文学关系〉序》，《散淡人生》，上海：上海教育出版社，2001年，第205页。

这几句话分量极重，表明俄国文学对自己的影响真是无与伦比！这几句话写在《陈建华〈20世纪中俄文学关系〉序》的开头，接下去钱先生还具体谈到屠格涅夫、契科夫，尤其是托尔斯泰对于自己的深刻影响，并称赞19世纪伟大的俄国作家在"哀伤与忧郁的色调"中显示出的伟大情怀：

> 俄国作家的（按：指哀伤与忧郁的情调）却往往超越于个人之上，而直接与广大人民的感受相通。在那里饱含着人民群众的血泪痛苦，充满着恳挚深切的人道关怀。这恐怕是与这片广漠的黑土上所形成的厚重的民族性有关的。❶

这就指明了19世纪俄国文学对自己无与伦比的影响中，主要在于人道主义传统。

不仅是十九世纪俄国文学的人道主义传统，二十世纪以高尔基为奠基人的苏联社会主义文学，以及高尔基本人的创作，尤其是他的文学思想，也对钱先生"文学是人学"思想的形成起了极其重大的作用，这在《论文学是人学》一文中有明显的表现，无须多说。

无论中国文化传统中的"人学"思想，无论中国古典文学以个体情感为核心的基本精神，无论中国现代文学中"人的文学"与"人民的文学"相渗透的特点，也无论西方文化、西方文学中的人道主义传统，以及苏联社会主义现实主义文学中的人道主义精神，钱先生都把它们融合在一起，从而形成他的独特的"文学是人学"

---

❶ 钱谷融：《陈建华〈20世纪中俄文学关系〉序》，《散淡人生》，上海：上海教育出版社，2001年，第207页。

的理论。

（五）师承与会通（之二）

中外古今文学大师们笔下的经典作品，以及它们的理论表述，成了钱谷融文学思想的资源，在这些资源中，除了高尔基、鲁迅、卢那察尔斯基等极少数人关于"人"、"文学"的历史唯物主义表述而外，极大多数对"人"和"文学"的表述都立足于普遍人性以及广义人道主义的基础上。钱先生为什么会从它们转向历史唯物主义，接受人是历史主体的思想，从而达到会通中西马的境界呢？

在第三、四两篇笔记中，具体叙述中华人民共和国成立后，中国社会的曲折变化及重大进步给予钱谷融先生的深刻影响，以及在这影响中，他如何接受马克思主义，如何弃绝阶级论的种种左倾错误，最终选择接受历史唯物主义的人是历史主体的思想。但这还只是从社会现实方面，从客观条件方面去说明。这虽然是不可或缺的，但如果没有钱先生主观方面的条件，这转变，会通也是不可能的。

这主观方面的条件有三个：第一，他牢固的文学的全人类性的观念，这个观念具有接受历史唯物主义的内在可能性；第二，他的人道主义精神观中的广义人道主义与人是历史主体的思想，有着内在的逻辑联系；第三，他一生始终如一坚持对"人"的思考，这种思考成了他思想跨越、会通中西马的主要推动力。

关于第一点，在第四篇笔记中已说过，这里不再重复。

关于第二点，第二、三篇笔记中虽也说过，这里再着重加以说明。

马克思主义诞生于西方，与西方的强大的人道主义传统必然会有密切的联系。恩格斯对此有明确的论述：

> 泛神论本身只是自由的、人的观点的最后一个预备阶段。❶

以斯宾若莎为代表的泛神论，是西方人道主义传统的重要组成部分。恩格斯这里说的泛神论，是指承袭斯宾若莎的歌德与卡莱尔的泛神论思想。而"自由的、人的观点"，或"真正的人"，是马、恩对共产主义的"自由个性"、"自由而全面发展的人"的常用的简要的表述方式。这段话的意思就是：泛神论关于"人"的观点（当然就其肯定人的力量、创造性等积极方面而言）是共产主义的自由而全面发展的人的思想的"预备阶段"，换句话说，历史唯物主义关于"人"的历史发展的思想，是泛神论关于"人"的思想的继承和发展。关于马克思主义与人道主义有着继承与发展关系的观点，恩格斯在另一个地方说得更明白：

> 现代社会主义，就其内容来说，首先是对统治于现代社会中的有产者和无产者之间，资本家和雇佣工人之间的阶级对立和统治于生产中的无政府状态这两个方面进行考察的结果。但是，就其理论形式来说，它起初表现为十八世纪法国伟大启蒙学者所提出的各种原则的进一步的、似乎更彻底的发展。和以往任何新的学说一样，它必须首先从已有的思想材料出发，虽

---

❶　恩格斯：《英国状况——评托马斯·卡莱尔的〈过去与现在〉》，《马克思恩格斯全集》（第三卷），北京：人民出版社，2002年，第522页。

然它的根源深藏在经济的事实中。❶

这里提到的"十八世纪法国伟大启蒙学者所提出的各种原则",其中最重要的当然就是自由、平等、博爱。为什么说马克思主义在"理论形式"上是这种原则"进一步的"、"更彻底的发展"呢?恩格斯对摩尔根《古代社会》一书的评价,回答了这个问题。他说:

> 摩尔根在他自己的研究领域内独立地重新发现了马克思主义的唯物主义历史观,并且最后还对现代社会提出了直接的共产主义的要求。❷

摩尔根对历史唯物主义原理的"独立地重新发现",并"对现代社会提出了直接的共产主义要求",恩格斯对于《古代社会》这一评价,直接体现在他的《家庭、私有制和国家的起源》中,在这本著作的最后一节《野蛮与文明》的结尾,引用了《古代社会》的一段话作为全书的"结论":

> 从文明发端以来所经过的时间,只是人类所度过的时间之微小的一部分,只是人类将要度过的时间之微小的一部分而已。社会底灭亡正迫在我们面前,这将是以财富为其唯一终极目标的历史竞技场的终结,因为这一竞技场包含有自己消灭的

---

❶ 恩格斯:《反杜林论》,北京:人民出版社,1974年,第14页。

❷ 恩格斯:《致卡·考茨基(1884年2月16日)》,《马克思恩格斯选集》(四),杭州:浙江人民出版社,1974年,第443页。

要素。行政上的民主主义，社会内部的友爱、权利的平等，普及教育，正预兆着社会底下一个较高的阶段；经验、理性及科学正在不断为这一阶段而工作着。它将是古代氏族社会底自由、平等及博爱底复活，但却是在一个较高的形态上。❶

摩尔根在这段话中，以法国启蒙运动思想家提出的自由、平等、博爱，来表述原始共产主义及未来的真正的共产主义的特点。恩格斯肯定这个表述，并"作为结论"写在自己的著作的结尾，这有力说明了马克思主义在"理论形式"上是十八世纪法国启蒙思想家的自由、平等、博爱原则的继承和发展。类似的观点还可以追溯得更早，在历史唯物主义初创时期，马克思就在《手稿》中借用人道主义来表述自己的世界观：作为"完成了的人道主义"的共产主义是积极人道主义的继承与发展（详见第二篇笔记）。

当弄清楚了马克思主义对于西方人道主义传统的继承与发展，也就自然会赞同柳斌杰关于中华优秀传统文化中"人学"思想与马克思主义相通的观点：

　　中华优秀传统文化的血脉就是他的人学价值，是科学的先进的，是与马克思理论一脉相通的。马克思主义是关于人类解放的学说，他是研究通过解放人和人的自由全面发展来实现全人类的解放，实现共产主义。正是这一点，使他的学说充满真理和人文关怀，成为人们为之奋斗的理想。只有抓住中国文化

---

❶　恩格斯：《家庭、私有制和国家的起源》，北京：人民出版社，1955 年，第 171 页。

的这个血脉，才能真正做到中国传统优秀文化与中国特色社会主义文化——马克思解放全人类的崇高目标一脉相通。❶

既然，无论西方、中国文化传统中那些肯定的人的积极面的内容，那些肯定人性、人情、人格、人的自由、平等、博爱、人的力量、创造精神等等关于"人"的积极思想，都和历史唯物主义关于"人"的思想相通，都被吸收、改造、融合到历史唯物主义的核心思想中，那么，钱谷融先生从青年时代开始的广义人道主义，经过20世纪50年代的从广义人道主义向共产主义的过渡期，再到1980年代接受了历史唯物主义的核心思想，这发展过程是合乎其本身的内在逻辑的，是自然的、必然的、毫不奇怪的、无可怀疑的！

关于第三点，钱先生思考的中心是"人"，是"人的自由"，从青年时代至暮年无不如此。

杨扬说："我以为像钱先生这样的学者，探讨其思想的渊源，不能完全限定在知识论的范畴内，就专业论专业，就知识论知识，他的知识的积累和养成，都是与其人格修养、道德习惯的形成浑然一体的。"❷ 这话说得很好。钱先生的思想，当然有其知识论的渊源，这些又和他的人格修养浑然一体，其联结中心，就是他始终坚持对"人""对人的自由"的思考。

在他的青年时代，由于所受的自由主义教育，尤其是老师伍叔傥的影响，特别仰慕魏晋风度。这些集中起来，最突出的表现就是追求个人的自由，崇尚个人的志趣、气概、风度，这在上面的笔记

❶ 柳斌杰：《中华优秀传统文化的血脉》，《文艺报》，2020 年 6 月 29 日。

❷ 杨扬：《杂忆与杂想——关于钱谷融先生》，《文汇报·笔会》，2010 年 8 月 4 日。

中已有交代。钱先生在《艺术·人·真诚》一书的《后记》中也多有叙述，特别有趣的是，他竟说："我常从人们的一颦一笑之间去领会他们的心情，欣赏他们的志趣。"（第617页）看来，了解"人"，思考"人"，几乎成了他的癖好！

这种对自己、对他人，即对"人"的思考，以后逐渐成熟，成了他思想性格的重要特点。他在二十世纪八十年代初这样说：

> 人类的一切学问，一切研究，其目的都是为了促进人自身的幸福和发展。无论是关于人的研究，还是关于自然的研究；或者关于人和人的关系、人和自然的关系的研究，都离不开这一根本目的。人是一切研究、一切学问的出发点和归宿。因此，读书、研究学问，首先就要了解人。（第565页）

不仅读书、做学问，"在我们一生的工作中，了解人是第一位的"。❶

那么，对于人，钱先生最看重的是什么呢？"我一生懒散而无所作为，最重自由。"❷ 而对自由，他又最重视精神的自由，他说：

> 说到底，最高的自由，是心智的自由，心智可以说是天生自由的，永远自由的。（第247页）

钱先生一生始终如一地坚持以"人"和"人的自由"为中心的

❶ 钱谷融：《致扬扬》，《闲斋书简》，上海：华东师范大学出版社，2004年，第570页。
❷ 钱谷融：《致高恒文》，《闲斋书简》，上海：华东师范大学出版社，2004年，第619页。

思考。这一特点十分重要。正因为它，才可能对经典作品关于人性、人情、人的理想的表现深有感悟，才会确立文学全人类性的观念；正因为它，才会接受、关注个人的独立尊严、关注人类的生存、发展、幸福的广义人道主义；还是因为它，才会最终接受历史唯物主义，因为历史唯物主义科学指明人类走向解放幸福的道路，科学指明实现自由个性、自由劳动、自由人的联合体的伟大理想的必然性，钱先生一生对"人"和"人的自由"的思考，在这里找到最彻底的答案，他的"文学是人学"的思想终于有了最可靠的理论基础，他的人道主义的思想，终于跃升至完善的境界。所以我认为，钱先生一生始终如一地对"人"和"人的自由"思考这一特点，是他实现从人道主义者向马克思主义者转变，从而实现文学思想的中西马会通的内在的动力。

当然，无论是中西文化传统中关于"人"的思想的积极内容与历史唯物主义的核心思想有内在的逻辑联系，有可能为历史唯物主义所吸收、改造、发展；也无论钱先生以"人"和"人的自由"为中心的思考，包括对文学的思考，与历史唯物主义的核心思想有内在的逻辑联系，并有走向历史唯物的内在可能性。但这转化与会通的可能性转为现实性，还是要具有现实的基础和钱先生个人实践的条件，这在第三、第四篇笔记已说过。钱先生正是与新中国成立至改革开放之后社会的发展、文化与文学潮流的发展相伴相随，并始终独立不倚，追求真理。这真理就是唯物史观，尤其是它的核心思想。钱先生满怀"对人的信心"，以人的自由发展为中心，把社会的发展，人的发展，文学的发展统一起来思考，这才终于实现了对中、西、马的师承与会通，构建了丰富完整、独特自洽、具有理论普适性与坚实哲学基础的钱谷融文学思想。这思想才呈现出独特的神采：在对人的深厚温情中辉耀着清明的理性之光！

（六）为文学的"人学"理论大厦奠基

钱谷融先生自己说，他的文学思想并不能穷尽文学的一切。的确，世界文学宝库中那些"理智胜于感情"的作品在钱先生的文章中极少涉及。此外，当对"人"的研究与认识更加全面与深入，对文学中"人"的表现也就会更加丰富多彩；文学对"人"的表现，不仅取决于作家对"人"本身的种种认识，而且取决于他对自己认识所采取的不同表现手法——在语言、形式、技巧方面无穷无尽的新的探索；更重要的是，人，作为现实的人、社会的人，在历史发展中，他的本质力量将不断地展开，更加丰富、复杂地展开，这给文学表现不断提出新的要求，等等，都是钱先生所无法预见到的。

人类思想史告诉我们，杰出思想家们的理论，虽都有个人的、时代的局限，但也都有持久的魅力，能持久地激发人们的思想活力。钱先生的思想也是这样。已有一些文艺理论家在"文学是人学"这一前提下，做出了独特的理论贡献，如刘再复提出的性格组合论，鲁枢元关于创作心理学的研究，殷国明提出的"文学是情学"的观点，都从不同方面，丰富了"文学是人学"的思想，他们都对文学的"人学"理论大厦的建设做出自己的贡献。

有一个相关的问题，需要在这里交代一下。大约在二十世纪八十年代中期，人学理论，马克思主义人学理论开始在中国兴起，与之相应，出现马克思主义文论的"人学"话语，虽然他们都出现在钱谷融文学思想建构完成之后，但至今这两种理论尚在建构之中。对于马克思主义人学理论，据我所知，袁贵仁的《马克思主义人学理论研究》就是其中一个重要成果，它为马克思主义人学建构起一个理论系统。其见解尚待学术界的认同。在我阅读的有限的范围内，论述马克思主义文论人学话语的文章，都是以马克思主义的人的自由而全面发展为理论出发点，因此文章的内容都重在文学的价值论方面，莫怪被研究者称为以马克思主义人学理论致力于文学的人学话语建构，而且其见解"已逐步形成一个体系"❶ 的赖大仁却在自己的著作中说："马克思主义人学研究思路，目前还处在初步探索阶段，还有待逐步展开。"❷ 赖大仁是在简略评述国内马克思主义文论的人学话语研究的成绩，兼叙述自己的研究成果之后，说了这句话的，应该是实事求是的。尚在建构中的理论有不足之处并不奇怪，也无损于研究者们的理论思考与贡献。但如果有人以为这两种理论所持的"人学"观比钱谷融先生的"人学"观更高，更正确，那就大失偏颇了。这种认识，还是将钱先生的思想只看作广义的人道主义，完全没有认识到钱先生已从广义人道主义跃升到历史唯物主义。

　　应该这样认识钱谷融文学思想、马克思主义文学理论、马克思主义文论的人学话语，是三种彼此独立而相得益彰的理论，它们都是中国改革开放后社会不断发展的反映。马克思主义人学理论对钱谷融文学思想，对文学的"人学"理论，客观上有支持作用。马克思主义文论的"人学"话语所取得的成绩，尤其是其中关于文学价值论的观点，对于建立一个文学批评的最高价值标准很有意义，也

❶ 苏勇：《马克思主义文论研究的人学转向》，《内蒙古社会科学》，2010 年第 1 期。

❷ 赖大仁：《20 世纪中国文学理论批评的现代转型》，北京：中国社会科学出版社，2018 年，第 230、231 页。

是对建设文学的"人学"理论大厦的一个贡献。

　　总而言之，古今中外普遍存在的文学的"人学"观点，许多文学家或简或详提出的文学的"人学"思想，到了钱谷融先生才有一个相对完整的理论表述，这就是钱谷融文学思想，它无疑是未来的文学的"人学"理论大厦的第一块坚实的基石！这块基石，不是人道主义，而是马克思主义，是人类历史发展的普遍规律的历史唯物主义。因此，耸立于其上的文学的"人学"理论大厦，才是马克思主义的，又是全人类的，这正是钱谷融文学思想对于文学理论批评的重大贡献！无论钱先生生前或身后，有多少理论家对文学的"人学"理论的建设作出什么贡献，作出多大贡献，钱谷融文学思想都将在文学的"人学"理论大厦中永存！

　　钱谷融文学思想属于中国，也属于世界！钱谷融文学思想属于当代，也属于未来！

小结： 归于何处？

上面九篇笔记，从历史唯物主义关于"人"的思想开始，叙述了人、人性、个性、人的本质、人是历史的主体，叙述了现实的人及其历史发展这一历史唯物主义思想，着重叙述在人类历史发展过程中，人的自由本质不断展开，不断被异化并扬弃异化，而不断走向新的自由，最终成为具有"自由个性"的人，或自由而全面发展的人。以此为依据，具体阐述了钱谷融先生对历史唯物主义的接受，尤其是对其核心思想的接受，并在这基础上，解读钱谷融文学思想，作出钱谷融文学思想与历史唯物主义相一致的结论。在这走近钱谷融文学思想的过程中，我深切感到恩格斯以下论断的深刻性，感到它对文学理论研究的指导意义：

> 因为我们不仅生活在自然界中，而且生活在人类社会中，人类社会同自然界一样，也有自己的发展史和自己的科学。因此，任务就在于使研究社会的科学，即所谓历史科学和哲学科学的总和，同唯物主义的基础协调起来，并按照这种基础来改造社会科学。[1]

---

[1] 恩格斯：《费尔巴哈与德国古典哲学的终结》，北京：人民出版社，1960年，第20页。

这里说的"唯物主义"是指历史唯物主义。恩格斯认为历史唯物主义是阐明社会历史发展规律的唯一正确的学说，所以"研究社会的科学"，即一切门类的社会科学，当然也包括文学理论批评，都要和它"协调起来"，并按照它来"改造"。对恩格斯这个满怀自信的论断，或者有人会怀疑，但同意的人也自然不少，鲁迅就说过："以史底唯物论批评文艺的书，我也曾看过一点，以为那是极直捷爽快的，有许多昧暧难解的问题，都可说明。"❶ 这话说在1928年，隔了五十年，朱光潜同样据自己学术体验，更进一步地说："有人怀疑我们搞西方美学史，为什么要辩论历史唯物主义问题，从这一具体事例（按：关于上层建筑与意识形态关系的辨析）就可以得到回答：不弄清楚历史唯物主义，就不可能有正确的美学观。从这番辩论和学习中，我深刻体会到历史唯物主义不是像一般人所想象的那样能轻而易举地掌握的武器。"❷ 鲁迅是钱先生最敬仰的中国现代作家，朱光潜是钱先生曾受其影响的前辈学者，在他们之后，钱先生以自己的实践表明，在弄清楚历史唯物主义同时完善了自己的文学观，建构起钱谷融文学思想，发挥了为文学的"人学"理论大厦奠基的历史性作用！

文学是"人学"理论大厦的建设，也必然地要与历史唯物主义相协调！

鲁枢元为《新时期40年文学理论与批评发展史》所撰写的《绪论》，在简要叙述中国当代文论的话语范式的社会政治话语——

---

❶ 鲁迅：《致韦素园（1928年7月22日）》，鲁迅全集（11），北京：人民出版社，1981年，第629页。

❷ 朱光潜：《上层建筑与意识形态之间关系的质疑》，《华中师范学院学报（哲学社会科学版）》，1979年第1期。

审美意识形态话语——文化研究话语的转型之后，特别提出要重视评价文学作品的精神作用：

> 在更宏观的层面上，文学批评与理论总是表达着特定时代人民的精神观念，渗透着那个时代的精神状况，这种时代精神也可以看成认知范式。中共十七届六中全会的文化决议指出："没有文化的积极引领，没有人民精神世界的极大丰富，没有全民族精神力量的充分发挥，一个国家、一个民族不可能屹立于世界民族之林。"这里强调的"精神世界"与"精神力量"，也是文学艺术的更高层面，文学的社会作用更多时候发生在人的感觉、意向、情绪、想象中，它是"柔弱"的，却可以对一个民族的健康成长产生持续的、不可替代的作用，因而它又是"恢弘"的，一种"恢弘的弱效应"。对于新时期的文学理论、批评实践经验的分析整理，应加强精神向度的开掘，从而让文学为营造国民健全的文化精神生态作出贡献。❶

这虽没有明确把"加强精神向度的开掘"作为一种理论话语的范式，但把它放在其他理论话语范式之后加以强调，将其"看成认知范式"，显然有将其作为一种话语范式的意向。鲁枢元或者只从他的生态文艺学理论出发，强调精神生态的意义，但应该肯定，这个观点具有普遍意义，凸显了文学的主要价值。而要做到这一点，人学话语最有条件，因为它以表现人的自由本质及其历史发展为最根

---

❶ 鲁枢元：《绪论·时代长河的文学倒影》，《新时期 40 年文学理论与批评发展史》，杭州：浙江文艺出版社，2019 年，第 5 页。

本的价值指向。什么是人类历史发展最先进的方向呢？那就是历史唯物主义所指出的，现实的人向"自由个性"的人的发展，人类精神世界最崇高的向往是什么呢？那就是对人的自由发展的渴望。人的自由发展，是人类的共同追求，尽管人的自由发展的水平会因历史发展的阶段不同而不同，但向"自由个性"的人的发展，始终是人类历史发展的一以贯之的目标。这也就是中国当代文学所要开掘的最深刻、最高远的精神向度。中国当代作家应首先担当起这个任务，塑造时代的新人，为未来塑造人，塑造属于未来的人，这就能为"营造国民健全的文化精神生态作出贡献"，因此，建设文学的人学理论大厦，是中国当代文学理论批评发展所急需，而这就必须与历史唯物主义相协调。

我之所以特别强调文学理论批评的建设要与历史唯物主义"协调起来"，这绝不是什么"罢黜百家，独尊儒术"似的心态。

马克思主义是我们国家的领导思想，这是宪法中规定的。但这不等于说，在学术领域，马克思主义的领导地位要靠政令来推行，绝不是这样的。中国共产党领导学术的方针是百家争鸣，这是正确的方针。马克思主义不仅仅是无产阶级的意识形态，也是科学的理论，而且首先是科学的理论。人们常将意识形态作为某一阶级或某一国家的利益的理论表现，这当然没有错。但这只能称为"狭义的意识形态"。必须认识，意识形态是建立在整个社会经济基础与政治等上层建筑之上的，当它成为对整个社会的发展、或对社会某方面的发展作出客观反映的理论，就是一种具有超越阶级局限与国家局限的人类共同的科学理论，这才是意识形态的本真意义。历史唯物主义揭示了人类历史发展的客观规律，所以它是全人类共同的科学理论——无产阶级及其政党、社会主义国家以它为自己的意识形态，只是因为他们都要沿着它指明的方向前行——而凡是科学理论只有依靠百家争鸣才能繁荣发展。马克思主义只有在百家争鸣中才能不断发展，并依靠自己的理论魅力发挥指导、领导作用。马克思主义是依靠自身的真理的力量而前进的。

文学以写人为中心，凡研究人的诸种科学理论，均能成为文学理论批评的资源；文学所写的人是社会的人，研究社会的诸种科学理论，当然能成为文学理论批评的资源；文学写人，必然讲究语言、形式、技巧，于是语言学、美学的诸多理论也必然是文学理论批评的资源。历史唯物主义是研究现实的人及其历史发展的科学，作为文学理论批评的理论资源，自有它独有的优势，一种根本上的优势、整体上的优势，为各门类社会科学所不具备的优势。钱谷融文学思想与之相一致，才能具有普适性、包容性、引领性的理论魅力，才能发挥为文学的"人学"理论大厦奠基的历史性作用。

钱谷融文学思想与历史唯物主义相一致的建构经验，作为一个完整的、有价值的个案，时时提醒着人们，中国当代文学理论批评的发展乃至其他门类社会科学的发展，要谨记恩格斯的要与历史唯物主义"协调起来"的意见。

最后，我要重复朱光潜先生说的一句话："不弄清楚历史唯物主义，就不可能有正确的美学观。"我还要模仿这句话说：不弄清楚历史唯物主义，就不可能有正确的文学观；不弄清楚历史唯物主义，就不可能正确认识钱谷融先生，就不可能准确评价钱谷融文学思想。

后记: 为了一个无力了却而又必须了却的心愿

　　这本书与我以前写的有个大不相同的地方，以前写的几本关于郭沫若的书，都仅是努力真实呈现郭老的某些方面，但这些并不是我自己也具有的。比如郭老有泛神论思想，但这思想我并没有。《走近钱谷融文学思想》则不同：它对历史唯物主义的述说，固然是我努力对马、恩所创立的这一伟大学说的如实呈现，但我接受这一学说，并确立为自己对于人类历史发展的信念；它对钱谷融文学思想的阐述，固然是我努力对钱谷融先生文学观的如实呈现，但那又是我现在对于文学的基本问题的认识。可以说，我以前写的书是"只顾对象"，这本书除"只顾对象"而外，还写出我自己。

　　我怎么会写这样一本书呢？

　　中华人民共和国成立后，我升入初中，和我的同学们一样，接受新的教育，积极参加社会活动，满怀热情地憧憬社会主义、共产主义。和这群年轻的理想主义者稍有不同的是，我爱读书，先是读文学作品，继而读理论书。除了一般的政治宣传读物以外，还认真读了几本马恩列斯毛的著作。对理论的兴趣，从初中三年级开始，至今没有减弱。

　　或者受时代的影响，我读中学及进入大学时，正当中国的斯大林崇拜盛行，我读的理论书也多是斯大林的著作，诸如《论列宁主义基础》、《论列宁主义的几个问题》、《辩证唯物主义与历史唯物主义》（《联共（布）党史》的节录）、《无政府主义还是社会主义》、

《马克思主义与语言学问题》都读过。后来，还以《无政府主义还是社会主义》中关于无政府主义的核心是个人主义的观点，写了一篇《从杜大心谈起》的文章，作为中国现代文学课的作业，钱谷融先生在作业后加了评语："语语皆中肯綮"，看后真感高兴。遗憾的是作业我没有能保存下来。但不管怎样，这却是我以马克思主义观点谈论文学问题的第一篇文章，也是得到钱先生好评的第一篇文章。认真学习毛主席的著作，严格说是在"文革"期间，这也是当时毛泽东崇拜盛行在我思想与行动上的反映。毛选四卷认真通读，其中的不少文章还反复读。有两件事至今印象深刻：其一，我曾将毛选四卷中关于知识分子的言论全部抄录下来，准备钻研一下毛主席关于知识分子的论述以对照自己！（当时的知识分子大多在努力改造世界观，我也如此。）但抄录后，不知什么缘故，却没有钻研下去，更没有对照自己、检查自己。其二，拙作《试论〈女神〉》的初稿是在"文革"期间完成的，它是以《新民主主义论》中关于五四新文化运动的论述为指南的。

与读斯大林、毛泽东的著作同时，也看几本马克思、恩格斯、列宁的著作。《共产党宣言》看了三遍（第一遍是在中学时看的，后两遍是在大学时看的），虽说看了三遍，却也没有留下特别深刻的印象，较有印象的，倒是《费尔巴哈与德国古典哲学的终结》，那是在大学时读的，书中的一些话，后来曾在自己的文章中引用过。毕业以后到中学教书，仍读了一点马列的书，感到最难读的是《资本论》（只读了第一卷），《唯物主义与经验批判主义》。

比较集中学习马、恩、列的著作，也是在"文革"期间。在林彪事件之后，中央号召学习马、恩、列的著作，学校领导也组织教师学习，我还曾就《反杜林论》的一个章节（记不清哪个章节）在教师大会上谈体会。再读《国家与革命》时（在中学时已读过一遍），深感毛主席关于阶级斗争与无产阶级专政的思想和列宁将阶级论作为马克思主义全部学说的基础，以及社会主义阶段的阶级斗争比之前更加尖锐激烈的思想十分一致。

在学习中，我对辩证法特别感兴趣。《政治经济学批判导言》、《自然辩证法》的有关章节、《哲学笔记》、《中国革命战争中的战略问题》我都认真读过。《哲学笔记》中有不少看不懂，但其中《谈谈辩证法问题》却比较好懂，经常翻出来读，《中国革命战争中的战略问题》给我的印象之深超过《矛盾论》《实践论》，——很久以后，我还将它作为必读书目推荐给我的研究生。

这么啰啰嗦嗦回忆自己学习马恩列斯毛的著作的过程，只是想表明：其一，这学习是在中华人民共和国成立初期社会万象更新的状态下开始的，是怀着理想主义激情不断进行的。这种学习的结果，就形成了我的和时代气氛与个人激情相一致的信仰，对马克思主义的信仰。回顾起来，这信仰更多是一腔激情，是为共产主义奋斗以及把自己作为党的工具的激情（现在看来，其中当然有幼稚的，乃至错误的地方，但在当时却是势所必然，理所当然，普遍如此），——我的同龄人，很多即使不学习理论也不乏这样的激情。我的几位高中的同学，大学毕业后因各种原因到海外经商，所处环境、生活经历都与我全然不同，在改革开放后回国探亲或旅游，相聚时却仍不忘中学时代的理想主义的激情，而对国内现实中各种不良现象感慨万端！其二，这学习又是在个人崇拜和极左思潮泛滥的时代氛围中进行的，我对马克思主义的理解，也受影响、受局限，有错误。这两点，决定了我在"文革"以后，对马克思主义理论的重新学习与认识。

　　"文革"期间，我在一所中学教书，自始至终看到的是学生斗教师、教师斗教师、学生斗学生、群众斗干部、干部斗群众之人与人互斗的一片"混斗"局面。特别是一些年纪轻轻的学生，对于教职员的凶狠武斗，令人触目惊心。目睹了这一切，我所遵行的以阶级教育为核心的对学生的政治教育的观念崩溃了，觉悟到首先要对学生进行基本的道德教育，让他们首先学会做人，只有首先具有做人的基本品德，之后才可能成为革命者。"文革"后，我调到大学教中国现代文学，我讲解文学作品就不再像中学上语文课那样重视政治内容，而转向凸显思想与道德的意义，并将它作为我编选文学作品教材的原则。

　　以此为起点，直到我清晰认识到阶级论的种种"左倾"错误，直到我能正确理解历史唯物主义，领悟其中的核心思想，认识到个人是历史的主体，认识到个人是自己，也是历史的主人，走了很长的路。在这条路上，有几个转折点。

　　在对"文革"的批判中，有些人由否定"以阶级斗争为纲""无产阶级专政条件下继续革命的理论"，进而否定马克思主义，怀疑共产主义理想。我与此种倾向不同。我以为，"文革"的错误不能归结为马克思主义的错误，更不能由此否定马克思主义。这种想法，多半出于年轻时的理想主义激情。

　　帮助我对马克思主义进一步认识的，是张洁的长篇小说《沉重的翅膀》。那已是这小说出版好几年之后。在二十世纪八十年代末，我因要讲解当代文学，读了这本小说，其中几个人物讨论如何看待马克思主义，有一个人物的见解对我颇有启发，原话现在已记不清了，但意思却清晰留在脑海里：马克思主义的观点有不变的、稳固的、始终正确的，也有可变的、会过时的、或不正确的。我一下子就同意这样的见解，并且一下子就认为马克思主义的辩证法就属于始终正确、稳固、不变的，这与自己对马克思主义辩证法的学习与运用有关。我的第一篇学术论文《郭沫若的泛神论思想》就运用矛盾的特殊性的观点，以后，《郭沫若前期思想研究中的几个问题》《〈女神〉余论》等文章都是以马克思主义辩证法来分析学术界关于郭沫若研究中的问题，并努力在自己的研究中体现辩证法，我在研究中始终坚持的"多侧面的统一"，就是辩证法整体观的运用。在二十世纪八十年代中期学术界的方法论热中，我对一般系统论有了兴趣，也看了几本有关的书，但我不像有的学者单纯将一般系统论的观点运用于学术研究，我是将它纳入辩证法中，而后运用于研究。我将"结构"这个一般系统论的概念纳入辩证法的整体观中，并以此为指南，写出了《论"把人当成人"——郭沫若重庆时期一个重要观念的系统考察》《从"球形发展的天才"说开去》等文章，以及专著《郭沫若思想整体观》，——肯定辩证法是马克思主义中稳固的、不变的，那什么是可变的呢？还有其他不变的思想吗？当时我并没有想明白。

胡锦涛提出"以人为本"，迅速被人们接受，并传播开来。哲学家们开始重视马克思主义关于人的思想，重提恩格斯关于"研究现实的人及其历史发展的科学"这一历史唯物主义的定义，并据以对历史唯物主义作新的阐述。我也开始重新学习历史唯物主义，并认识到"以人为本"，是彻底清算阶级论的"左倾"错误的理论武器，意识到"人"在马克思主义中的重要地位。

给我重新学习历史唯物主义又一次推动力的，是卢那察尔斯基的《歌德与他的时代》这篇文章。我当时为进一步了解歌德对郭沫若早期思想和创作的影响，在重读了《歌德诗集》《浮士德》与《威廉迈斯特的学习时代》《威廉迈斯特的漫游时代》之后，也读了手边收存的一些研究歌德的论文和著作，其中就有《歌德与他的时代》这篇文章，它以人的发展这一马克思主义的根本思想为根据，评价歌德的成就与不足。这一下子让我的心里亮堂了，真正是"豁然开朗"。为进一步了解这个观点及其运用，我索性将《卢那察尔斯基论文学》中的其他文章也读了，又在《艺术家高尔基》中，发现卢那察尔斯基仍用这个观点评价高尔基。但由于这两篇文章中，对人的发展思想都只作为理论前提来运用，没有任何说明，这激起我进一步了解的欲望。心理学家说，人的记忆有一个特性叫储备性，读过的东西在大脑皮层上会留下痕迹，储备性较优的人，当思考问题时，这些痕迹中有关的材料自会涌现出来。或者是我的记忆储备性起了作用，当我想对人的发展思想作进一步了解时，忽然想到朱光潜先生在一篇关于人性、人道主义的文章中说过马克思的《1844年经济学哲学手稿》的论述都是从人出发。既然从人出发，自然会论述人发展，我就赶快找这本书来读，先托同事从图书馆借（因我行动不便），可到期要还，就把部分内容复印下来，又觉得复印的终究不全，还是让孩子从网上买了一本。反复读了几遍，比早先读《资本论》《唯物主义与经验批判主义》似乎还难一些，但被求知欲所驱使，并不觉得累，这有点像我为研究郭沫若的泛神论思想而读斯宾诺莎的《伦理学》与古印度哲学著作《五十奥义书》一样，虽花力气，却乐此不疲。读了这本书后，我对历史唯物主义有了全新的认识，对于其中人的发展思想也能领悟，这就弄明白了卢那察尔斯基为什么以它为理论依据来评价歌德、高尔基了，我也大胆将它运用于自己的研究工作中，立即写成并发表《人的发展：

〈浮士德〉与〈女神〉》，此后，在《献给人类的歌——蔡丽双诗文论稿》以及《〈女神〉校释》的题旨解释中，都贯彻了人的发展思想。在实践中，我深感人的发展思想之深刻，深感有必要将它作为一个重要的批评原则确定下来。不久，我又发现郭沫若在他二十世纪四十年代初写的论文中也以人的发展思想评价抗战文学，并将它作为自己历史剧的创作原则，这更坚定了我将人的发展思想作为一个批评原则的想法。于是写出并发表《论"人的自由发展"——对于建设一个文学批评新标准的探讨》。

　　当然，上述的文章、著作并不都是学习《手稿》后立即写出来的。这期间，我还学习了《德意志意识形态》（节选本），以及重温马、恩一些文章和著作，终于走出了将阶级斗争理论等同于历史唯物主义的误区，把历史唯物主义理解为基本原理、核心思想、从属性原则三者的辩证统一，尤其理解了人是历史的主体，自由是人的本质，人类历史是人在实践中不断向"自由个性"发展的历史。我认为这与辩证法一样，是马克思主义中正确的稳固的原理。——不错，人的完全自由只有到共产主义才能实现，但在向共产主义前进的历史过程中，如果人不能不断展开自由的本质，那共产主义就永远是遥不可及的理想了。至此，我自批判"文革"开始，一些未弄明白的问题，终于弄明白了。我年青时的理想主义激情也得到理性的充实。青年时代我开始向往社会主义、共产主义，到了暮年才知道马克思、恩格斯所说的社会主义、共产主义是什么。自由劳动、自由个性、自由人的联合体的理想社会必将实现就成为我的信念。虽然因我的愚钝这觉悟来得太迟，但我还是因它终于到来而自慰。我就将这些认识写下来，于是有了《人是什么——读〈1844年经济学哲学手稿〉笔记》《历史"也是个人本身力量发展的历史"——关于历史唯物主义的笔记》这两篇笔记，算是对马克思主义认识的自我清理。

有了对历史唯物主义的基本观点的认识，就自然回顾、清理自己对于文学的一些基本理论问题的认识。中学时喜欢文学，大学读中文系，毕业后，或在中学教语文，或到大学教中国现代文学，一辈子与文学打交道，到了暮年也应该清理一下对文学的认识，也就有了第三至第九等七篇笔记。这七篇笔记都是以钱谷融文学思想为中心的。为什么这样做呢？

在我写第三至第九篇笔记之前，已先后发表了关于钱师文学思想的三篇文章：《启晨光于积悔 澄百流于一源》《我对"人道主义精神"的认识》《论钱谷融先生的人道主义文学观》。前两篇发表前曾经钱师过目，又寄徐中玉先生审阅，发表在《文艺理论研究》上。第三篇照陈子善兄的建议，经删节后发表在《现代中文学刊》，发表后钱师也看过。对第一、三两篇，钱师反映平平，对第二篇却有热情的反响。他在读了这篇文章后，打电话给我，说了一些鼓励的话，其中反复叮嘱：要继续深入探讨，写出更大的文章。我感到有些奇怪：这三篇文章，我自以为第三篇比前两篇有进步，为什么钱师独中意第二篇？在我因病致残、足不出户时，钱师反复叮嘱我读一点轻松的书，多次推荐《世说新语》，为什么现在反而要我继续深入探讨？在我向他表示要重新学习他的著作时，他回答说"我的东西不值得你花时间"。可读了我的第二篇文章后，为什么却要我继续写，写出更大的文章？

我想了很久，似乎想明白了：这第二篇文章，可能已走到钱师思想的前阶，如果再向前走，就有可能窥其堂奥。为什么会有这样的想法呢？

我寄上这篇文章时，附上一篇读书笔记，题为《马克思曾用人道主义来表述自己的历史观》，是对于《1844年经济学哲学手稿》中关于共产主义与人道主义关系的观点的学习体会（主要内容见本书第二篇笔记，但侧重于共产主义对人道主义的继承关系）。——我本想将其纳入文章中，但因文字颇多，会使文章的结构失衡而放弃，——并说，我是根据马克思的观点来理解"人道主义精神"，所以，请他一并过目。实际上，我在文章中，于"对人的信心"的理解，虽没有如本书第三篇笔记说得那么具体，但也已明确肯定它跟马克思主义关于人的本质的观点相一致。在这之前，很少有人明确地肯定钱师的人道主义思想与马克思主义相一致。所以他会认为我所做的，已接近他的本意，只是还说得太简单，因而要我继续写下去，写出更大的文章来。

当我想到这里，又不禁联想起他在《论"文学是人学"》发表前夕，于中文系的科学报告会上对论文是"不那么离经叛道"的说明；联想起他将为拙作《郭沫若思想整体观》撰写的序言交给我时说的，"有朋友认为我的文章是不引用马克思主义经典的马克思主义"；联想起他暮年时多次向访问者介绍自己学习马克思主义、接受马克思主义的谈话。——此类事实，在第四篇及其后的多篇笔记中有具体的叙述——想到这些，我更坚定地认为自己的想法没有错。

人们常赞叹钱师的荣辱不惊、潇洒散淡，而在我看来，人们批判他，是曲解他，人们赞扬他，也没有准确理解他，于是，无论批判、无论赞扬，他最佳的反应，就是荣辱不惊，潇洒散淡！我想起了一首陶诗："结庐在人境，而无车马喧。问君何能尔？心远地自偏。"陶渊明志趣高远，超越人间的喧嚣。钱师也如此，他首创

"文学是人学"，宣扬人道主义精神，都是立足于马克思主义、宣扬马克思主义。他据此本心超越了曲解他的批判、没有真正理解他的赞扬，超越了逆境、顺境。荣辱不惊、潇洒散淡来自对自己思想的自信。但自信并不是孤芳自赏，并不是放弃对人间温情与理解的共鸣，钱师对在不同时期理解他思想的人，如陈伯海、鲁枢元、殷国明，都一直念念不忘，这些名字并不时出现在他的笔下。他读了胡家才写的《人格的魅力——钱谷融先生印象记》，立即回了一封热情洋溢的信（见《闲斋书简》），并把胡文寄给我，让我分享他的欣喜，足见友人的温情和理解令他多么感动！他读了《我对"人道主义精神"的认识》这篇文章之后，要我继续探讨、写出更大的文章的叮嘱，也是出于该文章接近他的本心，对他的思想有所理解的缘故。这样，先生的叮嘱，他对我的希望，就成为我必须了却的一桩心愿。这是比之清理自己对马克思主义的认识更加重要的心愿。——当然，这心愿的确立，并不仅仅是这一个直接的原因，很长时间积累而形成的对钱师的深厚感情是更重要的原因，至今读钱师为拙作所写的序言、给我的书信（见《闲斋书简》《闲斋外集》），忆及他向友人介绍我的文字、谈话，心情都难以平静。于是，我重读钱师的著作，在力求真实解读其思想的过程中，也完成了我对文学认识的自我清理。

当然这九篇笔记的写作，并非一鼓作气完成的，其前后迁延有十年出头，中间还有停顿。也不是读书和写作间隔分明的，而是互相交错的。学习马、恩的著作，领悟历史唯物主义的要义，与学习钱谷融先生的文章、领会钱谷融文学思想的主旨，就是交错反复进行的，此外，不断学习一些相关的论文和著作，不断从中吸取知识、见解，从而或改正，或充实自己的文章。其中，袁贵仁和杨耕两位先生主编的《当代学者视野中的马克思主义哲学》丛书中的有关论文，极大拓宽了我的眼界；冯契先生的《人的自由和真善美》（还有他的《智能说》三篇中的其他两篇）及张世英先生的《觉醒的历程：中华精神现象学大纲》，在对我们民族的过去、现在、将来的思考中，所流贯的激情与显示的胆识，令我深为敬佩！总之，在写作期间，前辈与时贤的文章、著作都令我获益良多。我特别为冯契先生把历史的发展、人的发展统一起来，并以之思考学术问题的大学者的风范所感动！钱谷融先生也是这样的大学者，他真正是把历史的发展、人的发展、文学的发展统一起来的文艺理论批评大家！正因为如此，这九篇笔记，既不是按顺序先后完成，也不是每一篇都完整写出，而是由断续写成的片段或单篇整合而成的。初稿完成后曾请几位友人批评指教，关于历史唯物主义的笔记，特请讲授马克思主义哲学的教授过目。朋友的情谊我铭记在心。

这九篇笔记所谈全是围绕"文学与人"的关系，准确地说是历史唯物主义与文学的关系，更直接地说是人的自由发展与文学的关系。这自然是循着钱师走的路径往前走。我只能说我走得很诚实，但不敢说走得很正确。我因病致残已有二十多年，在这长时间里，足不出户，就在自己专业领域内也所知有限，至于马克思主义哲学、文学理论批评这些非我专业的领域就更不必说了，当代作家作品更少涉及。这样，我就不敢说，我对历史唯物主义、对钱谷融文学思想的理解准确无误，更无法从相关的学术背景中充分阐述钱谷融文学思想的意义。我深感自己是只凭内心的驱使在做一件力所不能及的事！

"实际"告诉我——你要放下；"情感"却告诉我——你必须努

力。我的心愿，真的是一个无力了却而又必须了却的心愿，为了这心愿，写下了《走近钱谷融文学思想——"现实的人及其历史发展"与"文学是人学"》。这是我对始终坚信的共产主义理想及相伴一生的文学一次亲密的拥抱！也是我对恩师钱谷融先生的一个纪念！在先生逝世五周年之际，我会将它敬献于先生的陵前！

末了，我还要说，我的成长，融入了给予我引导、鼓励、帮助的师友、亲人的深厚情谊，这情谊也凝结在这本我最后写成的书中，因此我借这本书，在我生命之火熄灭前，向给予我温暖的已逝者和健在者，表示我始终铭记于心的感谢、感恩！除此我无以回报了！

2019 年 12 月拟就，2022 年初改定。

附记：写在读毕校样之后

拙作拟成单篇时，曾向陈青生、方智范等友人请教，其中关于历史唯物主义的一篇，先请我校讲授马克思主义哲学的杨荣华教授过目，后又拜托杨扬兄交《华东师范大学学报》编辑部请专家匿名审读。初稿写成后，题为《温故六记——"人的自由发展"与"文学是人学"》，先后请陈慧忠、殷国明、杨扬、陈青生、史承钧、傅勤、周红等友人指教，还请友人施鲁臣校读打印稿以纠正疏误。国明兄读后立即建议并推动部分篇章于 2000 年 5—9 月在《钱谷融文学思想研究》公众号上连载，编者张吕坤、孟祥麟、杨璇、李金燕、汪静波诸君又悉心编排，配置插图，使拙作增色，继之，范家进教授将其中关于"诗意"的一篇在其主编的《江南文史纵横》第二辑（2021 年 4 月）上全文转载。初稿经增删，改题为《走近钱谷融文学思想——"现实的人及其历史发展"与"文学是人学"》，杨扬兄不惮烦劳，多方努力，促成其出版。

朋友们的情谊，我铭记在心。拙作的出版，还要感谢华东师范大学出版社王焰社长及相关领导的接受，感谢责任编辑孙莺老师和朱华华老师的审读。华东师范大学中文系领导从"钱谷融基金"中拨款予以"出版补贴"，显示了他们对钱谷融研究一贯重视，令人敬佩！

看毕清样，往事纷呈，略述数语，难以尽意！绵绵情谊长留心间！

2025 年 2 月 8 日